ネタキャラ転生
とか
あんまりだ！
Netachara-Tensei Toka Anmarida
2
テレシア
王国の第二王女。〝王国の至宝〟と称えられている。
ユーリ
白百合騎士団が誇る女騎士で、王女の護衛でもある。

エリン
災禍の魔王の娘。
イズナ
星の魔眼を宿した少女。
アナリシア
魔族にしてエストールの宰相。

ネタキャラ転生とかあんまりだ！②

「思い出の迷宮」編

著者 音無奏　イラスト azuタロウ

目次

プロローグ

そこは、小さな部屋だった。

広くない間取りに、寝具、クローゼット、裁縫道具とぬいぐるみ、目に映るものはそれくらいしかない小さな部屋。

少女が育ったそんな部屋が、赤く染まっていた。

床を歩けば、生ぬるい熱を微かに感じる足元から、ぴちゃり、と水音が響く。

恐怖のあまり閉じてしまっていた目を見開くと、壁一面に塗りたくったかのような鮮血が嫌でも入り込んでくる。

心臓が律動を止めて、体温がなくなってしまったかのような冷たさが、少女の小さな体から力を奪った。

「…………ママ……？」

茫然、と。

微かに咽を震わせて、見慣れた服を真っ赤に染めた何かに語りかける。

嘘だと首を振りながら、下に視線を向けてしまうと、足先に丸い何かが転がっていた。

「…………ママ……くび、おちてるよ……？」

少女の言葉だけが、寂しげに響く。

景色だけでなく、視界の奥さえ真っ赤に染まって。

現実感のない意識を、吐き気を催す鉄の香りが強引に現実へと引き戻した。

滲んだ涙の雫が、音を立てて波紋を刻んだ。

「あ…………う……パパぁ…………」

咽が震えた。

誰も、何も、答えてくれない。

ただ、そこに独り。

二つの首だけが、少女の瞳を見返していた。

「うう……ぁぁ……ぁあ……あああああああああああああああああああああ――っ!!」

ただ、ただ、絶叫して。

目を瞑(つむ)って、逃げ出して。

「なんでっ……！　どうしてっ!!」

理解もできず、駆け出して。

こんなの現実なんかじゃない、と。思考を麻痺(まひ)させ、自分を欺く。

そう、これはよくない夢を見ているだけで。

いつもみたいに、いつもの場所で、遊んで帰ればきっと言ってくれるはずなのだ。

お帰り、と。

そう、二人が言ってくれるはずなのだ。

強く強く言い聞かせ、少女は逃げる。

荒い息のまま雑踏を抜け、路地裏の奥に取り残された小さな空き地にぽつんと立つ木の下を目指した。ボロボロの縄を木にかけて廃材に結びつけた手作りのブランコが、少女の居場所が風に揺れる。

「いやだよぉ……独りはいやだよ……ぱぱぁ！　ままぁ!!」

絶望に咽(むせ)ぶその場所に、独りだったはずの少女に、

「――――可哀想な子。ねぇ、もう一度あなたの大切な人に会いたい？」

その声は、響いたのだ。

誰の声かもわからない。涙で霞（かす）んで姿も見えない。

でも、そんな声は、酷（ひど）く、酷く、優しげで。

気遣うようなその声に、少女はただただ縋（すが）る他ない。そうでないと、もう、生きていくことなどできそうになかったから。

「………会いたい……！　パパとママに、会いたいよっ‼」

「そう、じゃあ、願って――貴女（あなた）の思い出の中にいる父と母を――もう一度、空っぽの器に与えてあげて――」

そうして、少女は願うのだ。

もう一度、もう一度だけ、父と母に会えますように、と。

第一章 動乱の予兆

ユートランド川と呼ばれる長大な大河から、数多の運河が引かれていた。

かつて、水竜がアクエリオンの西方にある湖に住まう前、清涼な水辺を求め旅をしていたとされる時代に、立ち寄ったこともあると言われるそんな水辺に、沿うように建設された街。自然と調和した美しい景観を持つその場所こそが、シンドリア王国が誇る王都である。

土木作業に特化した帝国の黒鍬魔導師団を真似、数多の魔導士を運河の管理に当て、築き上げた都は、アクエリオンと並ぶ水の都と呼ぶ者さえ存在するほどだ。

そんな王都の最北に位置する王城は、王国の力を象徴するが如く雄大だ。人類国家における最古の王制国家、故に――王国と呼べば人々は最初にシンドリア王国を頭に思い浮かべることだろう。

大小一二の尖塔が天へと伸びる王城の敷地内にある宮殿は、白亜と呼ぶに相応しい白と、宝石のように輝く青のコントラストが美しい建造物である。

宮殿から王に仕える重鎮や貴族たちが疲れた顔で退出し、一人玉座に残されたシンドリア八世は重たい息を吐き出した。

「厄介なことになったものよのう」

王の手に残された一枚の書簡。

先ほどまでの重たい談義、その原因となった隣国エストールからの書簡の内容を簡潔に纏めればたった一言に集約できる。

「エストール王国が我が国に宣戦布告、か」

正直に言えば、シンドリア八世はエストールからの宣戦布告を微塵も予想できていなかった。それはシンドリア八世だけでなく、政務を預かる重鎮たちや貴族たちも同じだろう。密偵より、不可解な噂や若き宰相を筆頭に国を挙げて産業を興しているなどの活発な動きは伝え聞いていたが、それでも急な戦争に繋がるような動きは見られていない。

軍備の拡大を行っていた、などと聞かぬ今、シンドリア王国との軍事力の差は語るまでもない。

そもそも、エストールと王国の間には強い同盟関係がある。

同盟が結ばれた当初は強大な帝国に対抗するためであったが、帝国と不可侵協定が結ばれている現在は相互に貿易の相手として、同盟関係にあった古き友好国がエストール王国である。近年にもエストールの王が来訪するなど、国同士の交流は盛んだった。

だからこそ、手のひらを返すかの如き宣戦布告を予想することは難しいだろう。

「さて、いかがすべきか――」

エストールとの国力差は一〇倍か、それ以上にも及ぶ。

負けることはないだろうが、戦うだけの旨味があるのかと問われれば確信を持って言えるだろう――そんなものはない、と。

二国は山脈を隔てる形で国境が存在している。侵攻するエストールを打破し、領土を拡大したとして、管理しづらい飛び地が増えるだけであるし、そもそも神聖国が武力による領土の変更を禁止している今、戦に臨むだけで不利益が生じかねないのだ。

完膚なきまでに勝ち戦をしてしまった場合も問題になる。エストールとの間に取り返しのつかない亀裂が入れば、国交の正常化に時間がかかり、やはり不利益が生じる。

不可解な宣戦布告、その望ましい落としどころはほどほどに勝ち、その上で有利な交渉を持ちかけ、より一層旨味のある交易を結ぶ、であろう。

「厄介なものよ――」

もっとも、それほどまでにうまく事が運ぶのならば、今のような事態に陥っていないだろう。最近の酷い睡眠不足の原因である恨めしい書簡をシンドリア八世は少し乱雑に握った。

「――あら、そう悲観する必要はないと思いますわ、お父様」

不意に響いた少女の声に、シンドリア八世は眉をひそめる。

「……はぁ、また盗み聞きか、テレシアよ」

「いやですわ、お父様。そのようなはしたない真似はしておりません。お疲れのお父様を気遣う優しい娘がミントティーを差し入れようと思ったら、偶然、たまたま、白熱する皆さまのお声が聞こえてしまっただけですの」

そう言って、邪気のない笑みを浮かべてみせるテレシア。

ころころと表情を変え、いかにも心外だと言わんばかりのその顔は、父であるシンドリア八世の目から見れば、胡散臭いことこの上ない。

「いかがですか、一杯？」

「……いただこう」

もっとも強く言ったところで素直に言うことを聞かないことは、身に染みて理解していた。

シンドリア八世の子の中で、最も才覚に溢れ、最も問題を起こしてきたじゃじゃ馬娘。それでいて、父を気遣う、という本心を隠そうとする家族思いの優しい娘。

それこそが、第二王女、テレシア・フォン・シンセシアなのだ。

「で、此度は何を企んでいるのだ？」

「もう、可愛(かわい)い娘を捕まえて、そのような言葉を投げかけないでくださいまし」

などと、抗議の声をあげるテレシア。

ぷんぷんと怒る娘は、心外だ、とでも言いたげだ。

だが、テレシアには数えきれないほどの前科がある。

七つの頃、王城で出されるお菓子に食べ飽きた、などと我儘(わがまま)を言い出し、王女としての権限を活用して資金を集め、新しいお菓子を作り出す商会を組織。いつの間にか、王女印の菓子として市場を満たすようになるまで手を回した後になって、

『ごめんなさい、パパ。事後報告になってしまいましたわ』

などと言ってきたテレシアには頭を抱えたものである。

他にも、不正貴族殲滅(せんめつ)事件や王族財布盗難事件、豊穣祭の地獄など、テレシアが起こしてきた問題を上げればきりがない。

そのくせ、どれも手間に見合うだけの利益を上げているので憎むに憎めない。齢一二の頃には財務大臣に、姫様にならば後任が務まる、と言わしめただけはある。

そんな娘が、自分の前に狙い澄まして現れたということは、何かを企んでいますと言っているようなものだ。

「お兄様が言ってましたわ。気の抜けた貴族たちを引き締めるにはいい機会だ、と――レイノルド辺境伯が指揮を執るならそうそう悪い結果にはならないだろう、とも――であれば、此度の戦、必要経費と割り切れば良いでしょう」

カップに口をつけ、ほっと一息。テレシアは楽しそうに言う。

「まあ、戦に関しては完全に門外漢なので私の言うことなどあてにはなりませんが」

「良く言う、算盤は弾いた後なのだろう」

戦を見る目はなくとも、損得を見る目は誰よりも優れるテレシアのことだ。損益は既に弾き出した後であろう。

確かに、長年、戦を経験していない貴族たちに経験を与えるにはよい機会とも言えるだろう。勝ち戦と高を括り、箔を求めて戦場に出ようとするものたちも確実に出てくる。戦で活躍した貴族は、後々大きな顔ができるものなのだ。そういった無能をあぶり出し、おだてるだけおだてて資金を捻出させ、前線で使いつぶす。それくらいのことは娘の思い描く計画に含まれていそうだな、とシンドリア八世は思う。

実際、彼女が自分の元に足を運んだ以上、資金繰りには目途をつけているだろうし、いろいろと手を回しているという話も少しだが耳にしている。

「で、何が望みだ、テレシア」

シンドリア八世は率直に尋ねた。

「ふふ、お父様には敵いませんね――では、一つお願いがあるのですが、聞いてもらえませんか？」

そう言って、上目遣いで微笑むテレシア。

その顔は、昔から変わらない。

甘え上手が、問題を起こすときに言う台詞である。

「…………言ってみろ」

「交易都市に遊びに行っても――」

「駄目だ」

テレシアの言葉を遮るように、シンドリア八世が言う。

「まだ、最後まで言ってませんのに……それでお父様、いい加減王城に閉じ込められているのも暇なので、交易都市に外遊――もとい出張に参ろうかと思うのですが、許可をいただけませんか？」

問題を起こし続ける娘を王城に閉じ込めて一年が経つ。年頃の娘らしく、婚約者の一人でも探してくれれば王としても父としても一安心だが、本人は自分よりも才あるものにしか嫁ぐ気はない、と公言してはばからない。

「勿論、ただ遊びに行くだけではありませんわ。許可を下されば、お父様の睡眠不足を和らげて差し上げます――お金の問題は全て、テレシアにお任せくださいませ――あ、財務大臣とお兄様の許可はちゃんといただいております」

そう言ってテレシアは紙の束を取り出す。

エストールから書簡が届いてまだ二日だ。にもかかわらず、既に戦争の全容を把握し、有力者に手を回して、その下準備を終えている。テレシアの兄はともかく、軍務大臣、財務大臣、農務大臣、など錚々たる面々のサインに、流石の王も唖然とする。

サプライズのつもりなのか、娘の動きは王の耳に一部しか届いていなかったのだ。忙しかったというのもあるが、報告をしなかった部下たちは不敬罪に処すべきだろうか。

「お前という奴は………」

「うふふふ、驚いていただけたようで何よりです。お父様相手だと隠し通せるかドキドキしましたわ」

一体、誰がこの娘を超えるだけの才覚を示せるというのか。

在位から二四年、滞りなく政務をこなし、賢王と称されるシンドリア八世の悩みらしい悩みが奔放な娘の処遇とは情けないものである。

「此度は随分と準備が良いな」

「ふふ、久しぶりに訪れた外遊の機会――逃す手はないですから」

国家の一大事も、娘からすればお出かけの機会である。

乾いた笑みを浮かべるシンドリア八世にテレシアは続けて言う。

「それに、此度はお会いしてみたい人がいるのです――だから、是が非でも交易都市に行かなければなりません」

強く断言したテレシアに、シンドリア八世は驚いた。

才覚溢れる娘が関心を示す人物は少ないのだ。明確に興味を抱くとなればさらに珍しいことだ。

紅の大帝国が皇帝陛下、神聖国が誇る白の騎士、そして、現人神、教皇聖下。彼女が興味を抱いた相手は両手の指で足りるだろう。

そして、その相手に、シンドリア八世は心当たりがあった。

「ほう、それは今噂になっておるあの者か――」

先の魔竜紛争で無類の活躍をしたという英雄。

犬猿の仲であった交易都市の二大貴族が連名にて身元を保証し、重要視する人物。

なんの前触れもなく現れ、王国二人目のSランク冒険者になるとも囁かれる、竜人。

「ええ、ぜひともお会いしてみたいのです！　交易都市の英雄、ナハト様に――」


「うぅ……もう、ダメです……アイシャには、これ以上……入らないです……ナハト様ぁ……」

辛そうな表情で、涙を浮かべるアイシャが言う。

もう限界だ、と慈悲を請うアイシャだが、ナハトはにっこりと笑って言う。

「まだこんなに残っているんだぞ――大丈夫だ、アイシャなら簡単に飲み込めるさ。力を抜いてリラックスするが良い」

つんっと張った少しだけ長いアイシャの耳元でそう呟くと、小さな体がビクンと震える。

そんなアイシャに手を伸ばし、懸命に頑張るアイシャの頭を撫でると、気持ちよさそうに目を細めた。

「あぅぅ……そんなにされると……ダメです、なんだか……気持ちよくなってしまいそうで――」

「ふふ、集中できそうか？」

妖艶に、アイシャの髪をナハトが撫でていると――不意に、バタン、と。

開いていた本に向かって盛大に突っ伏したアイシャが弱々しい声を発する。

「――アイシャは眠ってしまいそうですぅぅ…………」

自由交易都市の中央区に存在する大図書館。数多の書物が交易の波に流され辿り着いたこの街の図書館は、蔵書数二〇万を超える知識の集積場であった。

「まあ、無理に詰め込んでも頭には入らないからな――言語学は暗記が基本と言うがちゃんと法則がある。歴史なんかは過去の出来事を追体験できてなかなかに楽しいものだ。魔法学なんてそれこそ、遊び感覚で試しながら学ぶと良いさ。単純な暗記と思えば能率は上がらないぞ、アイシャ」

積み上げられた書籍を見て、盛大にため息をこぼすアイシャ。対照的に、ナハトは楽しそうに笑みを浮かべる。

厳密に言うと、二人っきり、ではないのだがアイシャが頑なに現実を直視しないため、この場は二人っきりと言っても過言ではない。そうであるなら、たとえやっていることが勉強であってもこれ以上に楽しいことはない。

「お勉強って大変ですね……お父さんに読み書きや計算を教わったときもアイシャはなかなかうまくいかな

かったです………」

ちょこんと飛び出たアイシャの耳が、面白いくらいに項垂れていた。アイシャの耳はなかなかに感情表現が豊かである。

何かアドバイスでもできないかと思い、アイシャが広げていた教導書をナハトも手に取ってみる。

初級魔導入門、と書かれたそれを勢いに任せ捲り流し、ほんの二、三秒でぱたんと閉じる。

「ふむ、難解な言い回しが多いな。それに、魔法を扱うだけなら蛇足な部分もある。やはり、この《サルでもできる魔法指南書》のほうが良いと思うぞ？」

そう言ってナハトがお勧めの本を紹介するが、アイシャは露骨に嫌そうな顔をした。

「うう、それは、何か凄くバカにされてるような気がして………」

著者は不明だが、魔法についてその使い方だけが簡潔に記されているので、自分の手で魔法を扱ってみたいと言ったアイシャには向いていると思う。確かに、バカにされている気は物凄くするけれど。

「まあ、そもそもの話、誰かが考えた理論なんてものは無視してもいいんだぞ？　私も魔法を誰かから教わった記憶はないからな」

「それはナハト様だからです………」

盛大にため息をついたアイシャは再び書物とにらめっこを始めた。

魔竜紛争が終結してから二週間という時間が経ち、交易都市はいつもの平穏を取り戻しつつあった。

二大貴族が街を挙げての戦勝パーティを行ったことを機に、戦利品となった数多の魔物の素材や、その場に取り残された火竜の鱗など、様々な戦果の取引で街も賑わいを増している。受けた傷も大きいが、それでも強かに商売を続ける街は、以前と変わらぬ平常運転と言っても過言ではないだろう。

そんな時間の大部分をナハトは、もっとナハト様のお役に立てるようになりたいです、と言ってくれたアイシャの強化期間に充てていた。

実際、ナハトの慢心から竜に襲われ、九死に一生を得たアイシャである。強くなろうと努力することはナハトも大歓迎だった。

もっとも、ナハトのお世話しますと言ってから回ったり、料理の手伝いをしますと言って混沌（こんとん）を生み出したり、近接戦闘訓練で目を瞑ってしまったり、などとあまりうまくいったとはいえないが、頑張るアイシャは尊いので何も問題はない。

最近になって始めた図書館での勉強まで、懸命に取り組もうとして張り切るアイシャなのだが、本人も物覚えが悪いと言っていたこともあり能率はなかなか上がっていない。勉強を始めるといつも転寝（うたたね）をしてしまうのがお約束になっているのだが、そんなアイシャの寝顔を眺める時間こそがナハトにとっては至福のひとときなのでこちらも問題はなかったりする。

今日もまた、純粋な魔法の習得に苦戦するアイシャは、何処か羨ましそうに書物からナハトへと視線を移した。

「誰にも教わっていないはずなのに……ナハト様はどうやって魔法を覚えたのですか？」

そう問われたナハトはかつての記憶と、今の自分を照らし合わせて口を開いた。

「そもそもの話、魔法とはあくまで自分に備わっている力——魔力を扱う手段をそう呼称しているに過ぎないのだ。己の内にある魔力さえ制御できるとすれば、体系化された理論など知らなくても魔法は使える」

アイシャが火竜に向かって己の魔力をぶつけた一撃も、大雑把に言ってしまえば魔法と言えるものである。

魔法を行使する方法も人それぞれだが、最も主流なものは、声に魔力を込めて理（ことわり）を捻（ね）じ曲げる詠唱であろう。アイシャも、精霊に呼びかけるときには、無意識に声に魔力を込めている。変に意識しなければすぐにでも使えそうなものだが、アイシャは真面目な性格が災いして、固く考えてしまっているのだ。教科書を隅から隅まで暗記しようとして、テストで失敗するタイプなのだろう。

「うぅ……アイシャはナハト様に教わっているのに……まだ精霊様に助力してもらわないと何もできないです……」

　落ち込みながらそう言うアイシャ。

　だが、悲観するようなことは何もない、というのがナハトの本音であった。

「アイシャは耳長族(エルフ)としての魔力も、龍としての魔力も持っているんだ。その扱いが難しいのは当然だろう。むしろ精霊魔法が使えることを誇っていいんだぞ？」

　ナハトも含め、精霊に選ばれない大半の者には使えない技能(スキル)なのだから。

「それは、でも、精霊様が凄いだけですから。アイシャは自分で頑張って、魔法を使えるようになって、それでもっともっとナハト様のお役に立ちたいです！」

「ふふ、そうか、では頑張るしかないな。無論、私も手伝うぞ」

　ナハトはそう言ってアイシャの頭を撫でると、不必要になった書物を傍(そば)に控えさせていた女に乱雑に渡す。

　女は一瞬不服そうな表情を浮かべるが、ナハトが軽く視線を送ると、がたがたと震えて本を書棚へと戻しに行く。

「…………あの、その……ナハト様……凄く、すごーく聞きたくないのですけど……アイシャはナハト様が召使の如く扱っている御方を、戦勝パーティで見たような気がするのですが…………」

　懸命に見ないふりをして、二人きりを装っていたアイシャだが、ナハトが女を使いっぱしりにすると流石のアイシャも誤魔化すことを諦めたようである。

「うむ、彼女の善意の協力で、今日は図書館を貸し切りにしてもらっているからな。今も、善意から私たちの召使を買って出てくれているわけだ」

「………ナハト様……アイシャはどうやら夢を見ているようです……演説で見た凄く偉い人がアイシャのお世話をしてくれる夢を………」

茫然とするアイシャに、女――エレオノーラ・ルティ・レンヴェルは言う。

「魔法であれば、こちらの本も参考になさってください」

「夢……これは絶対に、夢です……」

交易都市を統治する二大貴族の片割れ、貴族としての自尊心をこれでもかと持つエレオノーラが恭しくアイシャに傅く。

そのあまりに非現実的な光景に、あさっての方向を見ながら、夢、これは夢です、と呟くアイシャだったが、

「アイシャ様、お気に召しませんか？　ではこちらの書物はいかがでしょうか」

残念なことに現実である。

「どぉーしてですか⁉　ナハト様っ！　なんで、エレオノーラ様がアイシャなんかを様付けしてるんですか‼

一体、全体、何をなさったんですか、もうっ‼」

許容できる限界を超え、錯乱したアイシャがナハトの肩を摑みがたがたと揺さぶる。

「アイシャは私の従者だぞ？　様付けはされて当然だと思うが――」

「――そういうことを聞いているのではなくて！　ちゃんと説明してください‼」

「ははは、まあ落ち着けアイシャ、別に大したことはしていないさ――」

そう言って、口元に浮かべた笑みを深めるナハト。

ぞっとするようなナハトの笑みを見て、青ざめたエレオノーラが一層震える。

「――少しばかり、拷問して、調教しただけだ」

「………」

引き攣った顔で黙り込むアイシャの横で、

「………夜に……顔が……いやっ……来ないで……ぅぅ……もう……空は……嫌……いっそ、殺しなさいよ………」

恐怖を吐き出すエレオノーラ。

「ほんとに何をしたんですか………」

「ははは、二度にわたって私のアイシャを狙ったその報いを受けただけだ。アイシャが許すなら私もこれ以上何かをするつもりはない」

そうナハトが言うと、エレオノーラは縋りつくようにアイシャに頭を下げた。

「アイシャ様、浅はかな短慮で貴女様に危害を加えてしまった愚かな私をどうか、どうか！　お許しくださいませ……！」

「ちょ、もう、やめてください！　許します、許しますから！　というか、アイシャはあんまり迷惑をかけられた記憶がないのですけど………」

アイシャが申し訳なさそうにエレオノーラの謝罪を受け取る。

「よかったな、アイシャが寛大で――」

そうナハトが言うと、エレオノーラは安堵の息を吐き出した。

「ええ、でも、改めて謝罪を――ごめんなさい、アイシャさん――一度目は私欲から貴女の指輪を、二度目は貴族の面子を守るために貴女に騎士をけしかけました――私にできる償いであればなんでもするから、貴女の主をできるだけ私から遠ざけて………」

「ふむ、随分と嫌われたものだな」

せっかくこうして謝罪の機会を与えてやったというのに。

「もう、あんまり酷いことをしちゃ駄目ですよ、ナハト様！　えっと、エレオノーラ様、アイシャはナハト様や精霊様が守ってくださったので、襲われたって実感もあんまりないです。なので、そんなに気にしないでください。ナハト様にもちゃんとアイシャが言っておきますから………」

　ナハトの被害に遭ったエレオノーラを同情するように見るアイシャ。何故か、一人悪者にされたナハトは不満げに肩を竦（すく）めた。

「ありがとう、アイシャさん。困ったことがあったらレンヴェル家を頼りなさい。全力で力になるから」

　力強く言うエレオノーラに困ったような顔を浮かべるアイシャだが、彼女の持つ権力はなかなかに便利そうである。こうして、図書館を貸し切りにしてもらえるだけで、エレオノーラを味方にした価値があるだろう。

「あ、それなら、また図書館を使わせてくれたらありがたいです」

　アイシャもそう思ったのか、エレオノーラに言う。

「ええ、勿論構わないわ――これから少しばかり忙しくなりそうだから今日みたいに付き添ってあげることはできないけれど、私の名で許可証を作っておくから、交易都市の公共施設はほとんどが自由に使えるようになるはずよ」

「ほんとですか！　ありがとうございます！」

　何故か物凄く仲良くなってしまった二人。アイシャは命を狙われていたはずの相手なのだが、ナハトを置いてけぼりにして会話を続ける。そんなことをされると、エレオノーラに敵意の一つでもぶつけたくなってしまうのは仕方のないことだろう。

「ひっ」

「もう、めっ！　ですよ、ナハト様」

「うぐ、だが――」

「アイシャはもうエレオノーラ様を許したので、ナハト様も普通に接しないとダメです」

「はい…………」

アイシャの正論に黙らされるナハトを見て、エレオノーラは感嘆の声をあげた後、アイシャに問うた。

「アイシャさんは……その、恐ろしくはないのですか――強大すぎる力を持った、貴女の主が――」

ほんの、ほんの一瞬。

何げなく発せられたエレオノーラの言葉に、怯(おび)えの色を滲ませるナハト。

だが、アイシャはそんなナハトの表情の変化に気づく暇さえなく、

「怖くなんてないですよ」

そう断言していた。

「どんなに凄くて、強大で、神様みたいな存在でも――ナハト様はナハト様なので、アイシャは全然怖くなんてないです」

アイシャの言葉が耳に触れる。

心の底から溢れ出る歓喜の念を抑えることなどできるはずもなく、ナハトはアイシャに近づいた。

すると、アイシャは座ったままで、ナハトを見上げてきて。

そんなアイシャの姿がいつにもまして愛(いと)おしくて。

ナハトは思わずアイシャの背から手を回して、その頭に顔を寄せる。

「ふぇ、あの、ナハト様？」

「ああ、本当に――アイシャは私の欲しい言葉をくれる。ありがとう、アイシャ。お前がいてくれるだけで

私はこの上なく幸せだ」

　頬が緩んでしまって仕方がない。

　アイシャが傍にいてくれるから。

　突如として未知の世界に投げ出されようとも、ナハトは当然のようにナハトでいられる。

「ふぇえええええ……あの、その、よくわからないですけど、アイシャもナハト様がいてくれるだけで幸せです」

　見つめ合う二人の距離がより一層近くなって。

　このまま唇が触れてしまうのかと思うほどアイシャに近づいたそんなときだ。見つめ合っていたアイシャの瞳に傍観者となったエレオノーラの姿が映り込むと、アイシャはボンっと頬を真っ赤に染めて、慌ててナハトの腕から離れようとする。

「お邪魔なら、私は出ていくけど――」

「いえ、その、大丈夫です！　あ、アイシャはお勉強をしないとですから――」

　そう言って、慌てて本に向き合おうとするアイシャ。

　手の中からアイシャが離れてしまうのは酷く残念だと思うものの、アイシャがくれた言葉が温かくナハトの心を満たしていて、これ以上を望む気もなくなってしまった。

　お勉強です、と張り切るアイシャの横で、ナハトもなんとなく本を捲る。

　やがて、穏やかな寝息が聞こえるようになるまで、ナハトはアイシャを見つめ続けた。

「一つ聞いておきたいのだけれど――」

　そう声を発したエレオノーラに、ナハトは視線を移した。

「――貴女たちはいつまでこの街に滞在するつもりなのかしら？」

「なんだ、出ていけとでもいうつもりか？」

皮肉げに聞いてみると、エレオノーラは首を振る。

「むしろ逆ね。貴女の実力を王国で発揮してくれるなら大歓迎よ。永住するつもりなら貴族の位に領地、それに屋敷まで、全て私が用立てて差し上げますよ？」

そんなエレオノーラの言葉に、ナハトは笑みを浮かべた。

彼女には、ナハトの姿がトラウマになる程度には罰を与えたつもりだった。ナハトの姿など一秒たりとも見たくないというのが本音であろう。

だが、そんな個人の感情も、利益と天秤（てんびん）にかければより傾いたほうに躊躇（ためら）いなく舵（かじ）をきる。宝石に目が眩（くら）まなければ有能という評判は本当らしい。

「残念だがどれも私には必要のないものだな」

「まあ、そう言うと思ったわ」

予想通り、とばかりにエレオノーラが言う。

「だから、せめて滞在期間だけでも聞いておきたいのよ」

「ふむ、まあ特に急ぎの用事があるわけでもない。次の目的地が決まるまでは、アイシャとのんびりするのも一考だろう――まあ、長々と留（とど）まるつもりもないがな」

「そう、じゃあもうしばらくはここにいるのね。それなら貴女に一つ頼みというか、お願いがあるのだけれど――」

躊躇いがちに言うエレオノーラにナハトは続きを促す。

「――明後日、貴女に会ってほしい御方がいるの。話をするだけでいいから、面会してくれないかしら？」

エレオノーラが敬称をつけて呼ぶ相手ともなれば、アイシャは間違いなく拒否したがるだろう。ナハトとしては、少しばかり平穏な日々に良い刺激が加わるのではないかと期待していた。

無論、アイシャが拒否をするのであれば、無理にとは言わない。

なので、ここは一つ本人に聞いてみるのが手っ取り早いだろう。

「だ、そうだ、アイシャ――会ってみるか？」

人の悪い笑みを浮かべながら、ナハトがアイシャに聞いてみると、

「…………ふみゅう……ふぁい……」

寝言で返事をしてくれたので、大丈夫ということだろう。

「うむ、アイシャの了承ももらえたので、構わないぞ」

「……………」

何処か納得がいっていないエレオノーラだったが、表情には強い安堵が浮かんでいた。

彼女にとっては、先ほどのお願いはなかなかに重要なことであったのだろう。

そうであるならば、一つくらいは要求を返しておくべきか。

そう、思ったナハトは深く眠るアイシャの頭に手を置いて、柔らかな髪の感触をなぞるように優しく撫でる。

「では、こちらからも一つ要求をさせてもらおうか」

ナハトの言葉に、びくりと震えたエレオノーラが身構える。

「安心するが良い、少なくともお前にとってはそう難しいことじゃないさ――」

そう言って、ナハトの心を満たしてくれた少女の言葉に報いるために、ナハトはゆっくりと口を開いたのだった。

「随分と手間をかけたな、イリナ、助かったよ」

月明かりが差し込む冒険者ギルドの一室に、抑揚の乏しい声が響く。

透き通った青髪を一括りに纏め、冷たい光を映す双眸のAランク冒険者――クリスタ・ニーゼ・ブランリヒターは誰が見たとしても凜々しく、威圧的な印象を他者に与えることだろう。高い戦闘能力も相まって、恐れを抱く者も多い。

だけど、イリナは知っている。

物騒な外見とは裏腹に、彼女の本質は底抜けに優しく、その性格は酷く子供っぽい、という真実を。

「今回は特例ですからね、クリスタ先輩――情報を求めていたアイシャさんが実の家族だということで開示しましたが、冒険者の個人情報は秘匿されてしかるものです」

「わかっている、ギルド長にも礼を言っておいてくれ」

イリナにとってクリスタは、王立魔法学院に通っていた頃からの先輩で、平民であったイリナの味方になってくれた数少ない貴族の一人だ。冒険者としての知識や経験の大部分は彼女に教わったものである。

「しかし珍しいな、お前が特例なんてものを認めるとは――」

彼女の助けになりたいという気持ちはあった。

だが、イリナが個人的な感情を仕事に持ち込むことはない。そうでなければ、冒険者ギルドのサブマスターとして組織を運営する資格など最初からないだろう。

「特例措置を取れるだけの理由はありましたから。それに、アイシャさんはナハト殿の従者です――ギルドとしてもその活躍に報いなければなりませんので」

魔竜紛争でのナハトの活躍は無類のものだった。

古代魔族の撃退、乱入した竜の撃退、そして重傷を負っていた数多の冒険者の治癒――冒険者の中には彼女を神聖視する輩も存在するし、彼女の性格もあってか街での評判も頗る良い。最近では、何故かナハトを目の敵にしていたエレオノーラまで彼女を受け入れ優遇している始末だ。

多少の手間がかかったとしても、彼女の欲するものを支払う必要がギルドにはあった。

「相変わらず真面目だな――だが、少しはお前も融通が利くようになったということか」

クリスタはそう言う。

だが、イリナは与えられた職務に忠実なだけで、別に生真面目でも頑固でもないつもりだ。

言い返そうとも思ったが、他ならぬクリスタの言葉であるので、素直に頷いておくことにした。

「――そういえばクリスタ先輩、近々交易都市を離れるそうですが――やはり参戦するつもりなのですか？」

気遣うようなイリナの声に、クリスタは変わらぬ表情で答える。

「耳が早いな、流石は冒険者ギルドだ――――ああ、そのつもりだ。もっともそれは貴族としてだ、だから規則違反だとは言うなよ」

抑揚の乏しい声で、冗談めかしてクリスタが言った。

「煩わしいものですね、貴族というのも」

「確かにな――だが、民を守るためと思えばやる気も出るさ」

「相変わらずお人よしですね」

意趣返しのつもりでそう言うと、クリスタの眉が微かに動いた。

「また、すぐに帰ってきてくださいね――まだまだ厄介な依頼が残っていますので――」

憎まれ口に思いを託して、イリナはそんな言葉を発した。

「安いよ、安いよ、取れたて新鮮ガーゴアの卵が銅貨三枚だよ！」

「今日のおすすめはハニーラビットの肉！　どうでい奥さん、今晩はこいつの煮込みで決まりだろう」

「王女印の卵カステラ――王都からの直送品だ、数に限りがあるからね！」

交易都市の商店街はいつにも増して賑わっていた。度重なる商人のセールストークが小気味よく耳に届く。

「相変わらず、凄い活気ですね……」

「明日は王国の王女とやらが来訪するらしいからな。歓迎ムードにかこつけて、商売に弾みをつけたいのだろう」

「お、王女様ですか――アイシャも一目くらいは見てみたいかもです」

「街を挙げての歓迎になるそうだ、アイシャも姿を見る機会は訪れるだろう」

気圧（けお）されるように言うアイシャにナハトは断言した。

実際、街は既にお祭り気分なところもある。王女もそんな国民の期待に応えるために、パレードの一つくらいはやるのだろう。

「ああ、ごめんね今日の麦はさっきのでおしまいなんだ。リエルの卸売りのほうならまだ売ってるかもしれないけど、すまないねえ」

もっとも、街の雰囲気は、活気一色というわけでもなさそうだが。

「おや、ナハトちゃんじゃないか！　今日はオレンの実がおすすめだぜい！」

「ふむ、では箱ごともらおうか」

「おんやぁ、ナハトちゃん！　今日も新鮮な野菜いっぱいだよー！　焼いてよし、煮込んでよし、そのまま食べてもよしだ、美味しいよー！」

「ははは、なら一種類ごとに箱買いだな」

交易都市の通りを歩くと、最早顔馴染みとなったおじちゃんおばちゃん連中に取り囲まれるナハト。

元々、買えるならカンストまで、が信条であることもありナハトは彼らにとってはお得意様である。ギルドから必要以上の金銭を報酬として渡されてしまった以上、この街に少しでも還元することこそ正しい使い道だろう。

自らの衝動に説得力のありそうな言い訳を加えながら、ナハトは張りのあるトマトを手に夕飯の献立をぼんやりと考えつつ店を後にする。

いつもなら、買いすぎですよ、とアイシャから注意の声があがるはずだが、今日のアイシャはぼんやりとナハトの後をついてくるだけで、その表情も何処か浮かない。

「どうした、アイシャ――緊張しているのか？」

そうナハトが聞くと、アイシャは複雑な内心を隠すかのように笑う。

「当たり前ですよ、もう――アイシャはただの小市民なので貴族様と会うだけで心臓が飛び出そうなんですからね」

そう、ナハトに文句を言うアイシャだが、その言葉にいつもの勢いはない。

貴族に会うことに緊張している、というのは本音であろうが、それ以上に彼女は不安を感じているのだ。

「母のことを知るのは、不安か？」

びくり、とアイシャがわかりやすく反応した。

クリスタたちを洞窟から助けた際に、報酬として要求したアイシャの母の情報。それを知る人物を見つけたので会ってほしい、と彼女に言われ、ナハトたちは適当に時間をつぶしつつ指定された貴族の屋敷へと向かっていた。

「…………わからないです……アイシャはお母さんのことを全然覚えてなくて……アイシャが傍にいてほしいときもいなくて、お父さんが苦しんでいたときもいなくて……もしも、今、再会してしまったら、どうしたらいいのか、わからないです…………」

震える声で呟くアイシャ。

母を本当に母と思えるのか、そんな言いようのない不安を抱えるアイシャに、ナハトはあえて笑ってみせた。

「……ナハト様？」

「アイシャは難しく考えすぎだな、そういうときはな――何処行ってたんだよバカ野郎！　――と一発殴ってやればいい。複雑なアイシャの心境はその後ゆっくり語ればいいさ」

そうナハトが言うと、アイシャは少しだけ苦笑して、

「できますでしょうか、アイシャにも」

なんて言う。

「できるさ、アイシャは私の従者だぞ」

確信を持ったナハトの言葉に、アイシャは今度こそいつもの元気な笑みを浮かべた。

「では、向かうとするか――」

『食』の道を抜けた先、貴族たちが住まう中央区の隅に、その屋敷はあった。

貴族の屋敷という割には、なかなかにこぢんまりとした敷地に、赤い屋根が特徴の建造物が一つだけぽつんとあった。以前雷を落としたエレオノーラの屋敷と比べれば、半分もないと思える。

そんな屋敷の前で、青髪の美女が悠然とナハトたちを迎えてくれた。

「時間通りだな、ナハト殿、それにアイシャ、よく来てくれた」

「こんにちは、クリスタさん」

「久しいな、クリスタ」

魔竜紛争以来、忙しそうにしていたクリスタと会う機会は少なく、顔を見るのは一週間ぶりであろうか。

相変わらず、なかなかのクール系美女である。冒険者としての装いではなく、上品そうなロングスカートを纏っているクリスタはなかなかに新鮮で、鎧の下に押さえ込まれていたのだろうたわわな果実が嫌でも目に入ってくる。

まじまじと、クリスタを見ていると、

「ナハト様、何処を見ていらっしゃるのですか？」

「ナニモミテナイデス」

アイシャが怖い顔をするので、ナハトも自然に誤魔化しておく。

「では、案内しよう、ついてきてくれ」

クリスタに付き従い屋敷へと足を踏み入れると、そのまま応接室へと通された。

小さな屋敷ということもあり、使用人の数も少ないが、部屋の調度自体はごちゃごちゃせず、上品な装いとなっている。もっとも、それはこの応接室だけで、廊下や他の部屋までは手が回っていないようにも思えるけれど。

「ようこそ、ナハト殿にアイシャ殿。私はルドウィン・リンドブルク。噂の英雄殿に会えて光栄だ」

そう言って、上品に手を差し出すルドウィン。

貴族らしく、装飾のある服を着るルドウィンは、その格好に似合わぬ鍛えられた肉体をしていた。

「そう畏(かしこ)まった歓迎をせずともいいさ、私のことは親愛を込めてナハトちゃんと呼んでいいぞ」

握手を交わすと、そんな青年の横にいた女性が口を開く。

「ベリンダだ。こいつと違って貴族じゃないから敬語なんかもいらないよ。よろしくね、ナハトちゃんにアイシャちゃん」

魔術師らしき格好をして、奇妙な金属製の箒(ほうき)を手にした壮年の女性。

一瞬、ルドウィンの妻かとも思ったナハトであったが、どうやら違うらしい。

「は、はい、よろしくお願いします」

緊張した面持ちであいさつをするアイシャに、ベリンダは豪快に笑った。

「くはははは、そう緊張しなさんな。こいつもエセ貴族で実質平民みたいなもんだからね」

「おいこらベリンダ。今はもうまっとうな貴族だぞ、私は――不敬罪にしてやろうか――」

「はっ！　やってみるかい？　言っとくが名声と立場ならお前さんよりあたしのほうが上だけどね」

「ぐ………」

ナハトたちをほっぽってじゃれ合う二人。

雰囲気から察してはいたが、相当に気安い仲なのだろう。

「お二人とも、客人の前だぞ」

「すまん、クリスタ殿」

「ごめんね、クリスタちゃん」

二人をとりなしたクリスタが本題とばかりに口を開く。

「さて、まずは私のほうから報告をさせてほしい。アイシャの母であるフローリアという名の耳長族(エルフ)についてなのだが、現在もその行方(ゆくえ)は摑めなかった、すまない」

そう断ってから、クリスタは続ける。

「だが、アイシャの父と母を知る人物を見つけることはできた、だから今こうして会ってもらっている」

そうクリスタが言うと、おそるおそるアイシャは目の前に座るベリンダとルドウィンを見つめた。

「はじめまして、アイシャ殿――いや、あいつの娘を殿と呼ぶのもおかしいか――改めて、アイシャ、君の父親、ローランドと昔冒険者パーティを組んでいたしがない槍使いだ、今は運悪く貴族をやっている」

そう言うとアイシャは驚いた顔をした。

「ルドウィンさんは、お父さんの冒険者仲間さんだったのですか……えっと、父がお世話になりました？」

なんと答えてよいのか戸惑うアイシャが躊躇いながらそういう。

「はは、まあ、あんのお人よしには随分と迷惑をかけられたものだが…………世話になったのはむしろ私のほうだな――クリスタ殿から話は聞いた――あいつのことは残念だったが、君がこうして元気に生きていてくれて、嬉しいよ」

柔らかな笑みと共に、裏表のない声で言うルドウィン。

アイシャは照れ臭かったのか、少しだけ下を向いて笑みを浮かべた。

「あたしのほうは、はじめましてじゃないんだけどね、流石に覚えてはいないかねー、アイシャちゃん」

そうベリンダが言うと、アイシャは記憶の底をあさるように考えていたが、

「えっと、その、何処かでお会いしたんでしょうか……？」

アイシャは覚えていないらしい。

「くはははは、無理もないよ。何せ会ったのも一ぺんだけで、アイシャちゃんがこーんなに小さかったときだもんなー」

なんて、手を椅子の下まで持っていって言うベリンダ。

「んじゃあらためて、ローランドのバカとパーティ組んでたベリンダだ。元Aランク冒険者、紅蓮のベリンダって、まあ、自分で言うと恥ずかしいんだが、王都じゃ結構有名なんだが知らないかい？」

「その……えっと……すみません……でも、お父さんは冒険者としての自分は全然大したことないって言ってましたけど、ベリンダさんはAランクなんて凄いのですね」

「くははは、なんだい、あいつの子にしちゃ正直で良い子じゃないかい！　まあ、昔の話で今はただの専業主婦だけどね。それに、あいつは生活魔法も満足に使えないほど情けない野郎だったが、剣の腕に関しちゃランク詐欺ってぐらいローランドは腕が立ったよ」

快活に笑うベリンダの隣で、本題とばかりにルドウィンが口を開いた。

「さて、アイシャ。君は君のお母さん、フローリアさんを捜していると聞いたが」

そうルドウィンが言うと、アイシャは少しだけ俯く。

「無理に依頼したのは私だがな」

答えにくそうなアイシャの代わりにナハトが言うと、アイシャは慌てて口を開いた。

「いえ、その、アイシャも捜しています」

複雑そうなアイシャの心境を察したのか、ルドウィンはなるべく変わらぬ抑揚で続けた。

「昔の話になる――友好国エストールで活動していたときに商人の護衛依頼を受けた。ジェラリアの森という大陸でも一、二を争う広大な森林地帯、その周辺にある村と都市を巡る商人からの依頼だった」

「依頼自体は順調だったんだがねー、帰り道ですんごいトラブルってやつを見ちまってね」

「トラブル、ですか……？」

アイシャの言葉に二人は頷く。

「ジェラリアの森にはそれを象徴する大樹があってな、森の外からでも見ることができる巨大な木をエストールの人たちは世界樹と呼んでいた。その周辺は耳長族の領地と言われているんだ。護衛を終え、帰路に就くそんなときだ。突如として響いた轟音と共に、世界樹の葉が散っていった――」

「戦場みたいな轟音がさ、バカみたいに響いてさ。森の深くからおぞましい魔力が漂ってきてね。こりゃあやばいと思って依頼人連れて逃げようとしたときに、あのバカの悪い癖が出ちまってさ」

アイシャの父親、元Cランク冒険者のローランドは蔑称とも思える、お人よし、の二つ名で有名な冒険者だった。

「俺たちに依頼人の護衛を押しつけてよ。悲鳴とか爆音が響く森ん中に一人入っていっちまってな」

「おかげで報酬は減るし、ギルドから怒られるしでもう散々」

「それは、その、すみません………」

アイシャの猪突猛進な善意は、きっと父親に似たのだろう。

「でも、そのおかげでアイシャは今ここにいる。あいつが傷だらけで、ほぼ死に体だったフローリアさんを森から担いできてな。虎の子の回復薬も全部使ってなんとか一命をとりとめた」

「一体何があったのですか？」

アイシャの言葉に、二人は少しだけ沈黙して、ややあってからベリンダが言う。

「フローリアさんは何があったかは語らなかったよ。ただ、ローランドの話じゃ、エルフの死体が幾つも転がってて、ひどい惨状だったってさ。それでもあいつのバカげた行動で、一人の命が助かったんだ、まだマシってやつさ」

「問題はその後だな」

ルドウィンは頭痛を抑えるかのように頭に手を当てて言う。

「問題、ですか？」

おずおずと聞いたアイシャに、二人はため息交じりの言葉を吐き出す。

「あんのバカ、ちょっと美人のエルフだからって、甲斐甲斐しく世話を焼いてね！　依頼は受けられないし、金は回復薬と薬に使うし、挙句の果てには——結婚するから冒険者をやめるだとか抜かしやがって！」

「その癖、金はない、住居もない、職もない、ときたもんだ。少しは考えてから口を開いてほしいものだ」

「………父が、その、すみません……」

アイシャの頼れる父親像が崩れ去っていく中、ルドウィンは苦笑と共に口を開く。

「まあ、幸いというべきか、私も二人の兄の代わりに貴族位を継げと言われていたし、ベリンダも王都から勧誘を受けていた。良い機会だったのかもしれないさ」

「アイシャが開拓村にいたことも、お前が手を回したのか？」

ナハトが聞くと、ルドウィンは頷いた。

「フローリアさんはエルフだったからな、それもとびっきりの美人のだ。街で暮らそうにも人の目があるし、貴族に目をつけられれば私では庇いきれないこともある。だから、悪目立ちする前に、普通の人族の夫婦として、私の管理下にできる開拓村に住居を用意した。だから、すまないアイシャ。君が苦労をした責任の一端は私にもある」

そうルドウィンが言うと、アイシャは慌てて首を振った。

「そんな、ルドウィンさんはお父さんを助けてくれたのですよね。感謝以外の思いなんてアイシャにはないです！」

「そうか——アイシャ、その……村での暮らしは——あいつとの暮らしは、幸せだったか？」

「……辛いことはありました。でも、それ以上に、お父さんと暮らせて、アイシャは幸せでした。それは間違いないです」

「そうか」

安堵とも、喜びとも受け取れる、複雑な思いを込めて、ルドウィンの言葉は響いた。

「ま、長々と話をしておいて悪いが、フローリアさんが今何処にいるのかはあたしらも知らないんだ。アイシャちゃんを産んで、二年くらいで村を離れたことは知ってるんだけどね――向かった場所は多分、彼女の故郷だろうから、ジェラリアの森にあるエルフの里に行けば何かがわかるかもしれないが、何分昔の話だからねー」

申し訳なさそうにベリンダは言うが、ナハトにとっては十分な情報である。

「いいや、十分だ。次の目的地が決まったからな」

「英雄様に言うには余計かもしれないが、あのときの森は尋常じゃなくやばかった。向かうんだったら気をつけて」

気遣うようにナハトとアイシャに向け、ベリンダは言った。

「安心するが良い、アイシャの身は私がちゃんと守るさ」

新たな目的のもと、気合を入れるナハトだったのだが、

「しかし、今エストールに向かうとなると――時期が悪いな――」

そう言ったルドウィンが難しそうな表情を浮かべていた。

アイシャはきょとんとしていたが、ナハトは凡その察しがついている。

交易都市は王国における商業の中心地だ。そのトップであるエレオノーラが慌ただしく動き、商人たちが活発に動く。復興に向けてとも思えるが、麦の不足や食料品の値段が微かに高騰している現状を見れば、それだけではないのだろう。

「近々エストールと戦争が起きる。今向かえば、みすみす戦地に赴くようなものだな」

そうクリスタが言った。

「お前も参加するのか、クリスタ？」

ナハトが聞くと、クリスタは神妙に頷く。

「ああ、実家から再三にわたり要請があったからな、貴族としての義務を果たす」

そう口にしたクリスタの表情はいつもの無表情にも思えた。

だが、微かに、感情の揺らぎがある。

不満ではなく、言い表しにくい嫌悪を抑え込んでいるかのようだ。

「もっとも、エストールと王国では地力が違いすぎる。戦禍が南から広がることはないだろう」

「じゃ、じゃあ、戦争が終わるまではアイシャたちも街でゆっくり――」

アイシャの言葉がピタリと止まる。

ナハトが浮かべた楽しそうな笑みが、アイシャを無言に追い込んだのだ。

「……………えっと、ナハト様？」

「心配などしなくていいぞ、アイシャ――たかが人の戦争が、私の行動の妨げになるはずもないからな」

「……………その心配はしてないです……」

不安そうなアイシャとは裏腹に、ナハトの表情はいつにもまして明るかった。


アイシャの父の昔話に花を咲かせ、夕食をごちそうになったナハトたちはクリスタと共にルドウィンの屋敷を後にした。

豪奢（ごうしゃ）な建物が並ぶ貴族街の隙間から、ほどよく冷たい風が抜け、ナハトの艶やかな髪を宙に浮かべた。

「きっと、止めても貴女はエストールに向かうのだろう。だから一つ、お願いをしてもいいか？」

ナハトの性格をよく理解しているクリスタが言う。

「お前には世話になったからな、大抵のことなら聞いてやるぞ」

それはナハトの本心である。

ギルドへの紹介、身元の保証、宿の手配に、アイシャの母の情報、クリスタにもらったものは多い。お願い事の一つや二つ、聞いても構わないだろう。

「では、一つだけ――できることなら、貴女は此度の戦争に関わらないでほしい」

「ふむ、てっきり力を貸してほしいとでも言われるかと思ったが」

だが、クリスタは首を振る。

「勿論、王国貴族の一員としてはそう言うべきだろう。実際、ナハト殿が明後日面会する御方はそう提案するかもしれないが――」

面会？ 御方？ と、小首を傾げるアイシャ。そういえば、まだ言ってなかった気もするが些細なことだろう。

「――だが、私は貴女の力を少しだけ知っている。そんな私から言わせれば、貴女が参戦した時点でそれはもう、戦争ではない――」

蹂躙だ、とクリスタは言う。

彼女の懸念はナハトにもわかる。ナハトの参戦は、歩兵の戦争に、上から核兵器を降らせるようなものである。理不尽にもほどがあるだろう。

「できることなら、交易都市にもう少し滞在していてほしいのだがな。今、エストールに向かえば、裏切りだと騒ぎ出すバカも湧きそうだ」

「生憎だが、有象無象の思惑も情勢も、私を止める理由にはならないな」

クリスタは、知っていたとばかりに頷く。

「だからこそ、ナハト殿にはこの戦には関わらずにいてほしい」

「他ならぬクリスタの願いだ、善処しようじゃないか。だが、まあ、安心すると良い。人の揉め事に首を突っ込むほど私も暇ではないからな。アイシャと共に旅をして、彼女の母親を捜さなければならないからな、くだらぬ人の戦に首を突っ込むことはないだろう」

そうナハトが言うと、クリスタは安堵と共に口を開いた。

「それを聞いて安心した。では、ナハト殿に、アイシャ――いつかまた交易都市に立ち寄ってくれ。そのときは、美味い酒でもご馳走しよう」

別れを告げるクリスタの言葉にナハトは笑みを浮かべる。

「お前に会えたことはなかなかに幸運だった――また会える日を楽しみにしておこう」

「その、いろいろとお世話になりました、クリスタさん。また、お会いしましょう」

慌ててお辞儀をするアイシャに、クリスタは微笑んでいた。

表情がわかりにくいクリスタだったが、今はもう、はっきりとそれが彼女の笑みとわかる。

「こちらこそ、世話になった。二人に祝福があらんことを」

満開とは言えないが、小さなつぼみが懸命に花を開いたかのような、精いっぱいの微笑みを浮かべるクリスタ。

そんな彼女を見送って、二人で歩くナハトにアイシャが問うた。

「そういえばナハト様、明後日、面会するとか言ってましたが誰とお会いするのですか？」

ナハトは笑みと共に答えを返す。

夜空の下に、アイシャの絶叫が響いたことは、言うまでもないだろう。

二つの月が照らす森。

そんな森を、少女が歩く。

そのたびに、獣たちは我先にと逃げ出して、草木が色を失って、頭を垂れるように道を開ける。

「……なんにもない……執事(バトラー)、ここで……あってる？」

かつて、封印の泉と呼ばれていた湖の底。

今は、一滴の雫(しずく)さえ存在しない乾いた大地に、小さな足音だけが響いていた。

「……お姉ちゃんのおねがい、叶(かな)えてあげられない……」

魔物が犇(ひし)めくヨルノ森林の奥地には、到底不釣り合いな子供の声が響いて、消える。

「……帰ってもいいかな……お父さんとお母さんが……まってるから」

月の光を飲み込む双眸が、闇夜の中で一際輝く。

呟く少女の口元は、歪(いびつ)に歪(ゆが)んだ笑みが浮かんでいた。

第二章 旅立ち

右も左もわからない、ここが何処で、どういう場所なのか、考えることもしないぼんやりとした感覚だった。

陽炎（かげろう）を掴み取ろうとするような曖昧な意識。だけれど、不思議とその場所のことははっきりと覚えている。

二つしか部屋がない小さな家で、木々の合間から隙間風が入り込む、少し古びたそんな場所。そこにはいつも、アイシャの父がいてくれるのだ。

寝っ転がったまま、手持ち無沙汰なアイシャは料理をする父を見ていた。

鍛え上げられた体には幾つか傷跡があって、大きな背中が頼もしい。料理ができるのが待ち遠しいとばかりに、アイシャは足をパタパタと動かす。

そんな行動の裏側で、少しだけ落ち込んでいた。

本当は、何かお手伝いをしたかったのだ。

アイシャももう一〇を超え、何か父の役に立てるようになりたい、とそう思うようになっていた。

でも、アイシャが包丁を握ると、父はオドオドし出して、心配そうにアイシャばかりを見るようになってしまう。一度手を切ってしまったときなど、回復薬（ポーション）を買ってくる、などと言い出して駆け出そうとする父を止めようとして、大騒ぎになってしまった。

それは、ただでさえ忙しく、苦労をかけている父を困らせることになってしまう。だから、アイシャは大人しくして、待ち遠しいよ、と——そんな仕草で父を見るのだ。

料理の手伝いで辛（かろ）うじてできたのは水を汲（く）んだり、野菜を洗ったりすることだけだ。だが、簡単な水汲みでも、力のないアイシャは失敗してこぼしてしまったこともある。せっかくの飲み水をダメにして、それでも父は、怪我はないか、とアイシャを心配してくれる。

それが嬉しくて、それ以上に悔しくて、目を伏せる。

ただでさえ苦手なことが多いアイシャだ。少しでも父の力になりたいと思う。でも、それができなくて、居た堪れなくなって視線を下げる。

きっと、そんな顔をしてしまうことこそが、父に対しての一番の迷惑だったんだな、と何処かで自分がそう思う。

アイシャが顔を伏せてしまうと、決まって父は声をかけてくれるのだ。

「おうアイシャ、悪いがそっちの食器を持ってきてくれるか？　ついでに水を汲む器もだ——ああ、大っきいやつじゃないほうな」

きっと、それは気遣いだった。

アイシャにもできることを探して、できることがあるんだぞ、とそう示してくれたのだ。

でも、アイシャはそれに気がつけなくて。ただ嬉しくて笑みを浮かべる。

「うん、今持っていくね、お父さん！」

——真っ白な意識の底に、柔らかい声が響く。

「——シャ——アイシャ——」

それはいつかと同じ優しい声だ。

心地のいい音色は、眠っていたアイシャの意識では誰のものか判別できないが、なんだか懐かしい気がしたからだろう。

「――んぅ……おとう……さん……」

夢とごっちゃになった現実に、アイシャはそんな声を投げかけていた。

手が自然と伸びてしまって、虚空を掴もうとしたそんなとき。不意に心地のいい人肌の温かさが伝わった。

「……ふぇ、あれ……ナハト様……？」

薄っすらと広がった視界には、綺麗な顔が映り込んだ。

夜を纏うかのような深い黒髪から、甘い匂いが漂った。そんな香りに目をはっきりと見開くと、直視するのも難しい整いきった小さな顔が目の前にある。金の円環が包むぱっちりとした瞳は真っすぐにアイシャを見つめていて、柔らかな笑みと共に、

「おはよう、アイシャ」

そう言ってくれるのだ。

「はい、おはようございます、ナハト様」

こうして、朝起こしてくれて、挨拶をしてくれるだけで、アイシャの心を満たして、なんとも言えない幸せな気持ちにさせてくるあたり、ナハトは卑怯だなとそう思う。

それだけで満足なアイシャだったが、ナハトの好意はまだ始まったばかりだった。

「今日は土鍋で白銀米を炊いたからな――朝は日本食と洒落込もう」

「ほんとですか！　凄く楽しみです！　でも、すみません、アイシャもお手伝いしなきゃですのに……」

「アイシャは気持ちよさそうに寝ていたからな」

「うぅ……すみません……」

そう言って、落ち込むアイシャにナハトは微笑む。

「なら、アイシャにも手伝ってもらおうか」

「ほんとですか！　なんでもします、言ってください！」

と、つい言葉が出てしまったのは仕方のないことだろう。アイシャにとってナハトの役に立つことは何よりも嬉しいことなのだから。

だが、待ってました、と微笑むナハトは、そんなアイシャの言葉を待ち構えていたのだろう。

「では、味見をしてくれ」

そう言って、ナハトは器によそった艶のある米をアイシャの口元に持ってくる。

「ほら、あーん」

「ふぇ、あの、自分で食べられますから――」

「あーん」

だが、ナハトの手は止まらない。

香り高い艶々のお米に、アイシャのお腹（なか）がぐうっと鳴る。節操のない体に羞恥を覚え、顔を真っ赤に染めたアイシャは、ナハトのなすがままに口を開くしかなかった。

「あ、あーん」

米の塊は、口の中で一瞬でほぐれ、すぐさま言いようのない甘みとなった。嚙（か）めば嚙むほどに甘さが増して、これだけでもう、満足してしまいそうになる。

だが、ナハトは追撃とばかりに、餡（あん）のかかった豆腐を差し出してくる。

「ほら、あーん」

「うう、あーん」

度重なる圧倒的旨味の暴力に、抗（あらが）う術（すべ）などあるはずもなく、

「美味しいか？」

「おいしいっ！」

アイシャはナハトの為すがままである。

「じゃあ、もっと食べないとな——ほら、あーん」

「はい！　あーん」

大きく口を開いて、えさを待つひな鳥と化したアイシャ。次々と差し出される未知の味に、アイシャのなけなしのプライドは消え去ってしまう。

やがて、食器を空にするまでナハトに甘え、ようやく正気に戻ったアイシャは頭を抱えてうずくまる。

「………一九にもなって……あんな……ぅぅ……アイシャは従者失格です……」

落ち込むアイシャとは対照的に、ナハトはとても満足そうだった。

「さて、朝食も済ませたことだ。そろそろ行こうかアイシャ——」

そう、声をかけられると、自分でもわかりやすく体が震えた。

「………その、ほんとうに、行かなきゃダメ……ですか……？」

「まあ、王女相手にドタキャンはそれこそまずいと思うが」

「うぅ……ナハト様だけでも大丈夫じゃ………」

「アイシャも行くと言ってくれたではないか」

そう、ナハトは言うが、アイシャにはそのときの記憶がない。

勉強中に眠りこけていたアイシャが悪いので強く言えないが、それでも起きているときに言ってほしかったのは間違いない。

「それに、アイシャは私の従者だろう？　だから、一緒に来てくれるよな」

「うぅ……その言い方はずるいです………わかりました……凄く凄く嫌ですけど……アイシャも行きます！

その代わり――」

アイシャは絶対に何かやらかすだろうナハトに警告をする。

「――絶対に大人しくしていてくださいね！」

「うむ、任せておけ」

「――普通にお話をして帰るだけ、それだけなんですからね！」

「ははは、勿論じゃないか。私も学習するのだ。そうそう問題を起こしたりしないさ――」


「――知ってました……」

白く、重い、片手持ちの長剣が、真っすぐアイシャへと向けられていた。

向かい合う凜々しい女性は、百合（ゆり）の花びらがあしらわれた白銀の鎧を身に纏う王女付きの護衛である。第二王女自らが、女性の王族の身辺を固める精鋭部隊として組織した白百合騎士団に所属する王国最強の女騎士の一人である。

そんな存在と、何故かアイシャは真正面から向かい合って、武器を向け合っていた。なんとなく、こうなる気がしていたアイシャは相当ナハトに毒されているのかもしれない。

一体、どうしてこんなことになってしまったのか。

時は少しだけ、巻き戻る。


「帰ります……やっぱりアイシャには無理です……だから、ナハト様だけお会いしてきてください」

交易都市において、二大貴族と呼ばれるレンヴェル家、ヴァロワ家、その二つの屋敷よりもなお高地に存在する建物は一つだけしか存在していない。

王家の別荘とも呼べる、交易都市の別邸には、豊穣を示す麦と忠誠を示す剣、そしてその頂にある冠が指し示す王家の紋章が刻まれている。

そんな屋敷の待合室で、都合三度目となる台詞をアイシャが吐き出す。

「もう、ここまで来てしまったのだ。いい加減、諦めるが良い」

本来待たされるのが嫌いなナハトだが、未だに心が決まらないアイシャの準備時間と思えば、都合がいい。宿を出る前に一度、屋敷の前でも一度、そして今もそんな言葉を吐き出して、帰りたそうにしているアイシャは不安そうに口を開く。

「ううう、だって、お姫様ですよ……物語の中の人なんですよ……！　アイシャは絶対失礼をしてしまって……打ち首は嫌です！」

一体どんな妄想をしているのか、あたふたしているアイシャはなかなかに可愛い。

「……ナハト様は楽しそうですね……」

「ははは、過去の体験故にな。期待もするさ」

王女に会う、それはなかなかにテンションが上がるイベントであろう。ゲーム時代も様々な国があり、ナハトも多くの王に会ってきた。そのたびに、戦争系やお使い系、討伐系など様々なクエストを受けたものである。イベントの一つでも発生するのではと気分が高揚するのは仕方のないことだろう。

「うぅ……アイシャは不安でいっぱいです……」

だが、実際のところアイシャは何も心配する必要などないのだ。何せ、アイシャの隣には他ならぬナハトがいるのだから。

「なに、アイシャは何も心配しなくていいさ。もしも私のアイシャを無礼だ、打ち首だと言うようならそのときは――」

ナハトは凄艶な笑みを口元に浮かべ、言う。

「――私が王国を地図から消してやろう」

ぞっとする響きでもって、宣言されたナハトの言葉にアイシャは頭を抱えた。

「……アイシャは余計に失礼ができなくなりました……」

もっとも、そんなアイシャの心配は杞憂だろう。

クリスタの話では、王国の第二王女は才覚に溢れ、多少強引で我儘ではあるが、懐が深く身分を問わず才ある者を重用する人物であるらしい。何度か、王女の我儘に付き合わされたことのあるクリスタも、恐ろしい人ではあるが悪人ではない、と語っている。

強引で我儘、という意味ではナハト殿に似通った部分があるかもしれないな、などとも言っていたが、別段、ナハトは強引でも我儘でもない。残念だが、そこは彼女の勘違いに違いないだろう。

「それに、クリスタの友人で腕の立つという騎士もいるらしいじゃないか。あのクリスタの友人だぞ、きっと友好的に接してくれるはずだ。何事も、ポジティブに考えるべきだぞ、アイシャ」

なんて、アイシャを励ましているうちに、タイムリミットが訪れた。ノックと共に、長身でなかなかに美人なメイドさんが迎えに来てくれて、奥の部屋へと通された。

「こちらです。中で、我が主がお待ちです――」

ロングスカートのメイドさんに案内されるがまま、ナハトたちは部屋の中へと足を運ぶ。

「しゅ、しゅつれいちまちゅ……！」

入室と同時に、極度に緊張したアイシャが噛み噛みな言葉を発する。

「あぅ、ちがっ、えっと、あの、しゅ、出撃します……！」

「何処へ行こうというのだね――いや、まあ、少し落ち着けアイシャ」

「ふぇぇ……じゃなくて、えっと、失礼します？」

疑問形で発したアイシャの声に、にっこりと笑顔を浮かべた絶世の美少女が言う。

「ふふ、正解。いらっしゃい、英雄様とその従者様――歓迎するわ――」

あどけなさの残る幼い顔をしたナハトと同じくらいの身長の少女がソファーに座っていた。満月のような瞳、白磁の肌に、華奢な手足。そんな容姿がもたらす愛らしさは、何処か精巧な人形のようで作り物のようにも見える。

彼女こそ、王国の至宝と称えられる第二王女、テレシア・フォン・シンセシアである。

そんなテレシアの笑みが変わった。

作り物から、本物に――貼りつけたような笑みから、愉快を必死に押し殺そうとする、悪戯な笑みに。

「――盛大にね」

王女の浮かべた笑みに見とれる暇もなく、突如として振り下ろされた白塗りの刃。

もっとも、ナハトは知覚としてその気配を捉えているが、瞳に映しているわけではない。何故なら、その刃はナハトの背後から振り下ろされたものだったからだ。

周囲を置き去りにするかのような加速した知覚の中で、ナハトだけが様々な情報を拾う。

笑みを浮かべ続ける王女。

そもそも、襲撃に気がついていないアイシャ。

そして、背後から迫るメイドの姿をした騎士。

実行犯であるメイド姿の騎士は、嫌そうな表情を浮かべているものの躊躇いなくナハトに向かって刃を振り下ろしていた。

刹那の時間で、頭部に刃が振り下ろされる状況でなお——ナハトはテレシアの笑みだけを見返して、お返しとばかりに笑ってみせた。

殺気の籠らぬメイドの刃を、ナハトはぎりぎりまで引きつける。刃を引くか、止めるか、そんな思考がメイドの頭をよぎるだろう距離で、ナハトの腕が唐突に割り込む。

正面を向いたままの真剣白刃取り。

見もせずに剣を捕らわれたことに驚愕(きょうがく)し、反応が遅れたメイドの剣を力任せに引き、体幹がぶれたところに体を入れて、そのまま投げる。仰向けに倒れたメイドに奪い取った剣を突きつけ、ナハトは楽しそうに笑った。

「ふむ、なかなかに愉快な余興だったが——満足か？」

「え、ふぇえええ、な、なんですか！　敵ですか！」

遅ればせながら身構えるアイシャの頭をナハトが撫でる。

「いいや、ちょっとしたサプライズだ。気にせず座るといい」

そう言って、対談の席につくように勧めるナハト。そうナハトに言われるとアイシャは流されるままソファーに座り込む。

「くふ、うふふふふふ、あはははははははは——うん、想像以上に凄いじゃない！　流石は古代魔族を退けた英雄ね、私の騎士がこうも無様な姿を晒すなんて。ほら、いつまでも寝てないで、さっさと起きなさいな、ユーリ」

「…………毎度毎度、私の扱いが酷くないですか姫様……かなり痛かったのですが……」

と、そう言いながらも平然と立ち上がるメイド姿をした騎士、ユーリ。あまり手加減せず投げたつもりだったが、綺麗に受け身を取っていたようである。

「あの……一体、何が起こったのでしょうか………？」

一人状況に取り残されたアイシャがおずおずと聞く。

「簡潔に言えば、襲撃されたな」

「ふぇえええ、大事件じゃないですか！」

「あら、人聞きが悪いわね――ちょっと試しただけじゃない」

心外だ、とばかりにテレシアが言う。

「いいえ、姫様……常識的に考えて襲撃してましたよ、私……身分が逆なら二人仲良く打ち首ではないでしょうか」

「あら、私がこの程度のおふざけで、そんな非道な行いをすると思われているなんて……悲しみで涙が出ますわ」

よよよ、とわざとらしくテレシアは泣き真似をしてみせた。

「それで、私はお前のお眼鏡（めがね）にかなったのか、テレシアよ」

「それはもう、合格も合格、花丸よ！　試すような真似をしてごめんなさいね、何分見たものでないと信用しない性質（たち）なのよ――噂に違（たが）わず実力もあるし、それに何より！　噂以上に可愛いわ！」

「ははは、親愛を込めてナハトちゃんと呼んでいいぞ」

容姿を褒められて悪い気になる者は少ないだろう。ナハトは若干明るい笑みで言う。

「……えっと……それで結局、どういうことなのですか……ナハト様……？」

王族であるテレシアに尋ねる勇気がないのか、アイシャはナハトに聞く。

「先の戦で活躍した英雄、ナハトは噂通りの実力があるのか――それを確かめるべくそこの騎士に襲撃させせてみたのだろう。もっとも、実行犯はあまりやる気はなかったようだが」

「それはまた……危険なことを……」

　本心から、呆れた声を発するアイシャ。

「大丈夫よ、いざとなったら、秘書がやりました、って魔法の言葉があるもの。ユーリの首だけ差し出せば済むわ」

「姫様………泣きますよ……？」

「冗談よ、冗談、私だってちゃんと危険かどうか考えてから行動してるんだから」

　訝しげなユーリの視線を受け、テレシアが言う。

「ちゃんと事前に調べていたのよ？　英雄ナハトは口調とは裏腹に温厚で優しい。救出した盗賊の慰み者に支援を与えたり、街では積極的に喧嘩の仲裁なんかもしていて住民の受けがいい。ノリが良くて、トラブルには喜々として首を突っ込む。身分を問わず人には同じように接して、英雄という名声にも自惚れることがない。ちやほやされたり目立ったりすることが好き。そして何より、従者を溺愛している。可愛い従者のこととなれば尋常じゃなく激怒するが、自分がされたことにはあまり執着しない。なんか、匿名希望の貴族は危険だから絶対に手を出さないで、とも言ってたけど――この程度のおふざけなら九割くらいの確率で笑ってくれると思ってたわ」

　自信満々にテレシアが言った。

「それは確かに、そうですね……えっと……騎士様が無事でよかったです………」

「あら、ユーリも乗り気だったわよね？」

「………私には拒否という選択肢がありませんので……」

　長身の美人騎士――ユーリ・ラインベルトはメイド服を着ているが、鍛えられた体を隠すには装いだけでは不十分だろう。素人らしい足取りでもないし、剣を振るうときも若干遠慮していたように思える上、入室前には、我が主、などとテレシアのことを呼んでいたあたり、正体を隠す気はなかったように思える。ナハトは失態をやらかした騎士が罰ゲームでメイドをさせられているのか、それとも王女の個人的趣味か、そのどちらかだと思っていたほどである。

それに、結局本命は襲ってはこなかったのだから、おふざけの範疇(はんちゅう)を超えてはいないだろう。

ナハトはユーリに向けていた視線を、一瞬だけ王女の背にあった窓のカーテンの傍に向ける。

「どうかしたか？」

「いいや、何も」

ユーリの言葉にそう言うと、首を振って、再び目の保養になる美人騎士を見た。

「ユーリはこんなんでも王国で十本の指に入る騎士よ。彼女の剣を避(よ)けられたらまあ合格、反撃できたら文句なく合格、無力化までできたら私のお婿さん候補ね――で、実際はどうだったの？」

テレシアがユーリに問うと、畏怖の瞳でナハトを見つめるユーリが口を開いた。

「恥ずかしながら……相手にもされていなかったかと」

率直なユーリの言葉に、テレシアは頬を赤くする。若干息が荒くなったテレシアは、勢いよくナハトの手を掴むと、

「ねえ、ナハトちゃん、私のものにならない？」

なんて言う。

「だ、ダメです！」

ナハトが答えるよりも先に、割り込んだアイシャが言う。

王族の方となんて喋(しゃべ)れません、と言っていたはずだが、アイシャは真っ向からテレシアを睨(にら)みつけていた。

「勿論、従者ちゃんも一緒によ？」

「ふぇ、え、それって——で、でも、ナハト様はアイシャのもの……じゃ、じゃなくて、えっと、その、アイシャのナハト様ですから、やっぱり駄目です!!」

「——う〜ん、そうね、なら、雇われてくれるだけでもいいわよ。契約金で白金貨一〇〇〇枚、年給白金貨一〇〇枚でならどう？」

わかりやすく言えば、白金貨一枚で一〇〇〇万円と考えればいい。

王女はナハトの価値に一〇〇億の値をつけたと言ったところだろう。

「悪くはないな——」

「ナハト様っ!?」

驚愕の声を上げるアイシャ。だが、ナハトはすぐに意地の悪い笑みを浮かべる。

「——だが、断る」

「理由を聞いても？」

何処かつまらなそうにテレシアが聞く。

その言葉は、ナハトが断るだろうことを予見していたようにも思えた。

「私のアイシャに値段がつかないように、私に値をつけようとすること自体が浅はかだな」

ナハトが断言すると、テレシアは唇を尖らせ、ぱたぱたと足を振る。その有様は、駄々をこねる子供そのものである。

「もー、つまんなーい！　どうして私の気に入る子はいつも私のものになってくれないのよ——これじゃあまた、ユーリをいじめるしかないじゃない！」

「…………そのうち退職願出しますからね、姫様…………」

項垂れるユーリを気にも留めずテレシアは言う。

「はぁあー、ナハトちゃんがいれば戦争とかすぐに終わりそうだし、私の自由も確保できそうだし、いいことずくめだったのになー…………」

手に入らない玩具を眺めるように、テレシアはナハトを見ていた。

「じゃあ、しょうがないからお友達から始めましょ。テレシアと呼んでね、ナハトちゃんにアイシャちゃん」

「ちょ、姫様っ！　それは――」

「あら、何、妬いてるの？　もう、そんなに心配しなくても今日はちゃんと寝所に呼んであげるわよ」

「…………呼ばれても行きませんが……」

「友達に、様だの殿下だの言われたくないのよ――ユーリもテレシアちゃんと呼んでいいですよ？」

頭を抱え、処置なし、とばかりに首を振るユーリ。テレシアは王族としては、型破りがすぎると言わざるを得ない。

「ナハト様、アイシャ殿、人目のある所ではテレシア様と呼んでください、お願いします」

呼びかける相手を変えたユーリはなかなかに賢いと言えるだろう。

もっとも、

「も、勿論です」

「ははは、努力しよう」

ナハトが聞く耳を持つかは別問題だが。

「じゃあそろそろ本題――ナハトちゃん、ちょっと戦争に参加してみない？」

まるで世間話をするかのようにそう切り出したテレシア。

ちょっとコンビニでアイス買ってきて、と言っているようなもの言いである。

対するナハトも、面白そうに続きを促す。

「ちょっと参加して、エストールを軽く捻って、帰ってくるだけで白金貨一〇〇〇枚、足りないならもう一〇〇〇枚くらい出すわよ？」

「怒られますよ、姫様………」

そんなユーリの言葉に、不思議そうに首を傾げるテレシアは言う。

「あら、どうして？　ナハトちゃんがいれば自軍の被害もなくせて、奇妙な始まり方をした戦争の不安因子をつぶせて、かつ勝敗に悩まなくてすむのよ？　何せ、古代魔族を退け、竜相手に大立ち回りをして、ユーリの剣を見ずに受け止める常識外の存在を味方にできるのだから。戦費から私の裁量でナハトちゃんに回しても、文句を言うのは頭が固いか、腐ってる貴族たちくらいね」

それに加え、ナハトにさらなる名声を集めることができる。

それも、王国に味方する、強大な戦力として、だ。

テレシアにとっては、大金を支払って余りある利があるだろう。

「生憎だが、つい昨日、予定が決まったところだ――それに、人間の戦争は酷くつまらなさそうで、今のところ興味はないな」

ばっさりと切り捨てるナハトにテレシアは再び口を尖らせる。

「じゃあ、じゃあ、戦争が終わるまでは王国にいて。王城で美味しいお茶とお菓子をご馳走するから、ね？」

「予定が決まっている、と言っただろう？　招待状だけは受け取ろう、そのうち遊びに行くから我慢すると良い」

「ぶぅー、ナハトちゃんのいけずー。お姫様のお願いなんだから、一個くらい聞いてくれてもいいじゃん」

持ち前の愛らしさもあって拗ねるテレシアはなかなかに可愛い。不満げに腕を組むと、ほどよく膨らんだ果実が持ち上がって――

「ナハト様？」

段々と察知速度が上がるアイシャに、ナハトは思考を切り捨てざるを得なかった。

女性は視線に敏感というが、ナハトはそうじろじろと見ているつもりはない。アイシャは何かしら、視線を察知する技能(スキル)を取得しているのではと疑いたくなってくる。

「ねーえー、ほんとにダメ？　ユーリの代わりに、今日の夜呼んであげるからぁ」

なんて、甘えるように言うテレシア。

ふしゃー、と猫のように威嚇するアイシャを押さえつつ、ナハトは言う。

「ふむ、そこまで言うならここは一つ、ゲームで決めようか――」

仲間内(ギルド)では、意見が食い違ったときはいろいろと勝負をして、勝ったほうを優先していたものだ。大人数であれば多数決だが、二人や四人くらいのときは決闘やクイズ、知恵比べやボードゲームなど、様々な勝負で予定を決めたものである。ギルド間のいざこざに決闘で解決が図られたこともある。

せっかくファンタジー世界のお姫様と知り合ったのだ、別れるにしても双方が納得できたほうが良いだろう。

それに、頑張るアイシャが戦闘経験を積むには最適の相手が目の前にいてくれるのだ。これを逃す手はないのである。

「――私のアイシャと戦って、勝てばお茶の誘いくらいは受けてやろうじゃないか」

「ちょっ！　ナハト様っ!?」

「ほんとっ！　ほんとねっ!?　ユーリ、死んでも勝ちなさい!!」

「姫様………」

急に飛び火したアイシャはあたふたと慌てる。

我儘な主に振り回される従者たちは、二人仲良く項垂れるのだった。

◆

「なんというか、すみません……うちのナハト様が…………」

「いや、いいんだ……こちらこそすまない……姫様は諦めが悪いからな……」

アイシャとユーリ、向き合う二人はお互いに頭を下げる。

「油断して、先ほどのような無様な姿を晒してはいけませんよ、ユーリ」

「ははは、まあ精々頑張るが良いさ——無論、勝つのは私のアイシャだがな」

「あら、貴女の従者は随分と自信がなさそうに見えますが？」

「なに、ただの武者震いだろう。それに、アイシャは私と違って謙虚だからな、まあそれもアイシャの魅力なのだが」

そんな二人の内心をまるで考慮しないヤジが飛ぶ。

テレシアが一度決めたことを覆すはずもない。ユーリは既に諦めているが、アイシャはまだ諦めていないのかナハトへと懸命に視線を送っていた。

だが、救いの手が差し伸べられる様子はない。

それどころか、

「どちらかが死にそうになれば、私が介入しよう。お互い、持てる力を尽くして戦うが良い」

笑みを浮かべながら、火に油を注ぎ出す始末だった。

アイシャは大きく肩を落として息を吐いていた。そんな小さな少女を見ると、戦いに身を置く騎士として
ユーリは流石に申し訳なくなる。
「しかし、試合となれば私も負けるわけにはいかない。全力でいかせてもらうつもりなのだが……なんとい
うか、その、本当にその格好のままでいいのか？」
ユーリは偽装のため着込んでいたメイド服を脱ぎ、魔鋼と聖銀を惜しげもなく使った特注の騎士甲冑（かっちゅう）を身
に纏っている。
一方で、アイシャは膝上のふりふりメイド服のままだ。何処からどう見ても、戦いに赴く姿ではないだろ
う。
「えっと、はい、こう見えて頑丈なので、大丈夫です」
アイシャはそう言うが、ユーリは未だに訝しげだ。
手足が露出したひらひらの服が頑丈とは一体、そう思わずにはいられない。
ナハトが二人の決闘に提示した条件はたった一つ、お互い二五メートルの距離を取った所から勝負を開始
すること、それだけである。
これは、ユーリにとってかなり有利な条件だ。
騎士と魔法使いが一対一で、この距離で戦うなら、九割は騎士が勝つだろう。
騎士は一対一の戦いを得意とするが、魔法使いは軍勢同士での戦いで猛威を振るう。前衛がいない魔法使
いは、甲冑を着込んでいない戦士のようなものである。せめてこの倍は距離がなければ、純粋な魔法使いが
ユーリを相手取ることは難しいだろう。
ユーリは静かに、英雄ナハトの従者を見る。
極度の緊張のせいか、体が震えている。無理もないだろう。武装した騎士と一対一で向き合うことなど、

普通の人間なら恐怖して当然であるし、ユーリも新兵のときには同じようになったことがある。

重心はぶれぶれで、古ぼけた小さな杖を剣のように構えているが、まるで様になっていない。魔法使いの中にも、棒術などを修め、近接戦闘が可能な者もいるが、彼女は間違いなく違うだろう。

「さて、準備はいいか――このコインが落ちたときが開戦の合図だ」

距離は僅か二五メートル。

身体能力を十全に強化したユーリなら、二秒とかからず詰められる。

王国の宮廷魔術師でも、魔法を使えるとしたら一度。だが、相手はあのナハト殿の従者だ。不意打ちであったユーリの剣を見もせずに両手で受け止め、抵抗を許さず投げ捨てる人外の従者なのだ。

宮廷魔術師と同程度などと思えば、必ず痛い目に遭う。

（それに、また無様な姿を晒せば……姫様に何をされるかわからないな………）

肺に満ちた空気をゆっくりと吐き出し、ユーリはそんな戦いに不必要な雑念を捨てる。

「では、行くぞ――」

ナハトの指から弾かれたコインが、ゆっくりと落ちていく。

コンマ秒の知覚の中で、ユーリは全身に魔力を巡らし、落下音が響いた瞬間。一直線に駆け出した。

大地に足跡がくっきりと残る爆発的な加速。瞬きをする時間でアイシャまでの距離は半分が失われ――不可思議な風の嘶きが聞こえた。

「むっ」

同時に、ユーリは反射的に盾をかざす。

「ぐっ――これが精霊魔法か――」

情報として聞いてはいた。

魔竜紛争において、ナハトの従者である小さな子供は、精霊魔法を行使し魔物の大軍を薙(な)ぎ払った、と。

警戒していたからこそ受け止められたが、普通の魔法よりも遥(はる)かに発動が早く、前兆が少ない。

「これほどか――」

一瞬、足を止めれば、空にはくすくすと笑う小さな精霊が無数に佇(たたず)んでいて、上空から数十に及ぶだろう風の刃が迫っていた。

一見するなら、圧倒的不利。

だが、ユーリに焦りはなかった。

片腕で刃を受け止めたときの感覚は、そう重くはなかった。精々が肉を切り裂く程度で、鎧や盾を越えて衝撃をもたらすほどではない。

「《其(そ)は頑強にして不落の城砦(じょうさい)》――魔法技(マジックアーツ)、金剛壁――」

全身に魔力を巡らせ、鎧と盾がユーリの力を受け止める。

ユーリは降り注ぐ刃を気にも留めずに駆け抜けた。

致命傷になりそうな場所を魔法技(マジックアーツ)で防ぎつつ、残りは受けてでも距離をつぶす。時間を与えれば与えるほど、不利になるのはこちらだからだ。

目には見えにくいが、音は聞こえる。

残る風の刃は三つ。

一つは体を横にしてかわす、一つは鎧に当てて弾き、最後の一つは盾で受ける。

「っ！」

最後の一撃には強く魔力を込めていたのか、体に固定していた盾が弾き飛ばされてしまった。

(――だが、距離はもうない)

少女の小さな体が目の前にあった。

怯えを宿す瞳。

降参を宣言すれば、刃を止めるつもりだった。だが、アイシャは強い意志を持ってユーリを見返していた。

僅かな逡巡(しゅんじゅん)、だが体は既に動いていた。

白銀の剣を横薙ぎに振るう。必死になって回避行動を取るアイシャの動きは、ユーリにとっては遅すぎた。

肉は斬るが、骨で止める。

そんな思惑の元、十分な踏み込みで放たれたユーリの斬撃は、

「え——？」

——ギィン、と。

音を立てて、阻まれていた。

そんなことが、あり得るのだろうか。

肉を断つ、どころか、布切れ一枚として断ち切れなかった。まるで、鉛の塊でも斬りつけたかのような不可思議な感触だけが手に残る。

骨で止めるつもりだったが、あまりにも奇妙な手ごたえにそのまま振り抜いてしまっていたユーリ。

衝撃で吹き飛ばされたアイシャは盛大に吹き飛んだものの、そのまま宙で転がって、空に佇みユーリを見返していた。


——怖い。

それは、どうしようもない、アイシャの本音だ。

だけれど、それは、アイシャが逃げ出す理由にはならない。

竜と戦った戦の後、ナハトはアイシャに何度も頭を下げた。

慢心していた、想定が足りなかった、アイシャを怖い目に遭わせてしまった、すまない、と謝罪した。

それが、ちょっとだけ、アイシャは悲しい。

ナハトにとって、アイシャはまだまだ守るべき子供で、実際守られたアイシャは子供なのだろうとなんとなく思う。

でも、ナハトの傍にいると決めたのはアイシャだ。

隣に立つと決めたのは、他ならぬ自分なのだ。

だから、危険な目も、トラブルも、凄く凄く怖いけれど、覚悟したことなのである。

ナハトに謝罪させてしまったのは、アイシャが弱いからだ。

だから、もっともっと、強くなりたい。

戦う術も、知識も、お世話も、全部全部できるようになってみせたい。いつか、胸を張ってナハトの隣にいるのは自分だと言いたいから。

だから、怖いことは、アイシャが逃げる理由にならない。

眼前には、白銀の刃。

アイシャは回避が無理だと理解した瞬間、覚悟を決めた。

「つぅ――!」

衝撃と共に、体が吹き飛ばされた。

骨がみしりと悲鳴をあげ、激痛が走るが、それだけで済んだ。流石は竜の爪にも耐えたナハトの防具である。

アイシャは風の精霊の力を借りて空に佇む。

テレシアの騎士、ユーリはアイシャの想像以上に凄かった。アイシャなら身軽な状態で五、六秒はかかりそうな距離を一瞬で詰められた上、護身用に磨いてきた風の精霊魔法をあっさり防がれた。

ナハトに教わった近接職を近づけない魔法の使い方、その一、足を止める、その二、弾幕を張る、その三、弾幕に強い攻撃を混ぜて止(とど)めを刺す。

できる限り実行してみたが、奪えたのは盾一つだけであった。

「ごめんなさい」

だから、正面から戦うのはもう限界だ。

アイシャは一言謝罪すると、空に昇る。

『――いいか、アイシャ。魔法職はちょっと卑怯なくらいでちょうどいい。頭を常に使って、有利になるように準備をしたり、立ち回ったり、時には相手を騙(だま)したりして戦うと良い』

空には、澄んだ空気が満ちていて、精霊たちが遊んでいる。

十分に場は整った、あとは相手の攻撃が届かない距離から一方的に攻撃する。

楽しげな笑い声と共に、精霊たちの刃がユーリを襲う。

鎧に無数の傷が刻まれるが、ユーリはまるで倒れない。

それどころか、

「魔法技(マジックアーツ)――飛斬――」

平然と反撃までしてくる始末だ。

風切り音がぶつかり合って、悲鳴のような高い音が響く。

どうして剣を振るって遠距離攻撃ができるのか、アイシャにはまるで理解できないが、打ち合いはアイシャに分がある。

そう思った瞬間、

「魔法技（マジックアーツ）――天翔（てんしょう）――」

「嘘ぉっ⁉」

地上からの跳躍で、空に佇むアイシャに迫り、直接剣を振るってきたのだ。

風の精霊が渦を描くように障壁を生み出し、アイシャの身を守る。だが、ユーリの渾身（こんしん）の一撃は、あっさりとその壁を破り、アイシャを襲った。

「あぐっ、つぅ――！」

装備の防御力があるとはいえ、全力で振るわれたユーリの剣はアイシャの骨を砕くほど強い衝撃をもたらした。大きくのけぞったアイシャは痛みのあまり、即座に反撃に出ることができない。

が、そんなアイシャにはお構いなしとばかりに、精霊たちはユーリへ苛烈な攻撃を仕掛けていた。

「ぐっ、く――」

アイシャへと攻撃を果たし、勢いを失ったユーリを風の刃が襲う。

だが、それは目くらましだ。

本命は、ほぼ真下に吹き抜ける回避不能の暴風である。まるで小さなダウンバーストのような風が、上空に跳んで身動きが取れないユーリの体勢を崩し、大地へと叩きつけた。

「かはっ――！」

肺から息を吐き出すユーリだが、アイシャと違い痛みを無視して即座に立ち上がり追撃をかわす。

「……魔法技（マジックアーツ）――」

それは、戦いを生業とするものの信念なのだろうか。

ユーリは片腕を引きずり、頭から血を流してなお、アイシャに迫るべく再び空に跳ぼうとする。

同じようになったとき、アイシャは彼女のように戦えるだろうか。

ユーリの信念に気圧されそうになるアイシャだったが、すぐにそんな思考を切り捨てる。

（――魔法使いは、卑怯なくらいでちょうどいい）

アイシャはナハトの従者である。

ナハトの期待に応えることこそが、アイシャがすべきことなのだ。

ナハトは言った。

勝つのはアイシャである、と。

であればアイシャは、どんなにそれが大変で、不可能に近くとも、実現しなければならない。

「――――天、翔っ⁉」

ユーリの足元が、突如として大きく凹んだ。

同時に、大地を蹴ろうとしたユーリが体勢を崩す。

そんな大地には、楽しそうに笑う小さな精霊がいた。

風の精霊魔法だけを使っていたのは、大地の精霊による小細工を察知させないための布石である。

アイシャはまだまだ弱い子供で、魔法使いで、腕の痛みも凄くて、もう逃げ出したいと思ってしまうほど未熟なのだ。だからきっと、普通に戦ったら負けてしまう。

だから、たとえ卑怯だったとしても、小細工を重ねて活路を見出すのだ。

「風の精霊様、お願いします、力を貸して――敵を倒して――」

アイシャの魔力を受け取った精霊たちが集う。

空に風が逆巻いて、淡い緑の光を帯びて、巨大な刃へと変わった。

何処までも何処までも、頂の見えない霊峰のように、果てしなく高いナハトの背を必死になって追いかけ努力をしたアイシャが今、できる、精いっぱい。

「《其は不壊にして、不変の城砦》――金剛城壁っ‼」

光と光が交差して、土煙が盛大に打ち上げられた。

轟音と共に大地は捲れ上がり、視界の一切を覆う。色めき合う二つの衝撃が舞った土煙を押しのけて、僅かな静寂の後、晴れ渡った。

「そんな――嘘――」

アイシャの渾身の一撃を受け止めてなお、ユーリは剣を支えに立っていた。

「なら、もう一回っ！」

再び魔力を練り上げようとしたアイシャだったが、

「そこまでだ！」

ナハトが制止の声をあげた。

「ふぇ？」

思わず、気の抜けた声を発してしまったアイシャに、ナハトは微笑みながら言う。

「よく戦ったな――アイシャの勝ちだぞ、胸を張るが良い」

そんな言葉と共に、ユーリがゆっくりと崩れ落ちた。

アイシャの魔力は常人を遥かに凌駕していて、そんなアイシャが全力で精霊に力を希った一撃は流石のユーリをもってしても相殺しきれてはいなかった。

最後の気力を振り絞り、無様な姿を晒さぬよう倒れなかったユーリをアイシャは素直に凄いと思った。

同時に、押し寄せてくる安堵に、ふにゃっと力が抜けてしまうアイシャ。一対一の戦いが初めてだったこともあり、アイシャは自分が思っていた以上に疲労していた。

倒れそうになるそんなアイシャを、いつの間にか近づいていたナハトが支えた。

今ばかりは、アイシャも素直にナハトに甘え、体をあずけた。

唐突に始まってしまった模擬戦だったが、アイシャにとっては初めて自分の力で掴み取った勝利である。

そのほとんどは精霊の協力のおかげではあるのだけれど。

そんな勝利への確かな実感と、高揚のせいか、アイシャはちょっとだけ調子に乗って、

「が、頑張りました……ご褒美が欲しいです、ナハト様」

そんな言葉を口にした。


「負けたわね、ユーリ」

ナハトを歓迎し、悔しがりながらも見送ったテレシアは敗戦の騎士に言う。

「……面目次第もありません」

生真面目な騎士はきっと、本心からそう告げている。

実際、ユーリが勝てる可能性はあったのだろう。ナハトが危険なら止めると言っていた言葉を信じて、初撃を手加減せず放っていれば有利に戦えたと、そう思っているのだ。

「罰ゲームは楽しみにしてもらうとして——怪我はもう大丈夫？」

「…………はっ、ナハト殿の回復薬（ポーション）は凄（すさ）まじいです。王家所有の高位回復薬と同程度であるかと」

全治三か月はかかりそうだったユーリの傷は、既に見る影もなく消え去っている。

同じ効果を持つ回復薬（ポーション）は希少ながらも、テレシアなら手に入れられないことはないが、問題はそこではない。

「惜しげもなく使ったと思うのは私だけ？」

「いいえ、私の目にもそう映りました」

「うーん、やっぱり、欲しかったなぁ～、ナハトちゃん」

戦闘力は未知数、だが噂に違わぬ実力であることはわかった。高価なポーションを惜しげもなく使う度量と、資産を持っていることも間違いない。その性格にも好感が持てる。

「ま、でも、及第点か」

少なくとも友達程度の縁は持てただろう。王国の味方になってはくれなかったが敵に回る可能性は減らせたはずだ。

それでも、考えれば考えるほど、惜しいことに変わりはない。

「ナハトちゃんなら私のお婿さんになれるのにな～」

なんて、冗談めかしてテレシアが言う。

「姫様、あまりそのようなことを口にしないほうが――」

ユーリはそう言うが、こればっかりは仕方がない。

才を持つテレシアは、自分を上回る才能に惹（ひ）かれるのだ。

父が持つ調停の才、兄やユーリが持つ武の才、姉が持つ美貌の才――だが、ナハトの才はテレシアの想像を軽く超えていた。

戦闘力は勿論だが、腹いせに挑んだ盤上遊戯（ボードゲーム）でもテレシアを凌駕してみせた。ゲームで敗北をしたのは、帝国の現皇帝に挑んだとき以来である。

それに、テレシアは既に王位継承権を放棄している身だ。世継ぎを気にする必要はない。結婚相手を探せと五月蠅い父も、相手がナハトなら頷いてくれるのではと思わなくもない。

「あなたもそう思わない？」

そう、王女が言うと。

彼女の背で、空気が歪む。

「はっ、ですが、国王様も同性相手では首を縦に振らないかと」

唐突に、テレシアの背に現れた小柄な少女は、愛らしい印象を与えるだろう黒のメイド服で王女の傍に控える。

「いたのか、シア………」

ユーリにさえ、気配を摑ませない王女の影は嘲笑うかのように笑みを浮かべ、

「無様」

ユーリの敗北を盛大にけなす。

「上等だ、表に出ろ」

一触即発の空気だが、そんな戯れの前に聞くべきことがテレシアにはある。

「気づかれていたと思う？」

今日一日、王女の護衛として傍にいたシア。一度身を隠せば、実力者であるユーリも気づくことはない。白百合騎士団がテレシアが組織した表の力であるなら、黒給仕は諜報に特化した影の力だ。ナハトに関する情報取集も彼女の成果である。

「まず、間違いなく」

そんなシアの言葉に、テレシアはますます残念そうな表情を浮かべる。

「やっぱり惜しかったなー」

「何処かの騎士が、負けたから」

「喧嘩を売っているなら買うぞ」

そんなユーリを露骨に無視し、小さな声でシアは言う。

「でも、危険――底が、見えなかった………シアじゃ、きっと、守れない………」

不安そうにそう言うシアに、テレシアは微笑みながら頭を撫でた。

「勝てないなら味方にすればいいだけよ。そうね、私たちも調べましょうか――アイシャちゃんのお母さん」

「命令なら、すぐにでも」

気合を入れるシアを落ち着かせながら、テレシアは一人思考の海へ身を投げる。

(それにしても……一体何者なのかしら、ナハトちゃんは………)

魔竜紛争が起こるまで、噂話にも聞いたことがないナハトという美少女。あの美貌で、あの性格なら、間違いなく目立つことだろう。

それなのに、ナハトは魔竜紛争以前の足取りがまるで掴めない謎の人物なのだ。

(竜人………竜の秘境からの来訪者？　火竜はナハトちゃんを秘境に連れ戻そうとしたと考えれば辻褄は合うけど……そんなまさか、ね……)

思考を回したテレシアの結論は一つ。

ナハトの正体は依然としてわからない、それだけであった。

「ま、いっか、何者でも――今度、お茶でも飲みながら教えてもらいましょう」

そう言って、子供のようにテレシアは微笑んだ。

テレシアと会ったその翌日。

「寂しくなるぜ、達者で暮らせよ～！」

だの、

「行かないで～、ナハト様ぁ～！」

だの、

「また立ち寄ってくれよ、ナハトちゃん！」

などと、冒険者たちや商人のおばちゃん、おじちゃん、いつの間にかできていた親衛隊(ファンクラブ)の者たちなど、様々な知り合いに見送られ、ナハトたちは交易都市を後にした。

「いいお天気ですね、ナハト様」

「うむ、旅立ちは快晴の日に限るな」

青天の中、堂々と空に居座る太陽の下で歩くアイシャの首筋に、汗が伝った。

「それで、えっと、ナハト様……エストールまでって、どれくらいかかるのでしょうか？」

二人で仲良く歩き始めて早二時間。

若干の疲労を滲ませるアイシャがナハトに聞いた。

「今のままのペースでいけば、一か月と少しと言ったところか」

幾ら王国とエストールが隣国とはいえ、人の足で辿り着くにはそれなりに時間がかかるのは当然だろう。

「ふぇえええ、それって凄く大変じゃ……街に戻って馬車とかを探したほうがいいのではないですか？」

交易都市からであれば、レイノルド辺境伯領への定期馬車に乗り込み、そこからリーグ大トンネルを抜け、エストールを目指すのが普通だ。

「なに、心配することはないぞ。私の予定では二日でエストールに着くはずだ」

「えっと、アイシャは、その……ナハト様みたいに走れないですよ……？」

「ははは、私だって走るつもりはないぞ」

「えっと、じゃあ、どうやって——」

エストールに向かうのか、そんな疑問符を浮かべるアイシャにナハトは満面の笑みで答える。

「もう、かなり歩いたよな、アイシャ。疲れただろう？」

「それは、その、はい、少しだけ」

「うむ、じゃあこっちにおいで」

ナハトが優しげに手招きをする。

アイシャは若干警戒し、後ずさろうとしたのだがその動きは遅すぎた。それはもう呆気（あっけ）なくナハトに回り込まれてしまう。

ナハトが優しく肩に手を回してアイシャを引き寄せた。お互いの顔がすぐ傍まで近づくと、恥ずかしそうにアイシャが俯く。

「ふえ、あの、いっぱい歩いて……その…………汗、かいちゃってますから……その、こんなに近くは——」

「うむ、風に揺られているうちに乾くさ——では、アイシャ、飛ぶぞ？」

「え、それって、まさか——待ってくだ、ふにゃあっ——!!」

アイシャを軽々とお姫様抱っこしたナハトが、一息で空へと飛び立つ。

「はにゃあああああああ、ちょ、ちょっと、ナハト様、高いです！　速いです!!　と、止まってくださいっ!!」

必死になってナハトにしがみつくアイシャ。

そう言われると、止まりたくなくなるのがナハトという生き物である。

「案ずるな、ちょっとしたアトラクションだと思い楽しんでいいんだぞ？」

「ちょ、なんで回転するんですかぁあああああ！　し、死んじゃいます！　心臓が飛び出て死んじゃいますからぁっ‼」

柔らかいアイシャの体を堪能し、満足したナハトはゆっくりと空を行く。

肩で息をするアイシャが憎々しげにナハトを見るが、あんなにも可愛らしく怖がってくれるアイシャに何もしないという選択肢はナハトにはないのだから仕方ない。

「うぅ……酷い目に遭いました…………」

「いやー、つい、つい、な」

「つい、であんなことをされたら、アイシャの命は幾つあっても足りないです……」

弱々しくナハトにしがみつき、下を見ないようナハトの胸に顔を埋めてくるアイシャ。

「そんなに怖がらなくとも、アイシャも空を飛んで戦っていたではないか」

「……あれは、もっとゆっくりでしたし、高いといってもこんなにじゃあないですし、精霊様が傍にいてくれたから飛べただけで……今落ちてしまったらと思うと……ぅぅ……」

そう言って、強く抱きついてくるアイシャに役得を感じながらも、ナハトはしっかりとアイシャの肩と足を支える。

「安心するが良い――矢が来ようが、嵐が来ようが、雷が来ようが、龍が来ようが、この手を放すことはない」

そう言うと、アイシャは少しだけ顔を上げてナハトを見ていた。

「なかなかに景色も良いぞ、アイシャも見てみると良い」

ゆっくりと、アイシャの瞳がナハトの顔から外に向かう。

「ふぁああ——凄いです、ナハト様！ 空が、海も、綺麗です！」

無限に広がる蒼穹に、浮島のような雲が流れていく。そんな雲の合間から、柱のような光が大地へと注がれていた。左を向けば、ヨルノ森林の広大な緑が瞳に入り込んでくる。右を向いたその先には、一際巨大な運河が流れ、僅かにだが海色が見えた。正面には、雲を貫く山脈の連なりがはっきりと見える。

「うむ、ファンタジーだな」

上空から見た景色は新鮮なのか、アイシャの瞳がキラキラと輝く。しばらくは楽しげだったアイシャなのだが、不意に現状を思い出したのか下を見て、びくりと震えてまた顔を埋めてくる。

「このまま一息にエストールに向かいたいところなのだが、少し寄り道をしてもいいか、アイシャ」

そうナハトが尋ねると、

「それは勿論構いません——アイシャは地面が恋しいのでむしろ歓迎です！」

勢いよくアイシャが言う。

「では、少し曲がるぞ」

「はにゃ、だから急に加速しちゃだめですってばぁああ!!」

つやつやした顔で地面に下りるナハトと、青い顔をしたアイシャ。

「ナハト様なんて、もう、きらいです……！」

「ごめんな、アイシャ。明日は意地悪せずにちゃんと飛ぶから、な」

「つん！」

ナハトが提供するスリリングな空の旅は、アイシャには不評らしい。

拗ねるアイシャの口元に、ナハトは保有空間(ストレージ)から取り出した宝石葡萄(ぶどう)を剝(む)いて、差し出す。

すると、アイシャはエサを差し出された野良猫の如くちらちらとナハトの手を見て、やがて我慢の限界が来たのか、ぱくりと食いつく。

「──ふぁ、あまー……じゃなくて、いいですか、んぐっ、ナハト、はまっ、アイシャは、え、もう一個──じゃあ、はむ………あい、しゃは、はぐっ、食べものなんかじゃ、買収、んぐ、されないんですからね」

ごくん、と咽を鳴らしながら言うアイシャ。

「うむ、わかっている。ただのお詫(わ)びだから気にするな」

笑顔でもきゅもきゅと葡萄を咀嚼(そしゃく)するアイシャは、すっかりご機嫌である。

「それで、ナハト様。アイシャたちは何処に向かっているのですか？」

空から大地へと下り立ったアイシャは現在地を把握できていないようだった。

もっとも、それはすぐに解消されることだろう。

「なに、アイシャにもすぐわかるさ。ほら、もう見えてきたぞ」

ナハトとアイシャの視界に、小さな建物の群れが映り込んだ瞬間。アイシャの足がピタリと止まる。

「…………ナハト様……ここって…………」

「ああ、アイシャの故郷だ」

第三開拓村フロリア。

ケトルニア草原とヨルノ森林の間に、切り開かれた小さな村だ。人口は一〇〇に満たず、川と森の恵みによって生きるそんな場所。アイシャとアイシャの父が共に暮らした故郷である。

アイシャはびくりと震えて、ナハトの服を摑む。

「……どうして、ここに………？」

不安そうにアイシャが言う。

「なに、旅に出る前に少しばかりアイシャの父に挨拶をしておこうと思ってな。それに、アイシャがアイシャの家に帰ることに理由が必要か？」

「……それは、でも……アイシャは追い出されて……」

「ああ、不幸な行き違いがあったな」

「……もう、帰っちゃだめなんだって………」

「ははは、そんなわけないだろう。アイシャの居場所を奪うというなら、私の力全てを尽くして取り戻してみせよう」

実際、ナハトはアイシャが父と暮らしていた家に帰るために手を回していた。

王女に会う代わりに開拓村の一つを寄越せ、とエレオノーラに要求をして、だ。

管理者はエレオノーラだが、フロリアに関する領有権はナハトが握っている。特にアイシャの家と土地は、王女と遊んだ盤上遊戯（ボードゲーム）の景品として、王家の名のもとにナハト、アイシャ、フローリアの三人が生きている限り、その所有権がナハトたちにあると保証されている。

テレシアはといえば、ナハトが王国と繋がりを持つことに大喜びをして手を回していたので、勝者の景品としてはなんとも釈然としなかったのだが。

ちらちらと、様子を窺う（うかが）村人たちの視線がアイシャとナハトに向けられていた。

書類上の頭（かしら）が変わったことで彼らにとっては良いことのほうがずっと多くなっている。

税が安くなったり、交易商人が優先して来訪したり、ナハトの土地を管理する者や巡回する兵が周囲の安全を確保したりと、ナハトに気を使うお偉い方の恩恵を受けているので、不満はほとんどないと言っていい。

それら全ては、アイシャが真正面から家に帰るための根回しに過ぎない。

ナハトが一歩踏み出すと、ナハトの服を摑んだアイシャが少しだけ裾を引っ張る。

「……手、繋いでください」

「ああ、勿論だ」

震えるアイシャの小さな手をナハトが握る。

アイシャの恐怖は、心に深く根差していて、なかなか一歩が進めない。父を失った喪失感、そして二人の居場所を奪われた恐怖が二の足を踏ませているのだ。

ゆっくりと、二人で村の中を進む。

時折、畑から覗く村人の視線に、びくりと震えながらも懸命に歩くアイシャ。やがて、少しだけ古びた小さな家が目に入ると、アイシャは引き寄せられるように、足を進めた。

「…………あぅ……あ……」

声にならない声を吐き出し。

ゆっくりと、扉を開いたアイシャは万感の思いを込めて、

「…………ただいま」

涙と共に、そう言った。


数分あまり、放心していたアイシャが我に返ると、

「あ、すみません。どうぞ、上がってください、ナハト様」

アイシャがナハトを迎え入れる。

なかなかに新鮮な感覚に、ナハトは自然と笑みを浮かべた。

「お邪魔します、アイシャ」

「えへへ、なんか変な感じですね」

「うむ、アイシャに歓迎されるのも悪くないが、私にとっては身内の家ともいえるからな。なんとも不思議な感覚だ」

初めて女性の家に上がり込むような感覚であり、娘さんをくださいと親に挨拶に来たような感覚でもあり、家族と一つ屋根の下で暮らすような感じでもある。

「粗末な所ですけど……でも、意外と汚れていなくて、よかったです」

家自体はいつでも再利用できるように手を入れてあったのだろう。裏の畑もそうだが、アイシャの父の墓もきっちりと清掃はされていた。

アイシャと共に庭に出て、墓前に立ったナハトは静かに目を瞑り、大きく見開いて口を開く。

「はじめまして、アイシャの父よ。さっそくで悪いが、娘さんを私にください」

「ちょ⁉　ナハト様っ⁉」

「む、違ったか――娘さんはいただいた。異論反論は受けつけん」

「酷くなってるじゃないですか…………」

もう、っと何処か嬉しそうに不満を口にしたアイシャは、小さく座って手を合わせた。

「ただいま、お父さん。いろいろと大変なこともあったのですが、アイシャは今、幸せに生きてます。それも全部、ナハト様のおかげで――あ、ナハト様というのは今の私の、その、ご主人様のような人で、その、いろいろと無茶苦茶な人なんです。で、でも、凄く素敵で、最初に会ったときも助けてくれて――」

溜めに溜めていただろう思いのたけを吐き出すアイシャ。

そんなアイシャの語らいを邪魔しないように、ナハトは一歩引いて、アイシャの家を見渡した。

アイシャは村人が病の父を助けてくれなかったのは自分が嫌われていたからだ、と思い込んでいるようだが、実際のところは違うのだろうとナハトは思う。

魔熱病と呼ばれる流行り病が広まったとき、アイシャの村では二〇人以上の感染者が出て、死者もアイシャの父を入れて一〇人を超えた。元冒険者で、重要人物だったアイシャの父と働き手である大人たちが病に倒れ、皆が皆不安で仕方がなかったのだ。誰かを助ける余裕などあるはずもなく、漠然とした不安の捌け口に選ばれたのがアイシャだった。

「――それで、いつの間にか王女様と会うことになってたりして、もう、ずっと緊張しっぱなしで、もうほんとに大変なんですよ！　ナハト様は本当にめちゃくちゃなんですから――」

ローランドを慕う者が多かったのは、裏庭に残された墓石を見ればすぐにわかる。だから、アイシャを庇う者も当然いたはずだ。

だが、それでも、アイシャという嫌われ者に病の理由を押しつけ、呪い子がいなくなったからもう病はなくなる、と喧伝する利を選んだのだろう。実際、魔熱病は感染力が高いが、人並み程度の魔力がある人間は徐々に回復する危険性の低い伝染病なのだ。だから、今では病の影は村にない。

あるいは、アイシャを虐げると決めた村の空気に、力も知識もない者たちが流されてしまったのか。

どちらにせよ、明確にアイシャに敵意や害意を抱く人間がいるようには感じられない。ただ、なんとなく怖いから、なんとなくアイシャのせいにされたのだ。呪い子という取ってつけた理由を付加して。

ナハトからすれば、アイシャを生贄にするなど、万死に値する愚行だが、今さら村人たちに罰を与えることをアイシャが望むはずもない。だから、不運な出来事だった、と折り合いをつける以外に方法はないのかもしれない。

「――また、こうやって、お父さんとお話ができるようになって嬉しいです。それもこれも全部ナハト様のおかげですね」

そう言って、ナハトのほうを向いたアイシャが笑みを浮かべる。

「はは、私のほうこそアイシャに出会えて幸せだぞ。だから、アイシャの父に感謝せねばならないな」

「…………本当は、ナハト様にもお父さんに会ってほしかったです……そうしたらきっと笑って——そうか、なら幸せに暮らすんだぞ、って言ってくれたはずで…………アイシャが、お父さんを助けてあげられてたら…………」

「不運だった、と言えばあまりに軽いな。だが、人は酷く脆い生き物だ。嫌なことがあればすぐに誰かのせいにしたくなるし、お前のせいだ、と大勢の者に言われれば、そう思い込んでしまう。だから、せめて私が言おう——」

ナハトはアイシャの瞳を見つめ、言葉を紡ぐ。

「——アイシャは何も悪くない」

びくりと震えたアイシャが、目に溜めた涙をこぼさないように首を振った。

「…………そんなことは、ないです……」

「じゃあ、ちょっとだけだな。あとは全部病が悪い、それでいいさ」

「……っ」

「だからな、アイシャ。アイシャはいつでもここにいていいし、父の前に胸を張って帰ってきていい。このナハトちゃんが、保証しよう」

「……っ……はいっ……はい……！」

その日の夜は、少しだけ古びた家で、ご飯を食べた。

麦の粥に、漬物に、それとドライフルーツという、ちょっと質素なメニューである。

「えへへ、ナハト様のほうがお父さんが作ったものより美味しいです」

「夢枕で怒られても知らないぞ」

他愛もない話が尽きることはない。

早寝のアイシャが珍しく夜遅くまで眠らずにいて、案の定朝は寝坊をしてしまったのは必然と言えるだろう。

昼前まで眠りこけているのは流石に想定外で、これは予定通りエストールに向かうためには、ナハト超特急を使わなければならないだろう。

バタバタと慌ただしく身支度をして、

「——行ってきます！」

アイシャは力強く、そう言った。

第三章

再会と別離

「グラサス・ウェン・アントーク将軍。遠征軍二万を持って、王国へと侵攻しこれを打倒せよ――」

獅子をモチーフにしたエストールの紋章が飾られる謁見の間にて、頭を垂れるグラサスに王が命じる。

響き渡る声には、一切の覇気はない。

「かの国は非道な通商を我が国に強要した――これは許されざる蛮行であり、わが国への宣戦布告である。情け容赦は無用。立ちはだかる者、一切を蹂躙せよ」

まるで事務作業をしているかのような言い草だった。

エストール王、ベールセールは凡庸な王であった。戦時においては暗愚とされるだろうが、平時であれば野心のない有能な王とも言える。

部下の声をよく聞く一方で、無能な部下の声に流されることもある王らしからぬ王だ。状況に流されやすく、支える者が必要ではあるが、万人に嫌われない王であったことは評価できる。

心根が優しく、まず初めに民を見て政治を考えるそんな御方だ。権力闘争にも向いていない平凡な王だが、エストールという国を纏め、王国からの輸入に頼りきり低下していた食料自給率を上げるという功績も残している。

グラサスにとっては紛れもなく、仕えるべき主だった。

（なのに何故！　何故、かの国と争う必要があるというのか――！）

だが、王の下知に臣下が口を挟んでいいはずもない。

既に、決定事項となった王国侵攻に今更異議を立てても、いたずらに士気を下げるだけである。

頭を垂れたまま、地につけた右手が美しく輝く床を軋ませる。

口から出そうになる言葉を噛み締めているうちに、口の中で鉄の味がした。

「これは決定事項だ、グラサス将軍――では、私はもう行く――妻が、待っているからな――」

バリっと、何かが割れる音がした。

謁見の間であるというのに、グラサスの怒気が場を重くする。

我先にと退席していく貴族たち、やがて一人になったグラサスは口の中の異物を吐き捨てた。

血に塗れた歯の欠片が、磨かれた床に突き刺さる。

「――すまない、将軍。私の力が足りぬばかりに」

そうグラサスに声をかけたのは、王の後継者であるエストールの第一王子だった。

「いえ、決してウィリアム殿下のせいでは――」

「いや、私の力が足りぬが故だ。無力だな、私は――国を富ます力もなく、王位を得る力もなく、敵を討つ力もない」

狂いゆくエストール。

だが、それを感じている者は多くない。

むしろ、今の流れを歓迎する者のほうが遥かに多いと言っていい。

力がない、その通りだ。

グラサスには、王命に抗う力がない。

「苦労をかけるな、お前にも、ティナにも――」

だが、それでも、抗わなければならない。戦わなければならない。

そうでなければ、歪な国は不幸を広げる。

「過去にしがみついてなんになるというのか。我らは今を生きねばならぬというのに」

暗雲が立ち込めるエストールの王城にて、グラサスは強く拳を握った。


シャロンの貴族街。

王城から見て南東にあるその場所は、エストールの都の中でも最も雅(みやび)な場所と呼ばれている。

王に近しい大貴族や過去の英雄に与えられた一等地であり、この場所に住居を持つ者こそ真にエストールを支えた英雄であると称えられることさえある。

平民が憧れる貴族の社交場、そんな一等地の隅に建てられた屋敷があった。王城からは離れるが、領有している土地はシャロンの貴族街では最も大きいだろう。

そんな邸宅の一室で、女はそれに命令する。

「お茶とお菓子を持ってきなさい」

その言葉はさながら、玉座から命を下す女王のような仕草である。

天才と持てはやされた魔道の達人である父と、王家に代々仕えてきた名門貴族である母の間に生まれ、若くして貴族位を継ぎ、才覚を示し、エストールの宰相を務めるに至った才人——それこそが、この屋敷の主であるアナリシア・レインフィルであった。

地味な侍女の装いをした鮮やかな金髪の美女がアナリシアの命令に応じる。

テーブルに、おしゃれなお菓子が所狭しと並び、紅茶が湯気を立てる。給仕が済めばもうそれは用済みだ。

手を振って、さっさと出ていけ、と道具に命じれば、恭しく頭を垂れた侍女が音もなく立ち去る。

ややあって――小さなノックが扉から響いた。

「入っていいわよ」

先ほどまでとは打って変わって、優しさの溢れる声色が響く。

声を高くして、微笑を作ってアナリシアは告げる。

「お帰りなさい、イズナ。ほら、こっちに来て――ちょうどお茶の準備をしていたところなの、一緒に飲みましょう」

「……………ただいま……おねえちゃん……」

イズナの声は消えてしまうかのように弱々しい。

「どうしたの？　ほら、おいで――」

そんな少女を気遣うように、アナリシアは言う。

手招きを受け、とぼとぼと歩いてきたイズナが遠慮しがちに椅子の隅っこに腰掛けた。

机の上のお菓子にも手を出さないまま、視線を右往左往させ、やがて決心がついたのかイズナは小さく口を開いた。

「……あ、あのね……おねえちゃん……その……泉、枯れてて……なんにもなくて……誰もいなくて……お姉ちゃんのお願い、うまくできなかった」

前髪に隠れた瞳をぎゅっと閉じて、悪事を吐き出すかのように言うイズナ。

「そうなの――」

沈痛な面持ちで、怖がるイズナにアナリシアは笑う。

「――ふふ、いい子ねイズナは、ちゃんと報告ができて」

「…………怒って、ないの……？」

「怒らないわよ。イズナは一生懸命頑張ったのだから。ご苦労様、ほら、頑張ったイズナにご褒美をあげるわ。好きでしょ、マカロン」

落ち込むイズナにお菓子を差し出し、その頭を撫でる。

それはアナリシアにとって、厄介なことに違いはない。内心では舌打ちでも吐いて、罵詈雑言(ばりぞうごん)を吐き出したい気分だが、大切な駒との信頼を捨てるほどアナリシアは愚かではない。

古代の血統の救助を対価にあれを借り受けた以上、約定(やくじょう)を果たさなければアナリシアの命はない。

だが、古き血を引くからといって、苦労して手に入れたエストールの支配に口を出されるのもまた面白くないのだ。

イズナの話を聞く限り、封印はすでに解かれ、眠り姫は去った後のようだった。

(さて、勇者の封印を解いたのは何処の誰かしら？　それとも、自然と綻んで壊れただけ？　生半可な方法で壊れないのは間違いないし、下手に壊すと危険なのも間違いない。いずれにしろ、お転婆な眠り姫の行方を追わなければ駄目ね)

魔竜紛争の話は、エストールにも届いていた。古代魔族の存在が噂になったのは僅か数週間前の話であるし、人が古代魔族を討てるはずもない。大方目覚めたばかりで本調子じゃない眠り姫を撃退した、そんな話を人々が誇張したのだろう。

居場所を推測することはそう難しくない。王国から足を運ぶなら、七国か帝国の二つに一つだろう。猪突猛進に神聖国に向かった可能性はないでもないが、流石に一度敗北した相手に無策で挑むほど愚かではないと信じたいものだ。ある程度周辺を探れば、発見はそう難しいことではないはずだ。

問題は、話が通じなさそうなあの子供にどうやって言い訳をするか、それだけだ。

もっとも、王国と戦争を始めたばかりの今、アナリシアが命を失う危険は低いだろう。

小さな口でお菓子を咀嚼し、器が空いて、そわそわしだしたイズナに女は言う。

「ご苦労様、イズナ――長旅を押しつけてごめんなさいね。お母さんとお父さんに会っておいで、それでいっぱい甘えるのよ？」

「……うん……ありがと……行ってくるね……」

とてとてと歩き出し、少女の姿が見えなくなるまで、アナリシアはずっと笑みを張りつける。

だが、すぐに見下すような瞳に戻り、吐き捨てるように言った。

「自分が何をしているのか、何をされているのか――何も考えていないのね――」

そうなるように誘導したのは、他でもない自分自身だ。

だが、それでも、ありがとう、などと言われると、どうしても言いたくなってしまうのだ。

「ああ――本当に――愚かな子――」


「はわ、はわわわわわわ！　絶対、絶対放しちゃダメなんですからね！　絶対ですからね!!」

高速飛翔を続けるナハトに、アイシャが悲鳴をあげる。

「うむ、わかっているさ。振りだろう？」

「そんな命がけの振りしません!!」

「本日もナハト超特急にご乗車いただき誠にありがとうございます。この便は終点エストールまで一層スリリングな空の旅をお届けいたします」

「怒りますよ、そろそろ本気で怒りますからね！」

アイシャと空で戯れつつ、ナハトは王国とエストールの国境、リーグ大山脈を飛び越える。

古代魔族が山脈を魔法でくり抜いて、建造したと言われる大トンネルは今なお劣化を見せず王国とエストールとを結んでいる。

陸路でエストールへ行くのなら、この道を通るのが普通だが、今は少人数の王国兵が見張りに立っていて、人の通行を制限しているようだった。

見た限りでは、斥候兵が少しいるだけで、王国は大トンネルを抑えるつもりはないらしい。明確にエストールが国境を侵害してから、迎え撃つつもりなのだろう。

「空路は正解だったたな、馬車では通してもらえなさそうだ」

「うぅ……アイシャはのんびり馬車の旅が良かったです………」

「そう言うな、さあ——山を越えるぞ」

「うぅ、また高くなるんですね………」

目の前に高き壁が聳え立っている。

雲を被る隆起した大地が幾つも幾つも連なっていて、ナハトもそれに合わせるように空を行く。風魔法でアイシャの負担をなくしつつ、大自然の景色を堪能していた。深い青と緑が重なる山、所によっては怪鳥が巣を作っていたり、飛竜が飛んでいたりとかなり物騒だが、ナハトにとっては等しく新鮮な光景に変わりはない。

「うむ、絶景だな」

「な、なんか、凄い鳴き声が響いているのですけど………」

「リーグ大山脈は飛竜や雷虎、黒蛇が縄張り争いをする危険地帯だからな。ベテランの冒険者も滅多に近寄らないぞ」

「なんで嬉しそうに言うんですか……」

だから、普通の人が陸路でエストールに向かうためには古代の大トンネルを使う必要があるのだ。大きく七国まで迂回するという手もあるが、余計に時間がかかってしまう。東海を渡る海路も存在するが、戦時下では船の行き来は激減していることだろう。

「戦争中に国を跨ごうなんて試みをするのはナハト様くらいですよ」

周辺状況を解説していると、呆れたようにアイシャが言う。

「ははは、人間同士のいざこざなど、私たちの歩みを止める理由にはならないからな」

「立ち止まることも大事ですよ、ナハト様………」

そうアイシャは言うが、停滞ほどつまらないものはない。それも、誰かに押しつけられる停滞であれば猶更だ。

前に進み続けてこそのナハトである。立ち止まるときは、アイシャの寝顔を眺める時間だけで十分に満足である。

空を行くナハトたちへ襲いかかってくる気満々な周囲の魔物を軽く威圧しながら、ナハトは鼻歌交じりに快適な空の旅を続ける。

「………段々アイシャたちの周りから動物や魔物がいなくなっているように見えるのは、アイシャの気のせいでしょうか……？　いえ、安全で嬉しいのですけど……」

それはアイシャの気のせいに違いない。

自然と魔物たちが道を開けるようになってしまったのは、きっと好意からのものだろう。

三つ、四つと山を抜け、やがてひらけた大地が目に入る。

「そろそろ山脈を抜けるぞ、もうすぐエストールだ」

「随分と、速かったですね――なんだか、アイシャも空に慣れたのか、思っていた以上に快適でした」

「魔法で外界からの影響を極力排除したからな、快適だろう？」

胸を張るナハトに、アイシャは不思議そうに尋ねる。

「なんで最初からしてくれなかったんですか？」

「繊細な作業なんだ、結構労力がかかるのだぞ」

そんなナハトの言い訳を、アイシャはジト目で見抜く。

「本音は？」

「アイシャの怖がる顔が見たかった、反省も後悔もしていない」

「ナハト様のバカ……」

アイシャの意を汲んで、山脈を超え高度を下げた後でも、ナハトは風の魔法を持続させる。

「あの、そろそろ一旦地面に下りませんか……？」

だが、それでもずっと空の旅で疲れたのか、休憩を提案するアイシャ。平地がすぐ傍にあって、恋しくなってしまったのだろう。無論、アイシャに負担を強いるのはナハトの本意ではない。

彼女の提案を受け、大地に下りようと思ったそんなときだ。

「ふぇ、な、なんで上昇するのですか？」

その答えは、すぐ前にあった。

規則正しい音色で、金属音が響いてくる。ぱっと見て、万を超える人の群れはなかなかに迫力があるものだ。

「これって、エストールの……」

「うむ、侵攻軍だな。なかなかに統制が取れているようにも見える、が――」

金色の円環に包まれたナハトに瞳が大きく開き、それらの本質を映し出す。

「――ちぐはぐだな、正規の軍に一体何を交ぜ込んだのか」

一際目を引く黒衣の軍団。顔までローブで覆った黒い軍団が、不気味な行進を続けていた。その先頭には、赤いローブを着た女がいた。

いや、正確に言えば、女の姿をしたもの、と言ったほうが正しいのかもしれないが。

それは、奇妙な光景であった。統制が取れた軍に見えて、実を言えば二つの軍が並んで行進しているように見える。

「なんだか、見られていませんか……？」

「それはまあ、侵攻する軍の上を飛んでいるからな――敵対行動と思われてもなんら不思議じゃないさ」

「……だからなんで楽しそうなんですか……！」

王国ほどの大国となれば、飛行の魔法が使える斥候兵がいてもなんら不思議ではない。

もしも、ナハトたちがそれと間違えられてしまえば――

「――アイシャ、加速するぞ」

「ふぇ？」

戸惑うアイシャの声が響いた刹那、大気に罅が走った。

ナハトの残像が取り残された場を、炎の弾丸が通り抜けた。それは一直線に空へ上り、雲に迫る勢いで天に抜けていく。

上空にいるナハトに攻撃が届くあたり、赤ローブはなかなかに腕のいい魔法使いと言えるだろう。

「ふぇえええええええええ、めちゃくちゃ攻撃されてますよ、ナハト様っ‼」

それもかなり激しい攻撃だ。

空で二回転、さらに身を捻るようにして三回転。攻撃を避けるナハトに抱かれたアイシャは絶叫マシン顔負けのGと浮遊感を得ていることだろう。

「ちょ、もう、ふぁあああああ、ナハト様！ と、止まってください……！」

アイシャには状況を確認する余裕などあるはずもなく、懇願するようにそう言った。

若干グロッキーなアイシャを放っておくわけにもいかず、ピタリと動きを止めるナハト。

ほっと、一息。大きく息を吸ったアイシャにナハトは言う。

「でもいいのか、アイシャ――」

「ふぇ？」

ナハトたちは攻撃を受けている最中である。

止まったナハトたちはいい的で、冷静に下を見たアイシャの瞳にも、特大の炎はよく見えたことだろう。

「少し暑いと思うぞ？」

「あ、あついじゃ絶対すまないやつですよね⁉ これ！」

瞳を閉じて、熱波を受け止めようと覚悟を決めるアイシャを安心させるようにナハトは言う。

「では、少し涼しくしようか――氷撃魔法(アイシクルマジック)――不壊の蒼氷(イモータルクリスタル)」

練り上げられた魔力が、多重構築された魔法陣を経て、透き通った氷へと転じる。

雪のように降り注ぐ蒼氷(そうひょう)は、瞬く間に視界の全てを青に呑(の)み込み、炎の存在を否定した。まるで、そこには最初から燃える炎など存在していなかったかのような有様である。

小さな砕氷は、やがて大地に降り注ぎ、地上から熱を奪った。吐き出す息は白く染まり、蒼(あお)く、美しい氷が牙を剝く。

「…………やりすぎなんじゃ……」

「ははは、正当防衛だから問題はないさ」

呆れるアイシャに、ナハトは笑顔でそう言う。

手痛い反撃を受けたエストール軍はなかなかに混乱しているようだが、ちゃんと相手を選んだので犠牲者は出ていないはずである。

「戦争に手を出すつもりはなかったのだがな――テレシアに報酬でも要求しようか――」

そんなナハトの言葉に答えるが如く、

「ふぇくち！」

アイシャのくしゃみが盛大に響き渡るのだった。


「どういうつもりだ！　レアーナ！　私は攻撃指示など出しておらんぞ!!」

忌々（いまいま）しそうにグラサスは怒鳴り上げた。

が、レアーナはグラサスの声など聞こえていないかのようにうずくまり、頬を紅潮させ、うっとりと笑みを浮かべていた。

「ああ、なんて精緻な魔法でしょう――あれほどの大魔法、一体どれほどの魔力制御が必要なのでしょうか、それも飛翔と風魔法の三つと並行してだなんて――」

「ちっ、この魔法バカが」

「――あら、いらっしゃいましたの、グラサス将軍」

悪びれることもなく、レアーナは言う。

宮廷魔術師長を務める若き才女、レアーナは誰よりも貪欲に魔法の修練にのめり込む生粋の魔法中毒者だ。己の腕を磨くことにしか興味のないこの女にとっては、戦争でさえもただの実践訓練とでも考えていそうで、頭を抱えたくなる。

「勝手な行動は慎めと言っているだろう――何故攻撃をした？」

「軍の頭上を飛んだのですよ？　敵対行動とみなし攻撃して何がいけないのですか？　それに、王国の斥候兵の可能性もありました、逃げられる前に撃ち落とすという判断は間違っていないと思いますが？」

「一理あるな、だが軍の指揮権は俺にある。迂闊（うかつ）に手を出し、手痛い反撃を受け、兵の士気を下げた。これが結果だ。勝手な行動は控えろ」

「勝手な行動も何も、私は陛下の命によって黒の軍団を率いています。貴方（あなた）の指揮下に入ったつもりはありませんよ、グラサス将軍」

そう。

そもそも、そこからおかしいのだ。

一軍に二将など、どんな愚物でも考えないだろう。

実態としては、二つの軍が協力し、それぞれに将が存在している状況だが、エストールの軍である以上、それらは一つの軍と言うべきものだ。

陛下の勅令で、軍を率いるレアーナに、グラサスの指揮権は及ばない。

弱気な陛下や大臣共が、宰相の甘言に乗って王国と戦争を始めたその自信は、この黒ずくめの軍団にあるのだろう。

その軍勢は実に五〇〇〇。だが、グラサスが率いる軍と合わせても、二万五〇〇〇程度でしかない。

王国は平気でこの二倍三倍の兵を動員してくるだろうし、それがかの国の全力でもない。本気になれば、こちらの一〇倍以上の軍勢を用意できる大国なのだ。

「貴殿の軍は、先ほどの攻撃で大きく損壊したように見えたが？」

「ふふふ、問題は何もありません。お気になさらず、予定通り進軍してくださいませ」

微笑と共にそう言う女。

それは、傷ついたものは全て置いていくと言っているに等しい。

「これ以上無駄な犠牲を出さないためにも、軽率な行動を取るな」

憂鬱な気分のまま、そう言い捨てるグラサス。

今回の戦は侵略である。相手のフィールドで戦うとなればさらに勝ち目は薄くなる。王国との交易を盛んに行っていたという商人に協力は要請したが、その土地勘も何処まで通用するものなのか。

だが、それでも、誰も戦争に反対はしなかった。

それだけ、宰相の抱え込む権力が肥大したということなのだろう。

たった数年のことだった。

ある日突然、政務に励む王が、妻が蘇（よみがえ）ったと言い出してから、たった数年で、エストールは大きく変わり、歪んだ。

勝ち目はないに等しいというのが、軍人としてのグラサスの見立てだ。一あてして、被害が広がらないうちに退却するよう、王子から密命は受けている。

「ご安心を、グラサス将軍――本番は王国の蹂躙です。そのための戦力は、十分ですから。さ、進みましょう、エストールのために――」

怪しく光るレアーナの瞳。

戦場に立つには相応しくない、精巧で、儚（はかな）げな、美しい体を持つ女。何の確執もなくその瞳を見れば、思わず感嘆の声をあげてしまったことだろう。

だけれど、グラサスにはそれが、微笑を浮かべる悪魔の目にしか見えなかった。


エストールは、王国南東に位置する王制国家だ。

古くは、神聖国の支配に抗う小さな国の一つでしかなかったが、王国との融和を結んだことを機に、選神教を受け入れ、小国群の中から頭一つ抜け出た国家へと成長した。ケルグの大洞穴や、リーグ大山脈の中でも比較的安全とされる南方で採れる魔鉄鋼や原石など、鉱物資源が豊富な国だ。王国、七国など、東の国の多くはエストールの鉄鉱石を輸入している。

戦時中ということもあり、人の行き来が盛んという雰囲気は感じられなかったが、王都ともなれば話は違っていた。

エストールの都、ユートフィアは活気に満ちていた。戦時下とは思えないほど人の動きが活発で、商人や冒険者、村人など、多くの者が検問の前に列を作っている。

「ふむ、アイシャ。この手はなんだろうか」

ナハトの腕を摑むアイシャに言う。

「侵入しちゃダメですからね？」

「…………ダメ？」

「そんな顔してもダメなものはダメです。ちゃんとルールを守りましょう」

長蛇の列に並ぶこと、三〇分。

ナハトの我慢の限界を察知したアイシャが制止の声をあげる。

「しかしな、身分不詳の旅人が王都に立ち寄るのだ。王国ならテレシアやエレオノーラの名を使えばいいが、最悪入れてくれないかもしれないぞ？」

「それは困りま――困るんですか？」

普通の旅人なら盛大に困る。

夜安心して眠れる環境が、どれほど大切なものなのかは語る必要さえないだろう。

だが、ナハトには動く家（サブホーム）がある以上、夜眠る場所を心配する必要はない。

「困るな、せっかくなら観光してみたいだろう？」

空から見たユートフィアの街は交易都市とはまた違う趣があってナハトの心の琴線を刺激するのだ。城門や街灯一つとっても鉄の色味が強くある。至る所で使われている金属そのものに精緻な装飾がなされていて、なんとも味わい深い趣だ。エストールの装飾品は質が良いと言われるのも納得の技術力である。

「では、ちゃんと待ちましょう」

そう、アイシャに諭されたので、退屈な時間はアイシャのほっぺをふにふにして待つことにした。

「ちょ、ふにゃ、やめっ、もう！」

楽しくアイシャと戯れること一時間余り。ナハトはようやく検問の前に辿り着いた。

「――通ってよし」

「は――いいのか？」

気の抜けた声と共に聞き返すナハト。

旅人だ、と名乗り、身分証の代わりに割増の通行税を収めるとあっさり検問はナハトたちを通そうとしたのだ。

「いやー、その格好――お嬢さん、どっかの貴族様だろ？　最近多いんだよなー、都の神秘目当てに身分を偽って街に来る貴族様が。でもその格好じゃなー、よく無事に都まで来れたもんだ」

ナハトはドレス姿、アイシャはメイド服という格好である。身分で優遇される特待の門を使わなければ貴族ではない、と言い張る世間知らずの子女も見慣れている、と門番は言った。

「特区は南東だぜ、お嬢ちゃんも再会できるといいな」

陽気な声でナハトたちを見送る兵士に、随分と拍子抜けである。

「よかったですね、あっさり通してもらえて」

アイシャが嬉しそうに言った。

道中では軍に絡まれるというなかなかに愉快な体験をしたので、もうトラブルは御免だったのだろう。

物足りなくもあるが、いよいよ外門を越えられると思えば、ナハトの意識は既に街の中へと向けられていた。

大きく開かれた鉄の門の前。都と外周の境界線上を一歩踏み出したそのときだ――

「――っ！」

強烈な違和感がナハトを襲った。

それは、迷宮（ダンジョン）でトラップを踏んだときのような感触だ。

警報（アラート）がけたたましく響き、侵入を察知されているかのような感覚。

「ふえ？」

咄嗟（とっさ）にアイシャを引き寄せ、脅威に備えるナハト。

刹那、空気のように掴みどころのない何かが、ナハトの背に触れた気がした。だが、それはほんの一瞬で、

何事もなく人々は往来を続ける。

「なんだ――今のは――？」

「ちょ、え、ナハト様？」

戸惑うアイシャを胸に抱いたまま、金色の瞳がありとあらゆる場所を捉える。

外壁の後ろで居並ぶ人々、商人の馬車の中、遠方に立つ警備兵、大地の底から空の彼方まで、ナハトの知覚は蟻(あり)一匹さえ見落とすことはない。加えて、魔法で魂を感知する。

何処の誰の仕業かは知らないが、ナハトに違和感を与えた存在を捉えようと力を駆使した。

だが、驚くことにナハトは何も見つけることができなかったのだ。

「…………どういうことだ……」

付近に敵がいないとすれば、それは技能(スキル)による攻撃のはずだ。

だが、それでもナハトの知覚や抵抗を覆すのは生半可な者にできることではない。覗き込む瞳(ピップアイ)などの魔法なら抵抗で問題なく弾けるはずであるし、精霊の瞳(エレメントアイ)やナハトの持つ監視する六つの瞳(このロリコンどもめ)のようなアイテムであれば、古代級(エンシェント)装備、実体のない耳飾り(ボディレスイヤリング)が防ぐことだろう。

(まさか、万里眼(クレアボヤンス)を取得している者がいるのか――？)

だが、ナハトはそんな思考を否定する。

そうであるなら、ナハトは監視されていること自体に気づくことができないはずであるからだ。

「だとすれば、今のは一体――」

ナハトの思考がピタリと止まる。

胸の奥で、むずむずとアイシャが動き出したからである。

力強く抱きしめられたアイシャは肌を真っ赤に染めていて、まるでお風呂上がりのようだった。

「えっと……ナハト様……その、みんなが見てます……から……」

人の往来が激しい場所で、激しく抱擁する美少女が二人。

注目するなと言うほうが無茶のようで、人々は食い入るようにナハトたちを見ていた。

中には軽口を叩いたり、口笛を鳴らしたりするものまで出てくる始末だ。ナハトは注目されるのが好きだから問題ないが、アイシャはびくびくと震えながら、恥ずかしそうに俯いていた。

「……その……こういうことは……もっと人のいない場所で……」

ナハトから逃れようとそんな言葉を言うアイシャだが、逆効果だろう。

歓声は一層激しくなり、アイシャの弱々しい声はナハトの嗜虐心を激しく揺さぶる。それは万人に共通する感覚なのか、続きを促すように注目が集まる。

ナハトはそんな期待に応えるかのようにアイシャの耳に唇を寄せ、

「え、え、え……」

「何か、違和感をがなかったか？」

戸惑うアイシャの耳元で、囁くようにそう言った。

「違和感……ですか……？　いえ、アイシャは何も……」

アイシャも小さな声でナハトにそう言う。

ついでに、近いです、近いですナハト様、と声が聞こえた気がしたが、そちらは無視してアイシャを抱きしめ続けるナハト。まだ、危険があるかもしれないのだから、当然の対応だろう。

だが、少なくともアイシャや街の人は何も感じておらず、ナハトだけが不可思議な感覚に晒されたようである。

「気のせい、ではないだろうが……」

再び可能性を探ろうとするナハトだったが、アイシャがプルプルと体を震わせていた。

そして、腕に籠もる力が少しずつ増していき、

「も、もう、ダメ！　限界です……！」

ナハトの手を振りほどくアイシャ。熟れたトマトのような顔をしたアイシャがナハトから距離を取る。

やじ馬たちが落胆の声を発し、ナハトと共に残念そうな顔をする。

「なんでナハト様まで同調しているのですか……」

「私のアイシャが離れてしまったからな――」

随分と人だかりができてしまい、アイシャが居た堪れない様子だったので、仕方がなく街の奥へと歩を進めた。

危険があるかもしれないので、アイシャの手を握ってナハトはエストールの都を歩く。

ユートフィアに戦争中の街、という雰囲気はなかった。露店は活気ある声で人を呼んでいるし、生活する人々の顔は明るい。

ナハトもジェラリアの森産だという果実のジュースを買って、一つアイシャに手渡す。嬉しそうなアイシャを見ながら一口飲むと、ラズベリーのような酸味のある果物の味が口の中に広がった。

「すっぱ甘くて美味しいですね」

「クーコの実だったか。時期によって酸味と甘みのバランスが変わり、人によっていつの物が好きか好みが分かれる果物らしいな」

露店や商店を見回しても、食料が不足しているようには見えない。

王国から輸入することの多い麦の値は、若干高くなっているが、若干で済んでいるあたり、戦争の準備はきちんとしていたのだろう。

「賑やかな街ですね、おしゃれな人が多いです」

「エストールの装飾技術は世界有数らしいぞ。最近では衣類や服飾にも力を入れているらしい。アイシャも何か買うか？」

「え、いえ、アイシャはナハト様からいただいたもので十分ですから」

「そうか、欲しいものがあれば遠慮なく言うんだぞ？」

アイシャを従者だと言いながら、主であるナハトは給金を支払っているわけでもない。こういうときくらい、欲しいものを言ってくれてもいいというのがナハトの本音だ。

だが、アイシャはなかなかナハトにお願いをしてくれることがない。もっともっと、ナハトはアイシャから頼られたいのだ。

「うぅ、子供扱いはいやですからね。それに、このジュースも凄く凄く美味しいですよ」

そう言って、幸せそうな笑みを浮かべるアイシャに、ナハトも無粋なことは言わないでいた。

「しかし、妙でもあるな――」

「え、何がですか？」

「民衆にとっては戦争など、勝っても負けても不幸の起こる悲劇だろう。まして、相手は長年の友好国である王国だ――だというのにこれではまるで普通の街だな――もっとも、ここにも奇妙な物が混ざり込んでいるようだが」

「アイシャが村人だった頃は、戦争と言われてもピンとこなかったと思います。皆さんも、そんな感覚ではないのでしょうか？」

「辺境の開拓村ならともかく、ここは首都だぞ？　だというのにこの落ち着きようは、為政者の腕が良いということなのか――人は衣食住が足りていれば大抵のことに目を瞑れる生き物だからな」

ユートフィアには貧民街（スラム）がない。いや、正確に言うならば、なくなった、だろうか。

数年前、現宰相が国家の政策として貧民救済と市場拡大を掲げ、スラムをつぶして土地を開き、開発特区と名付けた。多くの商人が進んで金を出し、何処からともなく現れた労働力が、民衆を助けたのだ。技術革新と共に生産量を上げた織物産業が発展し、寒さから貧民を守った。同時に、孤児や生活弱者に安価で住居と仕事を与える国家就業所が創設された。他にも、身分を問わず教育を施す商科学校や軍事学校の建設など、南東にある開発特区には集中的な開発がなされたのだ。

衣食住の基盤は、ここにあるのだろう。

住民の中には、開発特区を神秘の場と呼ぶ者もいる。

「まあ、何を使おうと街が賑やかになることは悪いことではない、か——どれ、アイシャ、ここは一つ、私たちも開発特区とやらを見てみるか」

入り口での出来事といい、街の雰囲気といい、何処か違和感をもつ部分はあるが、ナハトの脅威になるものは今のところ存在していない。であれば、心行くまで街を見て、すぐに旅立てばいいだけの話である。

「はい、でも観光するだけですからね、それだけですからね！」

「人をトラブルメーカーのように言わないでほしいな」

「………ナハト様はいい加減自覚すべきでは……軍隊さんにも攻撃されて、仕返しもしちゃったじゃないですか……アイシャたち、お尋ね者になってないですかね……？」

不安そうに言うアイシャだが、あれは正当防衛なので問題はない。

「先に手を出してきたほうが悪い」

「それはそうですけど……その、やりすぎじゃないですか？」

少しだけ強く、アイシャが言った。

ナハトは攻撃されたり絡まれたりしても、笑って済ませられるだけの力を持っている。そんなナハトが容赦なく攻撃したようにアイシャには見えてしまったのだろう。

だが、それは勘違いである。

「人は攻撃していないぞ？　黒ずくめの軍団をアイシャも見ただろ？　あれらは人のような形をしているが、材料で組み立てたものに過ぎない。死霊の気配や生物、悪魔の気配もなかったから多分、人形（ゴーレム）だろうな。街でも労働力として使っているようだぞ」

そう、ナハトが言うとアイシャは目を見開いて驚いた。

「ふぇ？　あれって人じゃなかったのですか⁉　だからですか、いつもより大人げないと思っちゃいました……」

「私はいつでも大人しく行動しているぞ？」

「なら、人前でアイシャに破廉恥な行為をするのもやめてくださいね」

「それは保証しかねるな」

「ナハト様～！」

楽しげに街を歩くナハトとアイシャ。

開発特区に近づくにつれ、活気も増して、少し見て回ったら、そろそろアイシャのために良い感じの宿を探さなければ、などと考えていたそんなときだ。

手を引かれるままに歩いていた、アイシャの足がピタリと止まった。

「アイシャ？」

ナハトの声にアイシャは答えなかった。

いや、答えられるような状態じゃなかったのだ。

青ざめた表情のまま、時間が止まったように動かなくなったアイシャ。呼吸を止めて、目を見開いたまま茫然とするアイシャは、大きく目を閉じ、また開いて、首を振って、頭を抱える。

「……………嘘……」

水面に映り込んだ月を掬うが如く、曖昧に揺れ動く声が響いた。

アイシャが追いかけるように視線を向けたそんな先には一人の男が立っているだけ。何かをされた気配はない。まして、アイシャが幻覚に囚われているようにも思えない。強いて言えば、目の前の男の目元が、微かにアイシャに似ているような気がする。

戸惑い震えるアイシャを、

「おう、アイシャ。随分と遅かったな――お帰り――」

そんな言葉が出迎えた。

「……なんで……どうして……生きてるの……お父さん……」

瞳は揺れ、唇は震え、声は掠れ、その身を抱えて、アイシャはぺたりと地面に座り込んだ。


アイシャは決して記憶力のいい人間ではない。

だけれど、大切な思い出は今も鮮明に覚えている。

幼少期、村の傍にあった川の辺で、水遊びや魚とりをして、時折聞こえる水の精霊の声を聞いて、ぼんやりとしていると、いつの間にか夕日が暮れてしまっていて。

汚れをつけて家に帰ると、そのたびに父は言ってくれたのだ。

『おう、アイシャ。随分と遅かったな――お帰り――』

その言葉の温かさを、アイシャが忘れるはずもない。

だから、その言葉は間違いなく父のものだ。アイシャがそれを聞き間違えるわけがない。

だけど――


嘘だ、と。


誰に言うでもなく、そうこぼす。

アイシャの記憶はそれが父だと言っている。でも、心は目の前の光景を受け入れようとはしなかった。

未練の尽きない唐突な別れを、アイシャは癒えぬ心の傷として体験したのだ。

物言わぬ父の姿に、目の前が真っ暗になって、何も、何も、見えなくなった。

身が引き裂かれるように、辛く、悲しかった。

だが、それ以上に、悔しかった。

周囲の侮蔑を受け入れ、衰弱する父に何もしてあげられず、ただ嘆くしかできなかった愚かな自分が、情けなく、許せなかった。

だから、ナハトと出会う前は死ぬことなど怖くなかった。

父の傍で死にたい、アイシャにあった願いはそれだけだったから。

でも、ナハトに出会い、救われて、価値のないアイシャに価値をくれた。お前が必要だ、と。傍にいろ、と言ってくれたのだ。

だから、アイシャの全てはナハトのもので、アイシャの居場所はナハトの隣にしかない。

抜け殻だったアイシャに、ナハトの言葉が生きる理由を、意味をくれたのだ。

ナハトのおかげで村に戻れて、父の死に折り合いをつけることができたつもりだった。ナハトはアイシャは悪くないと言ってくれたが、それでもアイシャはきっと自分を許すことはできないのだと思う。許せないまま、ナハトの傍で生きることがアイシャの決意だったはずだ。

『……ごめんな、アイシャ……父さん……お前を守ってやれないみたいだ……約束破っちまったな……アイシャとフローリアとの約束……すまねぇ……愛してるぞ、アイシャ……』

別れは既に訪れた後だ。

尽きぬ後悔はなんの意味も持ってくれない。何もかもが遅すぎたから。アイシャが無力だったから。

だから、強くなりたかった。

もう、己の弱さに泣くのは嫌だから。

力をつけて、知識を得て、技術を磨こうと努力した。

もう二度と、あんな思いはしたくなかったから。

「なんで……嘘だ……だって、お父さんは………」

なのにアイシャは瞳に涙を溜めて、優しい父の笑みにくぎ付けになってしまう。

もう二度と、見ることができないはずの微笑み。

失って、何度も夢に見て、消え去ったはずの幻が目の前にあった。

『「おう、どうしたアイシャ――そんな顔してっと、幸せが逃げちまうぞ」』

その言葉も、

優しげな笑みも、

少しだけ子供っぽくて、頼もしいそんな振る舞いも、

全て、アイシャの知る父のものだった。

「お、とう……さん……」

気がつけば、そんな言葉を言ってしまっていて。

夢だとわかっているのに、父の元へ駆け出してしまいそうな自分がいた。

自然と足が一歩を踏み出そうとしたその瞬間。アイシャは呼吸を失った。

アイシャの隣で、煮え滾る怒気を発したナハトの気配に、アイシャの足はピタリと止まる。

おずおずと、ナハトを見上げると、いつもよりも遥かに厳しい瞳がアイシャへと向けられていた。

そんなナハトが父を見る目は、まるで汚物を見るかのように忌々しげで、冷徹だった。

いや、そんな生易しいものではない。

いやが応にも体が震えるその瞳には、強い殺気さえ含まれていたのだ。

刹那、アイシャの視界からナハトの姿が消えた。

アイシャの瞳では、ナハトの動きを捉えることはできなかった。だが、それでも、ナハトがやろうとしていることは、はっきりとわかる。

だからこそ、アイシャは声を張り上げたのだ。

「ナハト様っ！　待って‼」

気がつけば、ナハトは父の隣にいて、その首元に深紅の爪が添えられていた。

一瞬でも、アイシャの声が響くのが遅ければ、その首は宙に舞っていたことだろう。

「――アイシャ」

背筋が震え上がる、声が響く。

淡々として、だからこそ重たくナハトの声は響くのだ。

アイシャに対しては、一切の敵意も威圧も込められていない。

だが、ナハトが父に向けている怒気と殺気が、その声から確かに伝わる。

無意識に、アイシャの体は震えてしまっていた。

「死者はどんな力をもってしても、生き返ることなどない。死へと向かった魂は巡る——お前は父の死を愚弄するつもりか？」

真っすぐにアイシャの瞳を見つめ、ナハトは言った。

アイシャは何も言えないまま、視線を下げる。

「どういう手品を使っているのかは知らんが、これは誰かが作ったただの人形だ——辛いだろう、悲しいだろう、縋りたいだろう、だが、それでも——お前の父は亡くなった、違うか？」

ナハトは冷徹に事実を告げる。

そしてそれは、アイシャだってわかっているのだ。

あの日、あのとき、あの場所で、アイシャの手を握っていた手は、冷たくなってしまったのだから。

「で、でも、あの言葉はお父さんの——お父さんしか言えないはずなのに…………」

アイシャの記憶が、それが父であると言っているのだ。

一言一句、違えることなく全く同じ。

表情筋の動かし方も、仕草も、全部全部、思い出の中の父と一致する。

そんな芸当が、赤の他人が生み出した人形に可能だとは思えない。作り物が、アイシャを誤魔化せるはずがないのだ。

もしも——もしも、それが父の記憶や魂を宿したものであったなら、見殺しになんてできなかった。

「もう一度言う——これはお前の父ではない——」

だけど、ナハトはそう断じる。

きっと、アイシャには見ることができないものが、ナハトの瞳には見えているに違いない。そんな主の言葉は正しいのだと理解している。

でも、それでも、アイシャはナハトのように確信が持てなかった。

思わず発してしまった、主の言葉を否定する自身の言葉に、アイシャは酷く狼狽していた。

どうしたらいいのか。

どうするのが正解なのか。

わからないまま、ナハトの言葉は続く。

「――壊してしまえばわかることだ」

ナハトの手が触れてしまえば、抵抗の余地などあるはずもない。

父の首はあっさりと宙に舞うことだろう。

「待って……ください……ダメ……ナハト様……アイシャは……まだ、何も……」

唐突な再会。

あるはずのない再会。

何一つとして理解できないまま、全てが終わるのは悲しすぎる。もう一度、目の前で父が死ぬ有様を見せつけられるのは、苦しすぎる。

せめて、目の前の人が父ではないとわかるまで、待ってほしいと願ってしまう。

だから、そうアイシャが口にしたそんなとき。

「はぁ」

ナハトの小さなため息が耳に届いた。

アイシャにはそれが、失意の籠もった言葉のように聞こえた。

「――そうだな。なら、時間をやろう。私がこの忌々しい幻影の正体を暴くまで、ゆっくりと考えるといい。そして、アイシャの答えを見つけろ――」

ナハトは父に突きつけていた深紅の爪を、そっと離した。

そして、そんなナハトがアイシャの隣に戻ることはなかった。

「――だが、もしもお前がそのときになってなお、その人形と戯れていたいと願うようなら――お前はもう、龍の従者ではない」

それはまさしく、別離の言葉。

ナハトはそう言い残すと、アイシャの前からいなくなってしまっていた。

竜の紋章を刻んだ教会のような建物。広く、日向（ひなた）ぼっこにちょうどいいであろうそんな建物の屋根に腰掛ける少女の瞳は酷く物憂げだった。

風に晒された――宵闇の抱擁（ナイトブレス）が、暗闇を撒（ま）くかのように、儚げに揺れた。

「はあああああああ――――ぁぁ…………」

長いため息が弱々しく響く。

きっと、今の儚げなナハトを誰かが見れば、あっという間に声をかけられ、傷心につけ込もうとされるだろう。

それくらい、極端に落ち込むナハトは弱々しい。

瞳は虚空を見上げていて、腕は宙に投げ出され、力を抜いて座り込む。下から見れば、バラ色の下着を拝むことなど容易(たやす)いように思えるが、ナハトはそれすら気にも留めない。

ナハトがここまで落ち込む理由は一つしかない。

「……アイシャに……嫌われちゃったかな………」

あまりにもナハトに似つかわしくない弱音だった。

何十回、何百回とそんな言葉を呟いて。恐ろしい想像だけが頭を埋める。

「酷いこと言っちゃった……アイシャ……絶対、怒ってる………」

魂を掌(つかさど)るナハトにとって、死は己に最も近しい領域でもある。

それを侮辱され、アイシャを誑(たぶら)かされたのだ。

だからこそ、思わず激昂(げっこう)してしまって、アイシャにまで強くあたってしまった。

アイシャは何も悪くないのに、ナハトの目線から一方的に意見を押しつけてしまった。

「はぁ………」

思わずこぼれてしまうため息は、自分に対する落胆だ。

もっと証拠を提示して、アイシャをきちんと説得すればよかったのだ。

だが、アイシャが納得するだけの確たる証拠も方法も、ナハトにはわからなかった。それは他でもない、ナハト自身の落ち度である。

悔しいことに、人形の正体はともかく、人格や記憶を与える手段については皆目見当がついていない。

術者が使っているのはおそらく、人形作成(メイクドール)か土人形作成(メイクゴーレム)、あるいは傀儡創造(パペットクリエイト)あたりだろう。戦争や開発特区の労働力として人形を使っている以上、大量生産が可能な人形作成(メイクドール)が妥当だろうか。

魔力によって、素材に姿を与える人形作成(メイクドール)は、元となる素材の質によってはある程度までの戦力が比較的簡単に揃(そろ)えられる便利な技能(スキル)である。習熟すれば、創造(クリエイション)の域に達し、ただの土塊(つちくれ)からレベル三桁に届くような僕(しもべ)を作ることも可能だろう。素材によっては、疑似人格を精製することも可能なはずだ。

だが、それでも、それらは人形でしかない。

過去の人間の記憶を与え、動かすなどできるはずがない。

まして、アイシャは今日この街に来たばかりなのだ。にも拘(かか)わらず、人形はアイシャが父と錯覚するような言葉を吐き、仕草を真似る。

それを可能とする技能(スキル)にも、道具(アイテム)にも、ナハトは心当たりがなかった。

「そりゃあ、アイシャだって戸惑っちゃうよね…………」

ナハトでさえわからない現象に晒されたアイシャが——大切な父の姿を冒瀆(ぼうとく)されたアイシャが、何も感じないでいられるはずがないのだ。

魂の波動を、色を、容(かたち)を、正確に捉えられるナハトとは違い、アイシャは人形を見たところで、魂のない抜け殻であると即座に判断できるわけもない。

ならば、ナハトの言葉に疑問を持ち、反発するのも当然である。

わかっていたはずなのに、口から出たのは突き放すような言葉だった。しかもアイシャの顔を見るのが怖くて、思わず逃げ出す有様である。情けなくて、涙が出そうになる。

ああ、だけれど。

アイシャに言った言葉だけは、全て偽りのないものだ。

「大罪悪魔召喚(コール・シン)——嫉妬(レヴィアタン)」

ナハトがそう呟くと、地の底から這(は)い出た闇の奥深くから、一人の女が顕現した。

透き通る大海のような長髪から、鼻腔(びこう)を擽(くすぐ)る甘い香りが立ち上る。深紅の瞳の奥深くで、黒の円環が幾つも幾つも重なっていて、見る者全てを幻惑させる。気配も、雰囲気も、見た目も、全てが何処となく不気味で、妖艶。姿かたちは自由自在なはずだが、ナハトを少し成長させたかのような容姿が、今のレヴィの姿だった。

「お呼びですか～、我が主様。随分と久しぶりだね。何かあったのかい、この僕を呼ぶなんて」

大仰に、自信に満ちたそんな声で悪魔は言う。

ゲーム時代、召喚には様々なものがあった。

天使、妖精、精霊、魔物、魔獣、幻獣、神霊、死霊、悪魔、などナハトが把握しているだけでも挙げればきりがないほどだ。

中でも悪魔は、取得難易度が比較的高いと言われる技能（スキル）である。もっと正確に言えば、取得者を選ぶ技能（スキル）であろうか。

悪魔を使役するためには、力で屈服させる以外の手段がなく、他者の力を借りず単独で討ち果たすという条件をつけられるのだ。基本的に召喚術を使うのは一対一が苦手な魔法使いであるし、回復補助型である徹（とおる）のセカンドキャラクターなどでは、単独では悪魔を打倒することが難しく、取得しても使い道のない技能（スキル）となってしまう。

だからこそ、悪魔はあまり人気のある召喚獣ではない。

相対する悪魔が高レベルになればなるほど、自らの命を危険に晒すこととなるハイリスクな技能（スキル）なのだ。

嫉妬（レヴィアタン）も元々は138レベルのフィールドボスであり、ナハトも死に物狂いで撃破に至った。課金の力と究極宝具（アルティメットアイテム）、親衛隊の装備に仲間から譲り受けた道具（アイテム）があってようやく勝てた相手である。

だからこそ、レヴィの力はナハトに近しいものがあると言っていいだろう。

「――仕事だ、レヴィ。私のアイシャの護衛をしろ。ここは少しきな臭い」

「…………それ、わざわざ僕を呼ぶ必要あるの……？」

呆れるように、そして残念そうにレヴィが言う。

レヴィは比較的大人しいほうだが、そもそも悪魔は負の象徴であり、破滅の足音であり、破壊衝動の塊のような存在だ。今のレヴィの力は、ナハトが軽く感じただけでも相当なものであり、国の一つや二つ手のひらの上で握りつぶすように消してしまうことができるだろう。

大仕事を期待していたのか、薄っすらと紺碧（こんぺき）の魔力がその身から溢れている。

「私のアイシャを守る以上に大切な仕事などない――それに、念には念をだ」

「はぁー、サタナキアの奴にでもやらせとけばいいのに――なんなら主様の護衛のほうが僕はいいね」

なんて、ナハトの背に消えるように移動したレヴィが座り込むナハトの頭に胸を乗せる。

「私のアイシャにド変態（サタナキア）を近づけるものか！」

ナハトが使役する三体の悪魔のうち、まともなのはレヴィだけだ。

あとの二人は相手にしたくないと思う程度には歪んでいる。

それに、一度はナハトの慢心からアイシャを命の危険に晒してしまったのだ。であれば、ナハトの持つ駒の中で、最も強力なレヴィを護衛に派遣するのは当然の選択だろう。たとえそれが、ちょっと、ほんの少し、極極（ごくごく）僅かに過剰戦力だったとしても、アイシャは納得してくれるに違いない。

「ふーん、ま、僕もちょっと興味はあるけどね。主様の愛しい人――」

暗闇のような瞳が、アイシャを狙うかのように怪しく光る。

「――私のアイシャに手を出せば、殺すぞ？」

吐き出した言葉は何処までも、重い。

レヴィが相手だからこそ、加減せずにナハトは言葉に力を込めた。

魔力を帯びたナハトの言葉は、刃そのものである。

己の内にある独占欲が命じるままに、手のひらに濃密な魔力を集め、ナハトはレヴィに忠告する。

「うひゃ～、そんなに睨まないでよ、怖いな～。主様に喧嘩を売るほど命知らずじゃないってば。それにしても、愛されてるね、アイシャちゃんは――思わず、嫉妬しそうになる――」

昏(くら)い声が空気を歪める。聞いただけで、心臓を握りつぶされるような声だった。

ナハトはほんのりと頬を朱に染めたレヴィにため息をこぼして、手に集う魔力を払うと、鬱陶しそうに手を振った。

「理解したなら行け――私は今、あまり機嫌がよくない」

「主様も嫉妬かい？　気が合うね」

「二度言わせるな、行け」

「はーい」

一つ瞬きをした後には、陽気な返事だけが残り、レヴィの姿は消えていた。

「嫉妬、か」

今日何度目になるのかわからない、吐き出したため息に重みが増す。

レヴィの言葉はナハトの心を言い表していた。

ナハトはアイシャの父に嫉妬しているのだ。

本物でさえないただの幻影、過去の存在が、今を生きるナハトよりもアイシャの心を掴んだことに苛立(いらだ)ちを覚えたのだ。

「なんと醜いことか――地獄に湧いた餓鬼にも劣る」

反省はしている。

だが、後悔はしないつもりだ。

ナハトの言葉は事実でしかないから。

魂魄龍の従者でありたいのなら、死に囚われ、過去にしがみつくことは許されない。

だが、きっと――

いや、間違いなく、アイシャは乗り越えてみせるだろう。

人形に惑わされることなどあり得ない、と確信している。

だから、ナハトの懸念はたった一つだけ。

「…………アイシャに嫌われてないかな……」

アイシャに嫌われることを考えただけで胸が締めつけられる。突き放されると考えただけで、思考がおぼつかなくなる。

思わず、必要のない呼吸を止めてしまいそうになるほどだ。

「アイシャ、忘れるな――お前は龍の――私の従者なんだぞ」

ナハトが一人黄昏ていると、何やら周りが騒がしい。

辺りを見れば、屋根の上に腰掛けるナハトを見上げる者が大勢いた。教会のような場所に座り込んだせいか、ナハトの周りに集まるのは皆子供だった。

「おねーちゃん、女の子が屋根に――！」

「パンツまるみえ！」

「おねえちゃん、だれ？」

十数人の子供たちが、ナハトを見上げていた。この際見物料は勘弁してあげようじゃないか。

騒ぎを聞きつけたのか、子供たちの合間を抜けて、高校生くらいの少女が一人、ナハトの前に現れた。周りが皆子供なので、少女だけが大人に見える。腰には片手持ちの剣、全身には薄手だが魔力が込められた防具を着ている。

「皆、離れて！」

そんな少女が強い声を発した。

強い警戒と、僅かな怯えが含まれた声色だ。

「な、何者ですか！　盗人、強盗、ま、まさか、敵っ!?　こ、ここは神聖なる竜の見守りし教会です！　て、手を出してみなさい、貴女は聖竜教会を敵に回すことになりますよ!!」

ナハトは数秒前の思考を訂正する。

大人びて見えるどころか、慌てている少女が一番子供に見えてしまった。子供たちなど、可愛いお姉ちゃんだよ？　と言っているが、少女は聞く耳を持っていない。

「ふむ、門番には貴族と言われたが、お前の目には私が強盗に見えるのか……」

ナハトの容姿を見て、好意的に捉えない人間は珍しい。そういう意味では、賢いとも言えなくないが、少女はテンパっているのか大慌てて頭を下げ始める。

「ふ、え……あ、あわわわわ……き、貴族様でいらっしゃいましたか……もしかして王子様のお知り合いだったり……？　ま、誠に申し訳ありましぇん!!」

また、別の勘違いをした少女は懸命に謝罪を始める。

落ち着きのない奴である。

「貴族ではない、通りすがりの旅人で、よくいる普通の龍人だ――親しみを込めてナハトちゃんと呼んでいいぞ？」

「ふにゃ、りゅ、竜人様でありゃせられましゅか！　し、し、し、失礼を致しました、ナハトちゃんさん！　わ、私は火竜様に仕える巫女（みこ）、ティナ――ティナ・シルザードにございますです！　そ、それで、その、ご用件は……？」

ティナは竜を崇める教会に所属する人間だった。だから、龍人と名乗った効果が大きいのか、ナハトの顔色を窺うようにティナは言った。

「これといって用はない――いや、お前に会うまではなかった、と言うべきか――何やらお前からは不可思議な気配がするな」

ビクンと、わかりやすくティナが反応した。

ナハトは屋根の上から軽々と飛ぶと、地面にふわりと着地して、そのままティナの傍によって肩を押さえる。

「少しお話をしようじゃないか、お嬢さん」

ナハトの瞳は、決して話を聞くような優しげなものではない。

ティナが一歩後ずさる。だが、許されたのはそれだけで、ナハトの手はティナの体を束縛する。

そんなナハトの瞳は、獲物を見つけた狩人のようだった。

第四章 魔眼の少女

何処かおぼつかない足取りで、アイシャは父の隣を歩く。

歩幅が小さいアイシャは、進むにつれてちょっとずつ遅れてしまって、自然と大きな背が目に入った。

いつかと変わらぬ優しい背中。肩には剣で受けただろう傷跡があって、今も残る大きな傷を指でなぞると、擽ったそうに父は笑っていたのをアイシャは覚えて。

アイシャの憧れた父の背を追う。

それは、とても楽しいことのはずなのに、

（…………はぁ）

何故か心は弾まない。

心にかかる靄の正体は、わかっていた。

いつも、隣にいてくれた人がいないからだ。

ナハトが去り際についた小さなため息。何処か冷たい瞳をしたナハトの姿が、頭から離れてくれない。

（…………ナハト様に……嫌われちゃったのかな……）

ギュッと、服の上から胸元を握る。

だが、心を締めつける寂寥感はちっとも癒えない。

ナハトのために生きることがアイシャの生きる意味なのだ。ナハトに必要とされない自分に一体何の価値があるというのか。

そんな自問の言葉が、余計にアイシャの心に痛みを与える。

「さっきの子、アイシャの友達か？」

過去の言葉を切り取るように、父が言う。

「ううん、もっと——もっと、大切な人」

そんな大切な人が隣にいてくれたら、今どれだけ幸せだろうか。

温かな父が前にいて、敬愛する主が隣にいる。

そんな理想の世界を夢想して、アイシャは一人首を振る。

(違う——そうじゃない。ナハト様はお父さんが偽物だって言ったんだ——それはきっと正しいことなのに、アイシャに時間をくれたんだ。考えて、整理して、見極めるための時間を)

だから、アイシャは父に甘えることができないのだ。

本当なら、今すぐにでも飛びついて、頭を押しつけて、匂いをかいで、抱きついて、泣き出したかった。

お父さんがいなくなって、凄く悲しくて、大変で、寂しくて、死んじゃいたかったんだって、弱音を言いたい。

もしも——もしも、お父さんは死んじゃったはずだよねって言ったら、父はなんと言うのだろうか。

「可愛かったよな、あの子は将来いい女になるな」

「ダメだよ、お父さん！　ナハト様は——」

にやりと笑う父の言葉に、アイシャは強く反発する。

いつか言っていた冗談のはずだ。でも、アイシャはそれを冗談とは受け取れない。

「ははは、まあ俺にはフローリアがいるからな。不貞はしないさ。母さんに嫌われちまうからな」

そう口を開いた父は、明るく笑っていた。

だけど、そんな父の口元は、辛そうで、苦しそうで——だけど、アイシャに気づかれないように、いつものように笑おうとしていた。

昔は気づいていなかったのだろう。

だけど、父を見極めようとしていたアイシャは、悲しそうな父の笑みに気がついてしまった。そんな顔をする父は、作り物には見えなかった。

「アイシャは……母さんが嫌いか……？」

それは、何度も聞かれた質問だ。

そうアイシャに聞く父は、いつもの自信が消えていて、何処か不安そうでもあった。

昔のアイシャならきっと、

『わかんない！　だって覚えてないいんだもん……』

そう言ったはずだ。

素直に嫌いと言いたいが、父を思えば決して言えない。だから、誤魔化すようにそう言って、すぐに言葉を続けるのだ。

『でも、お父さんは好き！　世界で一番大好きだよ！』

気恥ずかしいとは思わなかった。

それがアイシャの本音だから。

苦しい生活も、父と一緒なら幸せだった。隙間風の入る家でも、一緒に引っついて眠れば暖かかった。水汲みも、畑仕事も、一緒にすれば楽しいことに早変わりだった。

いっぱいいっぱい支えてもらって、父より好きになる人など現れることはないと確信していた。

でも、それは、遠く、儚い、過去の記憶だ。

今は、父と同じかそれ以上に大好きな人がいて。

だからこそ、アイシャは口を噤むことは許されない。

何度か、声を出すことさえ失敗して、何度も何度も息を吸う。怯える咽を懸命に震わせ、アイシャはゆっくりと思いを吐き出す。

「――あのね、お父さん――私ね、成り行きだったけど、それでも自分で決めて、お母さんを探してここにいるんだ……村で、お父さんが死んじゃって、ナハト様が助けてくれて、大変で楽しい旅をして、ここに来たんだよ……？」

言ってしまった。

アイシャの言葉は、目の前を歩く父を否定するものだ。

だが、それでも聞く必要がある。

アイシャが答えを見つけるために。

父の足が、一瞬止まった。

そして、父は小首を傾げて、アイシャに言う。

「『……………？　何を言ってるんだ、アイシャ。お父さんはここにいるよ。でも、そうだな、アイシャがちょっとでも母さんのことを好きになってくれたなら、お父さんは嬉しいな』」

ちぐはぐな、言葉だった。

何処かで聞いた言葉を、切り貼りして、繋げたようなそんな言葉。

歯車の嚙み合わないそんな返答、目の前にいるアイシャと会話しているようで、していない。

「お父さん……！　アイシャは、もう会えないと思ってたお父さんにまた会えて、嬉しいんだよ……？　忘れ、ちゃったの……？　お父さん、凄く凄く辛そうだったんだよ！　私を一人にしてごめんって！　見守れなくて、ごめんって！　死んじゃいそうなときも、アイシャなんかのことをずっとずっと思ってくれてたんだよ……！　だから……だから！　また、会えて、アイシャはこんなに、こんなに嬉しいんだよ……！」

一度言葉が出てしまえば、もう止めることなどできなかった。

「どうしたんだ、アイシャ……？」

アイシャが震えると、いつも抱きしめてくれたのに。

アイシャが泣きそうだと、駆け寄ってくれたのに。

アイシャだけが一人喜んで、悲しんで、これじゃあ、誰といるのかわからない。

「ねえ、お父さん。お父さんとアイシャは小さな村で暮らしてたよね？　隙間風の入る家で、二人で一緒に……覚えてる、よね………？」

父の姿で、父の振る舞いで、アイシャの前にいる誰か。それは間違いなく父で、そう思ったから、アイシャはナハトの言葉に逆らったのだ。

でもやっぱり、ナハトの言葉は正しくて、アイシャは夢を見ているだけなのだろうか。

一体何故、父の姿をして、父の声で語って、アイシャを不安にしてくるのか、理解することを、考えることを脳が拒否する。

「ああ、勿論さ――アイシャはよく川原で遊んで、帰ってくるのが遅かったな。そのたんびに注意してるってのに、なかなか早く帰ってきてくれなくてお父さん、困っちまったよ」

過去を覗き込むように、言葉を探しながら言う父。

アイシャと同じ時間を共有していることを実感して、安堵したのも束の間のことだ。

「あの頃は、アイシャにも苦労をかけたな――でも、どうしたんだ――今更そんなことを口にして」

続けざまに発せられた言葉が、アイシャの心を凍りつかせた。

（……今、なんて………）

耳が、聞くことをやめたかのように、アイシャの脳は現実を拒む。

（………そんなこと……？）

アイシャにとって、父と過ごした場所は一つしかない。

父と過ごした時間は、今更、で片付けられるものじゃない。

「あの頃のアイシャは小さくて可愛かったなー。どうだ、昔みたいに一緒に手を繋いで歩くか？」

差し出された手が、不気味に映った。

優しさに満ちた笑みが、歪んで見えた。

望んでいたはずの父の手から、アイシャは一目散に逃げ出した。

「あ、おいっ！　アイシャ！」

後ろで、誰かの声がした。

だけれど、アイシャは止まらない。

開発特区の整備された道を駆け抜けて、雑多な小道に入ると、何一つとして現実を目に入れないよう走り続ける。

意味がわからないのだ。

何もかも、アイシャの理解を超えていて、咀嚼しきれない。

母を追って旅をして、何故か死んだはずの父と再会してしまって、偽物だと言われ、ナハトがそれを殺そうとして、止めてしまったらナハトがいなくなって、縋ろうとした父は、父なのに父じゃなくて、気がつけばアイシャは一人駆け出していた。

もう、何もかもがわからない。

何が正しくて、何を信じたらいいのか、わからない。

余裕を失ったアイシャの思考は、泥沼のように混濁して、堂々巡りを繰り返す。

こんなとき、支えてくれた父はいない。

こんなとき、頭を撫でてくれた主もいない。

アイシャの傍には、誰もいない。

走って、走って、息が切れて、咽が痛くて、それでも走って――足元がおぼつかなくなるまで、誰もいない場所まで、ただただずっと走り続けた。

裏道の先、整備されていないボロボロの裏路地にあった小さな広間に辿り着くと、アイシャは転ぶように倒れ込んだ。

忌々しいほど青天な空を霞む瞳で睨みながら、アイシャは一人、涙をこぼす。

「――――っぁ！　ぁ…………ああ……えっぐ……ふぇぐ…………」

拭っても、拭っても、止めどなく溢れる雫と共に、押し殺していた嗚咽（おえつ）が口から溢れた。

終わりのない孤独感が胸を蝕（むしば）んで、空に向かってただただ泣いた。

やがて涙も枯れ果てて、真っ赤になった瞳が光を浴びて酷く傷んだ。それすら何処か悲しくて、嗚咽が口からこぼれてしまう。

そんな中、不意に――ぎしり、と。

何かが軋む音がした。

次いで、ぱたんと地面に降り立つ音が響く。

立ち上がるのも億劫（おっくう）で、首だけをぼんやり動かして、アイシャは音のしたほうに視線を向けた。

驚くことに、こんな裏路地の果ての小さな広間に、アイシャ以外にも人がいたのだ。

「…………かなしいの……？」

耳を澄まさないと、聞き逃してしまいそうなほど、細く、弱々しい声だった。

それでも、小さな声色は透き通っていて、乾いたアイシャの心にじわりと染みる。

同時に、大声をあげて泣きわめいていた姿を見られてしまったと思うと、羞恥に顔が赤く染まる。

「…………さみしいの……？」

長く伸ばした前髪が、少女の目元を覆い隠してしまっていた。

アイシャと同じか、少し幼いとも思える少女は、気遣うような、思い遣るような、それでいて酷く怯えるような声で言う。

だから、彼女がどんな思いでそんな言葉をかけてくれたのか、わからない。

ああ、だけど、

「……誰も……いなくて……みんないなくて……アイシャは……一人ぼっちで…………」

気がつけば、言葉にならない弱音を吐き出してしまっていた。

「……おなじだね……私も、そうだったから…………」

風が、寂しげに生えた木を揺らし、少女の髪がふわりと舞った。

柔らかな髪の向こう側で、夜空に瞬く星を見た。

「……綺麗……」

燦然と煌めく星の瞬きに、アイシャは見惚れるようにそう言った。

涙のせいでぼんやりと霞んだ視界に、小さな少女がぽつりといた。

仰向けに倒れ込んでいた状態から、ゆっくりと上体を起こしたアイシャは幻想のような少女を見た。

路地から吹き抜けた風が、二人の少女の髪を上げる。

アイシャの視線の先には、空に浮かぶ星があった。潤んだ瞳の奥深くで、恒星が無軌道に揺れ動く。

「………綺麗……」

思わず、そう口にしていた。

だが、そんな瞳が見えたのは、風が吹いて、少女の髪が宙に浮かんだほんの少しの時間だけだ。

風に吹かれ、移ろった雲の合間に星が消えてしまうように、髪の奥に瞳が隠れる。

それが、少し残念に思えた。

何処か嫌がるように視線を避け、俯く少女は故意にその瞳を隠しているのだろう。アイシャの言葉に、恥ずかしそうに身をよじる。

下を向いたまま、半身を引くように横を向いて、ちょこんとアイシャの服の袖を摑む。

「………こっち……」

弱い力で袖を引かれる。

アイシャの体を動かすような力はなかった。だけど、おそらくは好意からであろう少女の行動を拒もうとは思わなかった。

だから、弱りきった体を動かして、少女の為すがままにアイシャは歩く。

「………」

無言のままに、手を引かれて。

ほんの数歩歩いた先に、一本の木があった。周囲の栄養全てを吸っているのか、野晒しの空き地には緑らしい緑が他にはない。

そんな木の最も太い枝には、不格好な遊具があった。

荒い縄が木に結ばれただけの、小さなブランコ。綺麗とはお世辞にも言えないが、何処となく手入れされ

ている感じがある。

「………座って……」

大人が腰掛けると、壊れてしまうのではないかと不安になるブランコにアイシャは促されるまま座り込む。成長しない小さな体が幸いしてか、ぎしりと音を立てたブランコはアイシャの体を支えてくれた。日の光が当たりにくい路地裏の小さな広間なのに、何故か不思議と暖かい。一人じゃないと実感するだけで、胸を締めつけていた激しい感情の渦が少しだけ弱まった気がする。

アイシャが懸命に心を落ち着かせようとしている間も、少女は無言を貫いていた。

「………はじめてなの……」

沈黙の中で、何を話したらいいんだろう、とそう思っていると、消え入るような声がした。抑揚が乏しく、感情の読み取りにくいそんな声。だけど、寂寥感だけは強く伝わる。

「何がですか？」

おずおずと、アイシャが聞いた。

「………私以外がここに座ったのが………ずっと……一人だったから……」

少女はアイシャを座らせて、その背に立って顔を見せてはくれなかった。

アイシャの涙と同調するかのように、悲しげな声のまま少女は続けた。

「……ここには誰もいないの……一人で座って、一人で遊んで、一人で考えて、一人で泣いて、答えを探したそんな場所………あなたも一人、だから特別……」

辛そうな声だけが後ろから響いてきて、何故か二人で悲しんでいるかのような雰囲気になってしまった。

だけれど、特別、と言ってくれたその言葉は、間違いなく彼女の精いっぱいの好意を言葉にしたものだ。

初対面のはずのアイシャに、大切な場所を貸してくれているのだ。

そう思うと、胸の奥がじんわりと温かくなる。

それが、たとえ体のいい同情だったとしても、それでも好意には変わりがない。

（――ありがとう、って言わないと）

そう思って、後ろを振り返ると、少女はびくりと震え、視線を逸らそうとする。

そういえば、まだお互いの名前さえ知らなかった。

「あ、あの、私はアイシャっていいます。その、半耳長族で、こんな見た目なんですけど、一九歳です……普通の人よりちょっと成長が遅いのですけど、でもちゃんと大人ですから！　あの、お名前を教えてくれますか？」

戸惑うように自己紹介をするアイシャ。声が震えて、何を言っていいかわからなくなるあたり、あまり大人とは言いがたいことだろう。先ほどまで、わんわん泣いていた姿を見られてなお、大人と言い張ってしまったことに気づき、後になって羞恥心に襲われるアイシャは気恥ずかしそうに身をよじる。

「……………イズナ……」

アイシャとは対照的に、名前だけを呟いたイズナ。

会話が途切れ、静かな沈黙に、アイシャが戸惑うそんな中で、

「…………アイシャはこの国の人じゃないよね……」

確信を持っているかのように、イズナが言った。

「ふぇ、どうしてわかったのですか？」

思わず聞き返してしまったアイシャにイズナは言う。

「…………だって、この目が綺麗なんて言うから……」

「えっ！　でも、凄く綺麗ですよ？　きらきらしてて、ナハト様の瞳と同じくらい綺麗です！　隠しちゃう

なんて勿体ないです！」

それは思わず口にしてしまった心からの言葉だった。

一目見てしまったときから、願い事をしたくなるような美しい瞳だとそう思った。

だが、イズナは首を振る。

「………アイシャだけだよ、綺麗だなんて言ってくれるのは………」

アイシャの反論よりも先に、イズナは口を開いていた。

「この目は、魔眼なの――進化の神が置いてった、皆を不幸にしちゃう力………だから、アイシャも見たらダメ」

酷く、曖昧で、抽象的な言葉だった。

だけどそれは、何処か拒絶を含む言葉だった。

「……私を見たら、みんな不幸になってしまう……魔力を失って、人も、動物も、植物も、元気がなくなっちゃう………だから、この目は綺麗なんかじゃない……誰も、見ちゃいけないものだから………」

何処までも、何処までも、寂しげな響きだった。

氷雪の下、大海の底、そんな冷たい場所で膝を抱えながら呟くような物言いに、アイシャが覚えたのは、同情よりも根が深い、共感だった。

世界の中で一人ぼっち。

父を失って森を彷徨うときもそう思った。

ナハトと離れて、再会したはずの父とも離れて、また一人になったんだ、とそう思ってしまった。

だから、少女の語るそんな言葉に、共感してしまいそうになった。

でも――

「——勿体ないですね」

「え？」

「だって、そんなに綺麗な瞳を隠さなきゃダメだなんて、どう考えても勿体ないじゃないですか！　アイシャは魔眼とか、不幸とか、よくわからないですけど、イズナの目を見ても全然平気ですし。だから、もっと見ていたいなって思います」

「——！」

アイシャは知っていたはずなのだ。

一人ぼっちとか、世界に一人だけとか、そんな独り善がりは間違いだということを。

生きている限り一人でなんていられない。一人だと思い込んでいる人間はそう、見ている世界が狭いだけなのだ。

ちょっとしたきっかけで、偶然で、幸福で、不幸で、手を差し伸べてくれる人がいて、勇気を振り絞れば、その手を掴むことだってできるんだと、身をもって教えてもらった。

そう思うと、なんで泣いてしまったのだろう、とさっきまでの自分が酷く馬鹿馬鹿しく思えた。

結局自分は勝手に一人になったと思い込んでいただけではないか。

アイシャはそっと、胸に手を当てて、その奥深くに宿った強い力を感じた。

暗く、深く、でも温かいそんな魔力は、ナハトとの大切な繋がりだ。きっと今も、アイシャを信じて、アイシャが決断するその時を待ってくれているのだろう。

「アイシャは今、ちょっとだけ一人です……それは、ほんのちょっとだけ辛いです——だから——」

大切な人から勇気をもらうように。

大切な人に勇気を分け与えるように。

アイシャは胸に手を当てたまま、イズナに向かって声を発する。

「——アイシャと……その……お友達になってくれませんか！」

そんなアイシャの言葉に、イズナは酷く狼狽した。

怯えながら後ずさり、敵意の籠もる強い瞳が髪の隙間から覗いた。

「っ——！　なんで……！　私は、まがんほゆうしゃで！　化物だって！　誰も近づいちゃダメなんだって……みんな、みんな最初だけで……すぐいなくなって……アイシャも、私を騙すの……？」

「ち、違います！　アイシャはただ、優しくしてくれたイズナと仲良くなりたくて！　……それに、イズナが魔眼保有者の嫌われ者なら、私だって半耳長族（ハーフエルフ）ですよ？」

「————？」

小首を傾げたイズナを見て、ああ、彼女もアイシャと同じだな、とそう思った。

知らないから、わからない。

そんなすれ違いなんだなと、理解できた。

「王国の村じゃ、ハーフエルフなんてアイシャだけで……人間にもエルフにもなれない出来損ないで、物覚えが悪くて、すぐ寝ちゃって、いつまで経っても役立たずの子供……無駄飯食らいの嫌われ者がアイシャなんです……こんなアイシャとお友達には……なりたくないですよね……」

「ちがっ……！」

慌てて否定しようとするイズナを見て、アイシャはくすりと笑った。

「はい、アイシャも違います。アイシャはイズナとお友達になりたいです」

アイシャが手を差し出した。

すると、アイシャよりも少し小さな手が、出たり、引っ込んだり、忙（せわ）しなく動く。

やがて、二人の手は近づいて、指と指が触れ合いそうな距離まで迫っていた。

最後の一歩は、アイシャが踏み込んで、埋めてしまう。

「よろしくね、イズナ」

「…………うん……」

髪の合間から、ぱっちりとした瞳が少しだけ覗いた。

手のひらが重なり合うそんなときが、一人だけの場所が、二人の場所に変わった瞬間だった。


「……それで、アイシャはなんでこんな所で泣いてたの……？」

「うぅ、それを聞いちゃいますか…………その、実は……」

恥ずかしそうに、アイシャはイズナに事情を話した。

「……そっか、大変だったね…………」

言葉少ない場を和ますように、ぎしり、とブランコが音を立てる。

「……でも、アイシャはお父さんにまた会えて嬉しくなかったの……？」

「それは、その、凄く嬉しかったです。でも、何かが違ってて――」

「…………記憶と違う？」

「いえ、仕草も、匂いも、言葉も、アイシャの知ってるお父さんでした……けど、何かが違くて――」

確かな違和感。

その正体は多分――

「――今のアイシャを見てくれていない気がして」

「………………」

重たい沈黙が場を埋めた。

「……ごめんなさい、アイシャのことばっかり。イズナはどうしてここに？」

「…………私の居場所は……ここと家しかないから……」

「…………」

再びの沈黙。

アイシャとイズナの会話は重く、初対面で話すようなことではなかった。

もともと、人と会話するのがあまり得意じゃないアイシャだ。重たい沈黙が続くとナハトのようなコミュニケーション能力が羨ましくなる。

（…………か、会話が……）

（…………聞いても、いいのかな……）

イズナがこんな場所で一人でいた理由。

不躾に、出会ったばかりのアイシャが身体と過去の両方に触れそうな言葉を言っていいのか、不安になる。

ああ、でも。

震える小さなイズナを見ると、アイシャは自然と口を開いてしまっていた。

「……それは、その、イズナの目が魔眼だったからですか？」

「…………うん」

「えっと、アイシャは魔眼って言われても、そのピンと来ないのですけど……そんなに大変なものなのですか……？」

「…………破魔の魔眼…………進化の神ユピトがグリンフィールド家に与えた力……魔力を吸って魔法を打ち破る術…………」

今より一〇〇〇年以上も前の話だ。

人魔大戦が神聖国の勝利で終わり、人の支配が広がった。そんな中、エストールは多種族国家として選神教を受け入れず、数多の国家と共に神聖国と戦った。大戦の残火はジェラリアの森さえ燃やし、多くの血が流れていった。

もともと、エストールは金属と鍛冶の国だった。魔導の発展は著しく他国に劣り、戦場で兵士は幾度となく魔法に苦しめられたのだ。度重なる戦争で魔法の猛火に晒され、それでもなお生き残った一人の男が、進化の神の瞳に留まる。

人の身にて、魔を打ち破る破魔の瞳。

大戦の英雄にして戦場の死神。

敵味方さえ区別なく、無差別に力を吸い、軍勢を薙ぎ払う殺戮兵器。エストールに数多の勝利をもたらした、殲滅のグリーンフィールド、その末裔がイズナだった。

「…………普段は意識して誰も見ないようにしてる……でも、魔力の少ない人や子供がイズナの目を見てしまうと、倒れちゃったりする……この瞳は呪いなの……大きな力と大きな不幸を同時にもたらす呪い……アイシャは……こんな私でも……友達になってくれるの……？」

酷く弱々しい声だった。

不安だったのだろう。自分のことを話して、せっかくできた繋がりを失うことになってしまうのではないか、と。

その言葉を言うだけで、どれだけイズナが勇気を振り絞ったのか、アイシャにはわかった。

だから、アイシャは立ち上がって。

イズナの前髪に手を差し出す。

「っ！　アイシャ、ダメっ！」

嫌がるイズナの髪を上げて、アイシャは真っすぐに視線を合わせた。

「大丈夫です――大丈夫ですよ、イズナ。アイシャは鈍感なので、イズナの目を見ても何も感じないです」

いつも、大切な人にしてもらっていたように、アイシャはイズナの頭を撫でる。

そんなアイシャの主なら、こんなとき、どんな言葉を投げかけるか想像して、言ってみる。

「むしろ、綺麗なものが見られてラッキーな気分です。だから、アイシャの前では、隠す必要なんてないですよ」

無意識に、魔力を吸い取ってしまうイズナの魔眼。

それは、確かに危険なのかもしれないが、少なくともアイシャは大丈夫だろう。

アイシャはナハトに魔法を教わっていたときの言葉を思い出していた。

『人の持つ魔力を水とするならば、体が入れ物で、魔法は蛇口だな。普通の人をコップ一杯とするなら、アイシャの魔力量はお風呂と同じくらいはあるだろう。龍の力も含めれば、小さな池ほどにもなるかな。だから、蛇口の調整は難題だな』

アイシャの魔力は大きくて。ちょっとした魔法を使うことも難しいが、それでも量だけは物凄いと教わった。

イズナの瞳を真っすぐ見ると、ちょっぴり擽ったいような感覚はするがそれだけなのだ。

だから、ちょっとくらい吸い取られても、なんてことはない。

「でも……辛く、ないの……？」

「全然平気です」

「でも……でも……！」

「大丈夫です、むしろアイシャたちは相性がいいんだって喜びましょう。それに、アイシャは大人なので、イズナのちょっとした迷惑くらい、どんとこいです。ちゃんと受け止めますから——そんなに、心配しなくて大丈夫ですよ」

「っ——！　アイシャぁ——！」

「ふふ、甘えん坊さんですね、イズナは——」

縋るように身を寄せるイズナを抱きしめる。

アイシャの初めての友達が、落ち着きを取り戻すそのときまで。

「…………ずるい……」

「ふぇ、何がですか？」

「……アイシャばっかり、お姉さんぶってて……優しくしてくれて……ずるい……」

「それはもう、アイシャはお姉さんですから！」

「……わんわん泣いてたくせに」

「それは言わないでください！」

くすり、と。

何処からともなく笑みがこぼれて。

楽しげに、二人で笑う。

「ねぇ、アイシャ——お父さんに会いたい？」

「ふぇ、それは……会いたい……ですけど……」

「…………会えるよ、信じて、願えば……ちゃんと叶うから…………」

「でも……それは……」

「……否定しちゃダメ……アイシャが一人のとき、お父さんはどうしてくれた……？　思い出して……そしてもう一度、会いたいって強く願って……そうすれば、また会えるから」

確信さえ持った響きで、イズナは言った。

夕暮れに目掛けて、イズナがブランコから飛び降りると、ぽつりと歩き出した。

「……ねぇ、アイシャ……明日も、また……来てくれる？」

「はい、それは勿論――また一緒にお話ししましょう！」

そう、アイシャが言うと、イズナは指を差し出して、

「ん、約束」

嬉しそうにそう言った。

「はい、約束です」

二人の少女の小さな指が、夕暮れの光の中で重なった。


竜の紋章が刻まれた教会。

そこは、最古の信仰が集う場所だ。

エストールにある聖竜教会のレリーフは、火竜を象徴するかのような赤であった。

火竜、といえばナハトにとっては、止めを刺すべきだったかと考える程度には悪印象を向ける相手だ。アイシャに手を出したあの竜には、まだまだ仕置きが足りないというのが偽りのない本音である。

思えば、ナハトがこうしてこの場所に辿り着いたのは、無意識に竜の気配を追っていたからかもしれない。

だけれど勿論、そんな火竜に対しての憎悪を目の前の少女に向けることはない。火竜とその巫女であるティナは別物で、ナハトは笑みと共に口を開く。

「さて、少しお話をしようか、ティナよ」

「は、はい。なんでも聞いてください……先ほどは失礼をしてしまいましたので……」

屋根の上にいただけで、刃を向けられたナハトである。

初対面の人間に、拘り抜いた美少女キャラであるナハトが好意以外の感情を向けられることは珍しい。まして、容赦なく剣を突きつけたティナには興味を抱かずにはいられないだろう。

ナハトはゆっくりとティナを見た。

くせ毛の目立つ髪をした少女だった。ちょこんと飛び出たアホ毛が緊張するティナの心情を表すかのように揺れ動く。

巫女と名乗ってはいるが、巫女服を着ていないのは減点だろう。腰には赤い刃の長剣が添えられていて、巫女というよりは軽戦士とでも言うべき姿だった。

「気にする必要はないさ——それよりも、だ。やはり、なかなかに愉快な気配を持っているな、ティナよ」

下から上へ、ナハトが視線を上げると、少女は緊張した面持ちでじんわりと汗を浮かべていた。

心の奥底を見通すようなナハトの金色の瞳が、ティナの体を隅々まで見る。ナハトよりも少し大きな胸のあたりで、ピタリと止まるナハトの瞳。ティナは羞恥の表情で豊かな双丘を隠そうとする。

「人だけではないな。微かに感じる竜の気配と——もう一つ、ごく僅かだが同じ匂いがするな、この都市に蔓延る人形と同じ匂いが——」

ナハトは一歩、向かい合うティナとの距離を詰めた。

それだけで、お互いの息遣いが感じられるほど、すぐ傍にティナがいる。

ナハトは感じた気配の正体を確かめるために、ティナに向かって手を伸ばした。

「っ――！」

条件反射で反応したティナが、剣に手を伸ばそうとしたが、ナハトは柄を握るティナの手を押さえ、抜剣さえ許さない。

「なっ――！」

驚愕するティナに構うことなく、伸ばした手がたゆんと揺れる胸の下に触れた。

「ん……あ……なに、を……」

柔らかな肌の下から、冷たさを感じる。人の温もりの中に、鉄の冷たさがそこにあった。

どくん、と。

律動する心臓の振動を手で感じて、ナハトは確信する。

「この心臓、誰からもらった？」

「っ！　……どうして……それを……？」

ティナの瞳が狼狽して、揺れる。

ナハトは彼女の胸から手を離し、そのまま下がってソファーに座って足を組む。

「言っただろう。同じ匂いがする、と。エストールに来てからたびたび感じた人形の気配だ。それと同じものが近くにあれば、気がつかないはずがないだろう」

ティナの心臓からする気配は、人形と同じものだ。

きっと、同じ術者が作った物、なのだろう。

最初は、アイシャを誑かした者の手先かとも思ったが、彼女の行動がそれを否定した。

盛大にテンパりながらも子供たちを守ろうとナハトの前に立ちふさがったティナは明らかに、自由意思を持った人間である。

「脅されたか、それとも戦いにでも負けたか？　――術者に心臓を埋め込まれたようだが、お前は私のアイシャを誑かした犯人を知っていそうだな――」

「じゃあ、貴女も魔族を追って――？　でも、なんで竜人様が…………」

ティナの口から出た情報を咀嚼しつつ、首を振る。

「偶然巻き込まれただけだ。だからいろいろと事情を知っていそうなお前に説明してもらおうと思ってな――言っただろう、お話をしようと」

そう言って、片目を瞑っておどけてみせるナハト。

「貴女は、竜人ナハト様は――私たちの味方で、魔族の敵、なのですよね？」

そんなティナの質問にナハトは笑う。

「はい、とでも言えばお前は信じるのか？」

「い、いえ、それは、その……」

「別段、私は誰の味方をするつもりもないが――お前は随分とお困りのようだからな――話してくれるなら、少しはお前の味方をしてやってもいいぞ、ティナ」

ナハトは優しく微笑んだつもりだった。

だが、ティナはびくりと震えて後ずさる。

「……悪魔と取引をする人間は……きっとこんな状況に置かれているのですね……」

酷く失礼な奴である。

こんな超絶美少女をレヴィの奴と同一視するとは。

「多分、始まりは数年前です――街に一つの噂が流れました。きっと、そのときにはもう、魔族の女はこの国を支配していたんだと思います——」

剣の柄を握りしめ、悔しそうに少女は語った。


始まりは、王の言葉だった。

「——妻が、生き返ったのだ」

王妃を亡くし、消沈していたエストールの王が、そんな言葉を言った。

実際、王城では王に近しいものが、その姿を見たと語った。

退位するとまで言っていた王が、精力的に政務をこなすようになったそんな頃、一人の女が瞬く間に権力を得ていた。

エストールの文官を代々務めていたレインフィル家の令嬢と、ただ魔法の才のみで地位を得た宮廷魔術師長の間に生まれた、若き秀才、アナリシア・レインフィルが宰相の座まで駆け上ったのだ。

彼女を中心にしてエストールの政治は行われるようになった。

貧民街を国が買い取り、開発特区を生み出したのもちょうどその頃の話である。貧民の救済、産業の発展を名目に進められた開発特区の創設。弱者救済を行っていた選神教を半ば追放するほど強引な政策だったが、今では民が平然と受け入れている。

そんなとき、開発特区に噂が流れた。

曰く、エストールの開発特区では、死者が蘇る。

曰く、エストールの開発特区には、死者を生き返らせる霊薬がある。

曰く、エストールの開発特区には、死者に再会できる場所がある。

王の后を蘇らせた秘術がエストールには存在する、そんな噂が広まったのだ。

当時のティナはそれをただの噂としか思わなかった。酔っぱらった吟遊詩人の物言いが、小さな噂に便乗して広まってしまったのだろうと、そう思っていたのだ。

だが、日に日に噂は広まりを見せ、村人や商人、果ては貴族たちまでが開発特区を訪れるようになった。

だが、それらは問題にされなかった。

エストールの景気は向上し、民は豊かになり、時折流れる噂は笑い捨てていいものになった。

エストールは豊かになった。

虚ろな王を玉座に据えて。

それが問題になったのは、王国への宣戦布告が検討されるようになった頃だ。

強引な政治は利益のもと目を瞑る、だが、それだけは別だ。絶対に勝ち目のない戦。神聖国を敵に回すような一方的な宣戦布告。王国との戦争だけは、是が非でも止めなければならない。

それは、ティナにとっても同じだ。

同じ聖竜教会で育った仲間も軍に所属しているから。勝ち目のない戦に彼らを送るわけにはいかない。

「――宰相、アナリシア・レインフィルは忌まわしき魔族である可能性がある。火竜の巫女ティナ、恥を承知でお願いする、彼女の討伐を引き受けてもらえないだろうか」

そう、エストールの第一王子、ウィリアムに依頼され、ティナは魔族の討伐に赴いた。

真夜中の奇襲だったつもりだ。

彼女の味方をする魔眼の少女、宮廷魔術師長、その二人が出払っていたタイミングを見計らい、襲撃を仕掛けたのだ。

だが、

「――待っていたわよ」

と、そんな声で迎えられた。

計画を知っているのは、自分と王子くらいなものだ。

なのに、知られていて、待ち構えられていて、迎え撃たれた。

それでも、ティナの戦闘力はアナリシアの予想の上をいっていたはずだ。彼女の人形をつぶし、刺客を薙ぎ払い、魔族としての力を使わせるまでアナリシアを追い詰めた。

蝙蝠（こうもり）のような羽に、赤い瞳。全てを魅了してしまうかのような妖艶な体に、不気味な尻尾。彼女が魔族である証拠をティナは掴んだ。

いざ、決戦とばかりに刃を交えようとしたそんなときだ。

「――嘘っ…………」

なんの前触れもなく、ティナに宿る火竜の力がゼロに等しいほどにまで減衰した。

戦いは、それはもう、あっさりと、ティナの敗北で幕を閉じたのだ。

「…………」

ティナの話を聞いていたナハトが固まる。

（……あれ……これ、もしかして……私のせいか……？）

ほんの少し前、アイシャを傷つけてくれたクソ竜を死の寸前まで追い詰めた気がする。

本体が瀕死（ひんし）の重体であれば、加護を与えたティナに力を貸す余裕もなくなったことだろう。

そんなタイミングが運悪く重なったとすれば――

「ナハトさん？　どうかしましたか？」

「………ハハ、ナンデモナイヨ」

訝しげなティナを誤魔化すように咳（せき）ばらいを一つ。

「しかし、一人で立ち向かうとはなかなかに無謀で、勇敢だなティナよ」

「べ、別に勇敢とか、そういうんじゃないんです。私は火竜の巫女で、戦闘力だけならエストールで一番の自信はありました――それに、私なら敗北しても殺される心配がほとんどなかったですから」

四大竜の加護を受けた巫女。そんな巫女を殺害するということは加護を与えた竜を敵に回すことを意味するからだ。

それに、巫女は竜の声を聞く存在として多くの民から信仰されている。

もしも、つい最近現れたばかりの火竜の巫女が亡くなれば、聖竜教会はすぐに調査に乗り出すだろう。そうなれば、魔族である宰相の正体が暴かれるのも時間の問題になる。

「本当なら、教会に力を貸してもらいたかったんですけど……私は巫女になりたての新参ですし、無理を言ってエストールに帰ってきちゃいましたし、戦争まで時間もなかったしで、まあ、その、一人で戦うしかなかったんです」

「つまりボッチだったと」

「ち、違いますよ！　頼れる相手がいなかっただけです！」

「………悪いことを聞いたな、少しくらいなら私を頼ってもいいぞ」

「……うう……なんか、全然嬉しくないです……」

ティナは露骨に肩を落として、言う。

「…………何処かで、慢心してたのかもしれません……火竜様の御力がなければ、私はただの弱小冒険者でしかなかったことを思い出したときにはもう、手遅れでしたけど……」

ティナは聖竜教会で育てられた孤児だった。

不自由な生活の中で、自分と周りの仲間をお腹いっぱい食べさせることだけを目標に、幼いときから冒険者を志したただそれだけの少女だった。

だが、数奇な運命に惹かれてか、彼女はリーグ大山脈のすぐ傍で、傷だらけの竜に出会った。

不思議な喋り方をする子供のようなその竜は、姉に折檻（せっかん）を受けた後らしく、ズタボロな姿で倒れ込んでいた。お伽噺（とぎばなし）や伝説で語られるよりも、実物はずっとずっと間抜けだった竜に睨まれたティナは必死に命乞いをすると、しばらく世話をしろ、と命じられた。

冒険者として培った技術を最大限使って、手当てを行い、食料や水を提供し、竜と過ごし七日が過ぎたそんなとき。気まぐれな火竜が、ティナに加護を与えたのだ。

竜の巫女は絶大な戦闘力を誇る、聖竜教会の力である。

だからこそ、その役目は厄災に分類される魔物の討伐であったり、魔族を討滅することであったり、戦闘面に偏っている。

彼女が、魔族討伐の依頼を受けたことは、教会の意には反しないだろう。

「火竜様の力に頼りきってた私は負けて、殺されて、そのとき与えられたのがこの心臓です。確か、傀儡の心臓と呼んでました。命を握ると同時に、強い支配の呪いをかけているそうです。だから、私は死んじゃったも同然なんです」

「と、言う割には元気に話せているではないか」

とぼけるようにナハトが言った。

「あはは……一応、火竜様に隷属する身だったので、支配の呪いは弾いちゃったみたいなんです。だから隙を見て逃げ出して、反攻の方法を考えました。どうにかして、水竜の巫女様に魔族の存在を知らせることができたなら、きっと、今度は討てるはずです……もっとも、それまで私が生きている保証はありませんけど……」

そう言って、強がりながら少女は笑った。

ナハトに対する異常な警戒心は、いつ訪れるかわからない刺客を警戒してのことだったのだろう。

「宰相、アナリシアは私を欲しがっているようなので、すぐに心臓が止められることはなかったですけど、それもいつまでの話かわからないです。だから、ナハトさん――恥を承知でお願いします――」

懸命に、恐怖に抗う少女は強い覚悟と共にナハトに言う。

「――もしも、貴女が竜の縁に導かれこの都市を訪れたのだとしたら、これ以上の幸運はありません。魔族が敵で、貴女にそれを討つ力があるなら――どうか、魔族の討滅を引き受けていただけませんか？」

ティナは必死に頭を下げ、そう懇願していた。

その言葉の意味を理解した上で、そう言ったのだ。

「いいのか？　私がそれを引き受ければ、お前は死ぬぞ？」

術者が死ねば、当然、人形も、ティナの心臓も活動を止めることだろう。

びくりと震えたティナは、それでも懸命にナハトを見ながら口を開く。

「私は火竜の巫女です――厄災を払う竜の巫女――でも、本当はそんな立場、どうだっていいんです。昔から、考えていたことは一つだけで、皆がお腹いっぱいになれるなら、それで幸せなんです。私がここにいるだけで、みんなを危険にしちゃいます。私はお姉ちゃんなので、皆を守らないとダメなんです。もしも、もしも宰相が命を対価に働けと言ってきたら、そのときは大きく首を振って、死んでやるつもりだったんです。だから、早いか遅いかの違いしかないです」

覚悟の籠もる瞳で、少女はそう言う。

強がりに強がりを重ね、震える歯を食いしばり、必ず訪れる己の死に立ち向かおうとしていた。

「だから、竜人ナハト様――どうか、魔族討伐の依頼を受けていただけませんか」

ナハトの答えは最初から決まっている。

重々しい響きを持った少女の言葉に応えるように、一つ頷くと、きっぱりと告げる。

「――断る」

「は――え、えええええええええええっ！　い、今の流れは格好良く引き受けてくれる感じでしたよね⁉」

「もとより、私の目的はこの街を覆う不可思議な力の正体を突き止めることだからな。アイシャを誑かした存在に不満はあるが、魔族とやらに興味はあまりない」

ナハトが謎を解き明かすまで、アイシャに時間をあげると言った。

であれば、大元に殴り込んで、答えを見るなど無粋にもほどがあるだろう。

アイシャが考える時間、ナハトも懸命に思考を続けなければならない。アイシャと向き合わなければならない。

「なっ！　宰相さえ倒せば、きっと街の異変は解決するはずなんですよ？」

だが、ナハトにとってはそれさえ何処か他人事だ。

大切なのはアイシャのことだけ。

もっとも、ティナの誠意を持った対応や、礼を尽くした懇願も嫌いではない。無下にしようとは思わないし、火竜の件の詫びくらいはしていいと思っている。

だからこそ、気が乗らない。

「――それで、お前が死ぬのか？」

「っ――！」

「――私に願うなら、そんなつまらないことではなく、もっともっと楽しげで、欲張りで、愉快なお願いをするがいい。そんな死にたがりの願いを聞き届けるつもりはない」

「私だって――！」

それは、慟哭のような声だった。

咽の奥底から、悲痛な声が漏れ出て、それでも少女はナハトを見据える。

「私だって……死にたくないですよ……！　……死んじゃうのは、嫌ですよ……！　まだ一六だし、恋愛する暇もなかったし、せっかくちょっとお金も稼げるようになったのに、美味しいものもあんまり食べられてないし！　でも……！　だって……どうしようもないじゃないですか……私じゃ皆を守れないんだから……守って、あげたかったのに……」

自分の弱さを悔いるように、ティナは剣の柄を握り込んだ。

重々しい沈黙を破ったのは、不意に響いた扉をノックする音であった。

無粋な気配に、ナハトは不快感を隠そうとしない。

「……えっと、今来客中なのですが、できれば後にして――」

そんなティナの言葉もお構いなしとばかりに、扉は開かれる。

立ち入ってきた三人の人影。

もっとも、それは人ではなく人の形をした人形だ。

そんな人形共の乱入に、最も激怒した者は、ティナではなくナハトであった。

それは、かつて共に戦場を駆けた、ナハトの仲間の姿だった。

白と黒の対を成す、ネコミミの美少女たち。

「よりによって、私の仲間を愚弄するか――！」

「心外だなー、僕らは何もしてないのにさ。それは君の未練だろ？　自分が過去に縋ってるくせにさ、僕のせいにされちゃたまらないね」

ナハトの知らない男の声が響いた。

小さな身長に、サイズの合っていない丈の余る服を着込む子供のような男だった。

「ま、それはそうと、お迎えにあがりましたよ、竜の巫女様」

何処か神経を逆撫でする、そんな声で言う男は――にんまり、と笑みを浮かべ、嗜虐心に満ちた瞳を隠そうともせずティナを見る。

「キリア……どうしてここに……」

ティナの声色には、隠しきれない侮蔑の色が滲んでいた。

実際、顔をしかめたティナは目の前のキリアに嫌悪を抱いているのだろう。

「そんな顔しないでよ～。僕らは仲間じゃないか、同じ主に仕える――いや、使われる愉快な仲間じゃないかー。それに今や僕も宰相様の使者なんだから、普通に挨拶したら入れてもらえるのは当然でしょ」

甘く、優しげな声は薄っぺらいものだった。

魂を感知せずとも、声色と仕草だけでこれほど歪みを感じる人間はそういない。

「誰がっ!!」

強く吐き捨てるティナにキリアが笑う。

「ありゃりゃ、嫌われたものだね――胸を抉られた者同士、仲間じゃないか――いい色だったよー、血塗れのティナちゃんは――うひぃ、うひぃ、うひぃひひひひ」

キリアとやらもティナの心臓手術に立ち会ったのか、奇妙な奇声で笑いあげる。

「幾らボッチだからって……友達は選ぶべきだぞ、ティナ」

「あんなの友達じゃないです！　あと、ボッチでもないですから！」

「ひっどいな～、もう。でも、ま、いいや。そういや自己紹介がまだだったね――僕の名はキリア、職業は殺し屋、特技は暗殺、趣味は人殺し、大好きなことは鮮血を見ること――誰か殺してほしい人がいたら、ぜひ僕に言ってね」

不気味で、歪んだ立ち振る舞い。

何処から声を出しているのか、半月のように歪む口は不快な響きを伝えてくる。

見事なまでに、キリアは人の裏側を体現していた。

「ふむ、私の名はナハト――魂魄龍の龍人だ、敬意をもってナハト様と呼ぶが良い」

「なんで普通に挨拶してるんですか！　敵なんですよ⁉　宰相の手先なんですよ⁉」

「挨拶は大事だぞ、ティナ。もっと心にゆとりを持たないか」

もっとも、ナハトは平静を装っているだけで、内心では腸が煮えくり返りそうだった。

キリアの後ろに立つ、二人の人形。

その姿を見ただけで、思わず怒気を解き放ちたくなる。

「やっほー、ナハトちゃん、ご無沙汰だね～」

軽快な挨拶をする白い猫耳の姉。

そんな姉の挨拶に合わせるように、ぺこりとお辞儀をする黒い猫耳の妹。

瓜二つの顔、声、仕草——現実（リアル）でも双子である二人の姉妹は、決め合わせたわけでもないのに、生み出したキャラは表裏一体と言える姿となっていた。共に獣人で、猫耳で、同じ身長で、違うのは毛色くらいなのだから、驚愕ものであった。

見た目と違って大人びていたクロネさん。

見た目通りお調子者なシロネさん。

落ち込んだときは、よく二人の耳と尻尾を弄んで、和んだものである。

「あっはははは、なに？　なになに、感動の再会だったりする？　一応護衛に玩具を連れてきたのは正解だったかな——いいよいいよ、邪魔しないからさ、遊んできなよ。用があるのはティナちゃんだけだしさ——」

感慨にふけるナハトに、キリアが酷くバカにした言葉を投げかけた。

ナハトが二つの人形に視線を送れば、それに反応して、二人がナハトを取り囲む。

どうやら、人格が宿った人形は精密な制御（コントロール）を受けていないようだ。キリアの護衛を放棄して、ナハトへと向かってきたのだから。

そんなキリアの気遣いは、ナハトにとってもありがたいものだった。

いい加減、ナハトも我慢の限界だったのだ。

「——そうか、なら——楽しませてもらおう——」

そう言うや否や、ナハトは——

「きゃっ！」

「ぐっ！」

——技能（スキル）の補助を受け、加速した。

それだけで、大気を割る音が響き渡り、衝撃となった風がティナとキリアの頬を叩き、体勢を崩した。

誰もが一瞬だけ、瞳を閉じてしまい——次に見開いたその瞬間には、二つの首が宙に舞っていた。

残滓として、赤い線だけが残されていた。

ナハトが立っていた場所から、鮮やかな光の線が、二つの首へと結ばれていた。

「龍技——紅龍爪——」

それは、まさしく糸の切れた人形だった。

血も噴き出ぬまま事切れた人形は、無機質なマネキンのような姿を残して、元の無機物へと還っていった。

そんな人形の残骸を、ナハトは魔法でもって跡形もなく、焼き尽くす。

二つの人形は、最初から存在していなかったかのように、消え失せていた。

「脆いな——」

それほど力を入れて作ったものではなかったのだろう。

抵抗もなく、その首を刎ねることができてしまった。

「なっ！」

ようやく、状況に追いついたティナとキリアが驚愕の声をあげた。

「これは……驚いた……そいつらって君の仲間じゃなかったのかい……？」

キリアがそう言うが、ナハトにとってその言葉は侮辱以外の何物でもない。

尋常ではない怒気を発するナハトに震えるキリアへ、ナハトは言う。

「仲間、だと？　随分と、ふざけたことを抜かしてくれる……！　私の仲間が、たかが私程度の攻撃を防げぬわけがないだろうが！」

ナハトの相手は、近接戦闘の鬼とまで称された拳帝のクロネさんなのだ。

魔法特化のナハトが無謀な近接攻撃などしようものなら、瞬く間に得意のカウンターの餌食となり、ナハトは宙を飛んでいたことだろう。

　そして、それはシロネさんも同じである。

　補助型（サポート）のキャラメイクをしていたシロネさんも、れっきとしたカンストプレイヤーである。本人なら、ナハトの龍技など片手間に防いでしまうことだろう。

　ナハトは、お遊びでじゃれついただけなのだ。

　猫と戯れる人のように、猫が人との戯れを求めるように。

「クロネさんなら、『何……模擬戦……？』とでも言うのだろうな」

　少なくともナハトにとってはお遊びでしかない。

　シロネさんなら、技能（スキル）を使ってまで、ネコミミを撫でにいったと勘違いされるのかもしれない。

「もっとも、貴様程度では、私のお遊びにも付き合えぬようだがな」

　価値のないゴミを見下げる目で、ナハトはキリアを見下す。

　憎々しそうな視線をナハトへと向けるキリアだが、両者の実力差は語るまでもないだろう。

「はっ――強いからって、油断してると――すぐ死ぬんだよっ！」

　だが、それでもキリアは無謀な攻撃をナハトへと仕掛けた。

　不意打ちのように、裾から飛ぶ極小の針。

　その先には、滴る毒液。

　ナハトは高速で飛来する針を、指と指の合間で捕まえる。

「終わりか？」

　キリアは無言で体を捻ると、五体に仕込んだ暗器を次々と放つ。

　足先からは刃、服の袖からナイフ、腰に仕込んでいた針に、背中から細身の剣。四方八方から飛来する凶器は、まるで雨のようである。

人が雨を避けられないのと同じ、何処にも逃げ場はない。

「ひ、ひひひひひ、死んで、死んで、死に尽くせよ！ 真っ赤、真っ赤、まっかっかぁあああああ‼」

「ナハトさんっ！」

隙間ない金属が視界を覆う。

投擲(とうてき)武器の弾幕が、曇り空のように広がって、

「え…………」

その先にキリアが幻視していただろう光景は存在しない。

あるのは変わらず、悠然と佇むナハトの姿だけだ。

刃は確かに刺さっていた。

ナハトにではなく、全てが床に。

綺麗に並べたかの如く、全ての刃は一ミリも歪むことなく垂直に、床に刺さって剣山にでもなってしまったかのようである。

当然ながら、ナハトはかすり傷一つ負っていない。

「な、な、な、なっ！ 何をしたっ⁉」

驚愕するようなことは何もしていない。

ナハトはただ、ゆっくりと近づいてくる飛来物を捕まえて、地面に差し込んでいった、ただそれだけだ。

順番に、順序良く、一つずつ、丁寧に。

綺麗に並んだ刃物たちは美しく、ナハトは満足そうに微笑んだ。

「さて、満足したか？」

「っ……！」

ナハトはキリアの抵抗を見下すようにそう言う。

それは最早戦いにもなっていない。

ナハトの友人が、今の状況に相応しい言葉を言っていた。

ナハトが一度人と向き合えばそれはもう――蹂躙だ、と。

そんな言葉が脳裏に浮かんで、軽快に動き出す歯車が如く噛み合って、少しだけ虚しかった。

わざとらしく、こつん、と音を立てて、ナハトが一歩距離を詰める。

「ひっ――よ、寄るなっ！　い、いいか、僕が死ねばティナ、君も死ぬ！　だ、だから、止まれ、止まるんだよ！　僕が主の元に帰らなければ反抗の意思ありとして、ティナ、お前は死ぬ！　教会に引き籠もったとして、先は長くないだろう。唯一生き残る道は、主に従うこと、それだけだ――この、僕のようにね」

ナハトは進めていた歩を止めた。

「よ、よし――それでいい。さあ、ティナ、お前の選べる道は二つだけさ。服従か、死か！　ま、僕としては素直に従うことをお勧めするよ、ティナちゃん」

ナハトが動きを止めたことで、余裕を取り戻した小者が喚く。

元々はティナの客だ、言いたいことくらいは言わせてやるし、決断をするのはティナだからこそ、ナハトは楽しげにティナを見る。

「悲観する必要はないいさ！　あいつはある意味天才だ、何処ぞの王様なんかよりよっぽど王の才覚があるね。なにせ、人を使うのがうまい！　弄ぶのはもっと上手さ！　僕も、君も、それなりに気に入られてるのさ、利用価値があるうちは好きにさせてくれる――もっとも、魔眼ほどじゃないけどね」

「何が……言いたいんですか！」

「あいつの下は悪くないのさ——いや、悪くないと思わされている、か。僕みたいな人格破綻者も自我を残して利用してる。能率が上がる仕事を回している。見事にこの僕を使っている——だから君も、使われるといい——さあ、返答はいかに？」

ティナの動きに迷いはなかった。

彼女がナハトに語ったように、既に答えは出ていたのだろう。

返答だ、とばかりに一閃。

腰溜めから、流れるように加速、そして抜刀——ナハトが関心を示す程度には、素早く、美しい太刀筋で、赤い長剣が振るわれていた。

キリアが差し出していた右手が、ポトリと落ちる。

一瞬遅れて、鮮血が吹き上がった。

「ぐ、がっ…………なぁっ！　お、お前っ、よくも、よくも、よくもヨクモヨクモっ！　この僕の右腕をっ！」

「たかが腕一本でうるさいですよ？　貴方はもっと大勢の人間を殺して、苦しめてきたのでしょう？　なら、精々痛みを知って、無様に散れ！」

「ふざ、ふざけるなよぉおおおお！」

流れるような剣撃に切り払われる無数の暗器。

不意打ちを得意とするキリアに、ティナが不意打ちで片腕を奪った時点で、勝敗は決まったも同然だった。

一方的に追い込まれるキリアが必死に逃げ惑う中、ナハトの注意は別の所に向いていた。

器として生み出された人形と、心臓を埋め込まれただけの人間。

この違いは、ナハトにとって最初の手がかりである。

「げべっ！　ぶっ、がっ——ま、やめっ！　お、お前！　いいのか、死ぬぞ！　死ぬんだぞ！」

それが、キリアが持っていた自信の正体なのだろう。

命を奪うが故に、命以上に大切なものなどないという確信。

だが、ティナは容赦なく、キリアを斬る。

指が、胸が、足が、次々と刻まれていく。

「血を見るのは好きで、血に染まるのは嫌い？　随分と身勝手ですね、軽蔑します」

「ひっ、やめ、やめろ！　ぼ、僕は殺す側で、殺して、血に染まって……」

倒れ込み、一人狂ったように呟くキリアにティナは言う。

「貴方とはあの世で会えそうもありませんね、清々します」

火竜の吐息のように赤熱した剣が、いとも容易く――キリアを溶断した。


「あはははは……これで、私、死亡確定ですね……」

何処か、満足そうにティナは言う。

「ふむ、そんなことよりもティナ――」

だが、ナハトは何事もなかったかのように言い出した。

「そんなことって……もう少し私を気遣ってくれてもいいんですよ、ナハトさん……」

仕方がないのだ、ナハトの関心は最初からそこに向いていないのだから。

「私への願い事は決まったか？」

「ええ……もう、なんで何事もなかったかのように話を戻せるんですか……いろいろありすぎて、何も考えられてないですよ……」

戸惑うティナにナハトは言う。

「考える必要などない、何せお願い事をするだけなのだから」

ティナはナハトの真意を理解できぬまま、なんとなくで口を開く。

「え、えっと、魔族を討伐して、孤児院の皆を守ってほしい、とかですか？」

「それだけでいいのか？」

つまらなさそうに、ナハトは言う。

「え、えぇー。えっと、じゃあ、戦争に行ってしまってる子もいるので、どうにか戦争をやめるようにしてほしい、とか？」

夢を語るように、ティナが言う。

「もう、十分なのか？」

「も、もう、なんなんですか！　じゃ、じゃあ、ついでに私のことも助けてください！」

戸惑うティナにナハトはゆっくりと近づいて、愉快そうに笑った。

そんな笑顔のまま、

「かふっ……え……なん、で…………」

ナハトの腕が、ティナの心臓を貫いていた。


空に浮かぶ月明かりが、一面に咲く庭園の花々を照らし出す。

豪奢という言葉が何よりも似合う、そんなアナリシアの邸宅で、何処か落ち着かない様子のイズナにアナリシアは尋ねた。

「あら、イズナ、どうしたの？　今日は随分とご機嫌ね」

「…………うん……友達が……できたから……」

「……お友達？　どんな子なの？」

「…………アイシャ……ハーフエルフの、女の子……」

嬉しそうに語るイズナに、アナリシアは微笑みを浮かべる。

「そう、良かったわね。今度私にも紹介してね、イズナのお友達」

「……うん」

一人、執務室に戻るアナリシアは不機嫌そうに、吐き捨てる。

「友達？　あの、イズナに――？」

一体、何者なのか。

少なくとも、この国の人間ではないだろう。

エストールの戦術兵器――呪われた魔眼の一族、その唯一の生き残りである、イズナ・レンドル・グリーンフィールドの悪評は、国中に広がっているのだから。

それだけではなく、イズナに近づこうとする者はアナリシアが排除してきている。今更になってイズナに付け入ろうとする人間がこの国にいるとは思えない。

「トラブルは続き、重なるものね――」

火竜の巫女ティナの脱走、眠り姫の行方不明、イズナにできた友達、予想外のことは続けて起こるものなのかと、不満の一つも言いたくなる。

ティナの回収に派遣したキリアは戻ってこず、ティナに埋め込んだ心臓がアナリシアの意思の外で壊れ果てるという理解不能な状況。明らかに想定外の出来事が続いている。

だが、それでも、エストールの支配は順調と言える。国の中枢は既にアナリシアの支配下にあり、アナリシアにとって都合がよく、過ごしやすい国ができつつある。

本音を言えば、戦争など吹っかけず、このまま国力を溜めたかった。一〇年もあれば、エストールは王国に引けを取らない大国になれたことだろう。

だが、忌々しいことにアナリシアは王国侵攻を拒否することができない。

「――全然、足りないわ」

いつもそうだ。

忌々しいことに、アナリシアの力はいつも足りていない。

周りに振り回され、愚か者に指図され、恐怖に晒され、怯えながら生きなければならない。

頭を使うことを忘れた無能に、アナリシアは従わなければならない。

力が、足りないから。

心からの苛立ちを吐き捨てようとしたそんなとき。

「――あら、随分とご機嫌斜めね。何か問題でも起こったの、アナリシア。あたしに相談してくれてもいいんだよ？」

冷や水が如き声が、響いた。

周囲を見渡す。

だが、気配さえ感じ取ることはできない。

くすくすと、子供のような笑い声に導かれ、天井を見上げれば、そこに小さな子供がいた。

「……いつからそこにいらっしゃったのですか、緋色姫様（スカーレット）」

アナリシアは精いっぱい、平静を取り繕いながらそう言う。

ふわふわと、宙に漂う小さな子供――いや、子供の皮を被った化物こそ、アナリシアの上司なのだ。

「さーて、いつからだったでしょう？」

変声期さえ迎えていないような、甲高い子供の声だ。小生意気で、忌々しい。

できることなら、今すぐにでも殺して、手駒に加えたいが、アナリシアの力では遠く遠く及ばない。

「お戯れを……いらっしゃるなら、歓迎の支度をしましたのに」

厚底の靴で誤魔化しているようだが、身長は一三〇にも届いていなさそうに見える。淡い炎のように揺れる美しい髪があどけない笑みを浮かべる小さな顔を包み込んでいた。まるで、小さな子供を装っているかのようなその姿は、歪で不気味だ。何一つとして武器を帯びていないというのに、心臓を握りつぶされるかのような威圧感にアナリシアは息を呑む。

現魔王の配下の中でも、一、二を争う実力者。災禍の魔王の血を色濃く受け継ぐ、正真正銘の古代魔族だ。

細く、しなやかな体軀(たいく)を惜しげもなくさらしながら、宙を漂う幼女が言う。

「いいの、いいの、ただのけいかかんさつ？　ってやつをしに来ただけだしねー。何かトラブルがあったなら聞くけど――あ～、でも、やっぱめんどそうだからいいやー」

気分屋で、魔王でさえも手綱を握れていない問題児。そんな奴が、自分の上司だと思うと、頭痛がしてくる。

「それよりさ、リノアちゃん、いなかったんだって――残念だな～」

そう言うや否や、明るげな声に、影が落ちる。

深い笑みの奥で、冷たい瞳がアナリシアを見下ろしていた。

「っ――！　ぁ――！」

そのあまりの重圧に、呼吸さえままならず、必死になって言葉を探す。

何か、何か言わなければ、死ぬ、そんな確信。

だが、考えていたはずの言葉は咽の奥から出てこない。

「リノアちゃんを安全に解放できるって言うから、パパの道具を貸してあげたのに――期待外れだったかな――」

ぞくり、と。

背筋を這うような声が、

「――壊しちゃおっか？」

アナリシアの耳に触れた。

有無を言わさない。

その言葉はまさしく、死を体現していて、アナリシアは首と胴が離れる己の姿を幻視した。

「なーんて、勿論冗談だよー。そんなに怯えないでよ、もう」

ふっと、空気が緩む。

「っ、ぁ……はぁ……はぁ…………」

「ま、陽動にもなるだろうし――アナリシアちゃんはよくやってるから、好きにしちゃっていいよ――あ、でもリノアちゃんはちゃんと見つけてね」

そう言って、脅威は去った。

何一つとして痕跡を残さず、扉も窓も、開かず消える。

よくよくテーブルを見れば、幾つかお菓子が消えていて、アナリシアに現実感を押しつけてきた。

「クソがっ！」

聞かれているかもしれない。

だが、そう言わずにはいられない。

「まだ、ダメ――まだ、まだ――！　でも、いつか――後悔させてやる、手に入れてやる。私が、私らしく生きられる世界を――」

「わかってないなー、アナリシアちゃんは――」

双子月の淡い黄色と碧い光、二色が微かに交じり合う。

その光が、空に浮かぶ小さな子供を照らしていた。

緋色の髪が、炎のように風に揺れて、色鮮やかに舞う。

「――あたしが、強い？　力が足りない？　あっはははははははは、おっかしいなー」

緋色の姫は知っていた。

己の力など、そう大したものではないという事実を。

本物は、そんな生易しいものではない。

「ま、それも仕方ないか――あの子はパパを知らないもんね」

全知をもって策を巡らそうと、愉快に笑って薙ぎ払うだろう全能の力を。

絶対的で、圧倒的で、立ち向かうことさえ愚かしい、羨望を抱く力の持ち主を知っている。

ああ、だけど。

それでも、たった一つの世界を守ることさえ難しい。

この世界は、そんな理不尽に満ちている。

「――でもでも、大陸割るとか、パパもやりすぎっ！　余計なお世話だよ、もう……ほんと……二〇〇〇年も子供扱いしないでよね……ばか………」

はーあ、と。

暗闇にその姿は溶けていって、声だけがその場に残る。

「それはそうと――リノアちゃんは何処で遊んでいるのかなー。早く帰ってこないと、叔母さんが迎えに行っちゃうぞ」

第五章

夢の終わりに

朝、大きくて柔らかい寝台で目を覚ますのが何処か寂しい。

イズナにとって、高級感溢れる寝台は広すぎるのだ。

大の字で寝転がったとしても、まだまだ広さに余裕がある。ふと、横を見ると、一緒に寝ていてくれた両親の姿がない。

アナリシアの手伝いをしている両親は、イズナと違い早朝から忙しいのだ。寂しくもあるが、仕方がないと納得している。

何度か瞬きをした後、手櫛（てぐし）で前髪を下ろして、瞳を隠す。

それから、ゆったりとした足取りで部屋を出た。

魔眼の一族、グリンフィールド家。戦場で、進化の神に見初められた呪われた一族の末裔、それこそが、イズナである。

夜空のような闇の中に、瞬きを与える小さな恒星。

魔を打ち消す星の瞳。

エストールの戦術兵器、そう呼ばれていたグリンフィールド家はアナリシアに拾われるまではただの兵器だった。いざというときの戦力として、国は貴族位を与えて、普段は魔物退治などの任務をこなしていた。

優遇されていたのは賃金だけで、金を与えているのだから、他に必要なものは自分で集めろ、と放任されていた。もっと言えば、放置されていた。

実際、誰もグリンフィールドの人間と関わりたいとは思わなかったのだろう。何せ、傍にいるだけで体調を崩す人間が続出するような人材なのだ。他を圧倒するずば抜けた力がなければ、とうに滅亡していたはずである。

魔眼の一族は嫌われ者だ。

だから、イズナは学校に通えなかった。

だからといって、家庭教師に来てくれる人もいない。父と母だけが勉強を、魔法を、戦い方を教えてくれたのだ。

『――いいか、イズナ。いざというとき、周りは誰も助けてくれない。だから、強くなれ。一人でも生きていけるように』

それが父の口癖だ。

だから、イズナが生きていけるように厳しい訓練を父は課した。

街を歩けば石を投げられるから。

暴言を受けるから。

気味悪がられるから。

理由なんてわからない。小さなときからずっと、嫌われて、嫌われて、嫌われ続けた。

だから、イズナも嫌うのだ。

エストールも、国王も、貴族も、人々も、みんな、みんな大嫌いだ。

そんなイズナを、こうして迎え入れてくれたアナリシアには感謝しかない。

イズナに居場所をくれて、服をくれて、食事をくれて、優しさをくれた大切な人。

そして何より、父と母に再会させてくれた恩人だった。

「…………おはよう……おねえちゃん、パパとママは？」

「先に済ませたわ――今はお仕事中よ、邪魔しちゃダメだからね」

「………うん」

「ふふ、イズナはいい子ね」

どうしてこんなにも、イズナに優しくしてくれるのか、そう聞いたことがある。

すると彼女はこう答えた。

『半分は打算、魔眼の力が欲しいから――四分の一は貴族としての義務、エストールの利益になる貴女を助けない理由なんてない。残った四分の一は貴女が子供だからね。子供を助けるのは大人の役目よ、だから存分に甘えなさい、イズナ』

イズナはアナリシアに利用されるならそれでいいと思っていた。

力を使えと言うなら使う。

何もかもを失ったイズナを助けてくれたその恩に、イズナは少しでも応えたかった。

そう思っているはずなのに、イズナとアナリシアの距離は何処となく遠い。

妖艶な髪、ひんやりとした瞳、色香を漂わせる胸に、括れた腰つき、何処か人間離れした美貌を持つ女性だ。

その目は誰に対しても冷ややかで。

だから、二人の距離は交わす言葉以上に、何処か遠い。

好きでいてくれているはずなのに、好きでいるはずなのに、何故か心の底から甘えることはできず、遠慮する。

それが、イズナとアナリシアの関係だった。

「今日はどうするの、またいつもの場所にお出かけ？」

いつものように優しい声色。

でも、ふと、その目を見ると、微かな圧迫感を抱かずにはいられない。

「……………うん、アイシャと約束……してるから」

イズナの居場所で、泣いていた少女。

イズナの目を綺麗だと言ってくれて、嫌われ者のイズナにしつこく友達になろうと言ってくれた、イズナのたった一人だけの友達。

何度も何度も会ってくれて、気遣ってくれて、言葉を交わして、優しさをくれた確かな友達。

心を埋め尽くしていた、嫌い、という感情が、アイシャを前にすると揺らいでしまって、今も彼女と会うことを楽しみにする自分がいる。

なんてことのない会話をするだけで、二人でいるだけで、イズナは楽しかったのだ。

「そう——本当によかったわ、イズナにもお友達ができて。でも、晩御飯までには帰ってくるのよ？」

「…………うん」

イズナは幸せだった。

姉がいて、父がいて、母がいて、友達がいる。

願わくは、この幸せがいつまでも、いつまでも、続きますように——そうして少女は、幸せそうに停滞を握り込むのだった。


殺風景で、光の薄い広場にあるただ一つの木陰は酷く涼しい。

きしり、と体重をかけられた木が軋む音が耳に届く。

交互にブランコに座りながら、取り留めのない会話をするそんな時間が、今はもうアイシャとイズナの日常になりつつあった。

「…………アイシャは、もっともっと甘えるべき。上手に甘えたらお父さんともっと仲良くできる」

ブランコを揺らすイズナは、もう何回目になるのか、不満そうに言うのだ。

「……いや、でも、アイシャは子供じゃないので、流石に、あーんで食べさせてもらうというのは………」

恥ずかしそうにそう答えるアイシャ。

つい最近誰かにされたような気がするが、きっと気のせいに違いない。

「……アイシャはもっと積極的になるべき……今夜は一緒にいたいの、くらい言うべき……！」

むふー、と。

どや顔で先輩面するイズナが言う。いや、若干口角が上がっていること以外に、イズナの表情を読み取る材料はないのだが、きっとイズナはアイシャに自慢しているのだろう。

「ていうかそれじゃあ、意味が違っていると思うのですけど」

「…………？　どういう意味……？」

小首を傾げるイズナに、アイシャは黙り込む。

「……………なんでもないです……」

「……？」

よくわからないとばかりに小首を傾げるイズナの横で、アイシャは盛大に吐息を吐き出した。

アイシャの事情を知ったイズナは、もっともっと、再会した父親と仲良くすべきだ、と何度も言う。

実際、イズナの言う通りに、アイシャはイズナと出会った日に、また父親に迎えに来てほしい、と願った。

数分か、数十分か、一人ブランコを揺らしていると、

『お――――い、アイシャー！ ご飯だぞー！ いつまで遊んでんだー！ ってなんだ、寝てたのかよ。こんな所で寝ちまうと風邪ひくぞ』

と父がそんな言葉と共に、あんなに辿り着きにくい裏路地の広場まで迎えに来てくれた。

それは、いつかと同じ光景だった。

アイシャが河原の傍で、精霊の声を聞いているうちに寝てしまって、暗がりに一人いると父が迎えに来てくれた、あのときと同じ光景だった。

アイシャがお腹を鳴らせば、

『なんだ、お腹すいてんのかー、父さんもだ！ 今日は森で果物とってきたからなー』

そう言って、ご飯の支度をしてくれる。

イズナは言った。

信じて、願えば、叶うのだ、と。

アイシャがしてほしいことを思い浮かべれば、父はその通りにしてくれる。アイシャの願う通りの父と過ごす日常は、思い出の中にいるようで、幸せだった。

だからもっと、甘えて、幸せになって、とイズナは言ってくれる。そのために、一緒にお風呂に入るべきとか、一緒に眠るべきとか言われて、若干当惑してしまうがそれは間違いなくアイシャへの気遣いで、イズナの優しさだった。

そんな言葉を投げかけてくるイズナは間違いなく、この街の先輩だった。

アイシャ以上に、この街の幻想に浸かり込んでいた。

「イズナは両親と仲がいいの？」

「……勿論、いいよ……昨日も、朝になるまでは一緒に寝てた……パパとママは優しいから」

口元を上げて、嬉しそうに言うイズナ。

「……そっか」

アイシャは少し寂しそうにそう言った。

「……アイシャはお父さんと仲良くしたくないの……？」

そんなイズナの言葉に、アイシャがどう答えるべきなのか、考える。

自分は何がしたくて、これからどうすべきなのか。

その答えを探すように、

「仲良くしたいです」

じゃあ、と。イズナが言葉を発するよりも先に、アイシャは続ける。

「イズナと――ナハト様と――もっともっと、仲良くしたいです」

それが、イズナと出会うことができたアイシャの結論。

もう、前に進むんだ、と決めたのだ。

「お別れ、しないといけませんから。だから、イズナと、ナハト様と、仲良くしたいです」

「なんでっ⁉　アイシャはお父さんが嫌いなの？」

ばたん、とブランコから飛び降り、アイシャに迫るイズナが問う。

その表情は悲しげに歪み、必死になってアイシャを引き留めようとしているように思えた。

「好きだった、だよ。私はお父さんが好きだったんだ――大好きだったんだよ、イズナ」

「だったら――！」

「だからこそ、違うんだよ！　イズナだって、わかってるんでしょ……？　ちょっと一緒にいたアイシャだってわかるんだもん……イズナがわかってないはずがない。私と一緒、わからないふりをしてる」

父は迎えに来てくれた。

でも、アイシャは居眠りなんてしてしていない。

父はご飯を用意してくれた。

でも、森になんて行っていない。

「違うっ！　パパとママは――」

悲痛に叫ぶ少女に、アイシャはそれでも首を振る。

「違わないよ――辛いけど、苦しいけど、縋りたいけど――でも、いつまでもこのままじゃいられない。アイシャは、ナハト様の従者ですから」

理解することと、受け入れることは違うのだ。

理解しているだけでは胸のつっかえは取れず、苦しいままだ。頭でわかっても、心が何処かで拒絶する。

だから、ナハトは時間をくれたのだとアイシャは思う。

「イズナのおかげで決心できました。イズナが友達になってくれたから、イズナが遊んでくれたから、励ましてくれたから、アイシャは今を見つめることができたんです――ありがとう、イズナ」

「……アイシャ…………」

泣き出しそうなイズナに、アイシャはそれでも手を伸ばす。

今にも逃げ出してしまいそうなイズナに、アイシャは小指を差し出した。

「また、明日もここで会いましょう、イズナ――」

「…………」

差し出した手が空を切った。

返事はないまま、イズナがとぼとぼと広間を去ってゆく。

辛そうに、泣きそうに肩を落とすイズナに、なんて言えばよかったのか、答えの出ない自問をアイシャは繰り返す。

アイシャ以外、誰もいない広間は何処となく寂しげだ。同じ景色なのに、一人で見ると、こうも色が違って見えた。

「――会いたいな……ナハト様に……」

一人になったアイシャは、ブランコを揺らしながら呟いた。


「ロイ、パン取って！」

「ミエル、こっちも美味しいわよ！」

「ふぇーんっ！　クルスがお肉取った～！」

「ほらほら、喧嘩しないのー」

騒ぎはしゃぐ子供たちをティナが諫める。

賑やかな談笑というよりは、壮絶な争いといったところだろうか。

聖竜教会の食卓には子供だけでも二〇人を超えていて、所狭しと並べられたナハトの料理を奪い合う様は、ナハトが教会で寝泊まりをするようになってから、すっかり様式美となっていた。

「すみません、ナハトさん。毎日毎日、お料理をいただいてしまって」

と、ティナが礼儀正しく言う。

ただし、その手には骨付き鳥が、お皿には山盛りの肉が既に取り分けられていて、口元には食べかすまでつけている。

普通、子供が欲張った分は、お姉ちゃんが分け与えて我慢するものだが、ティナは随分と食い意地が張っていて、喜々として子供たちと料理の取り合いをしている。

そんな食卓が、異世界喫茶（ギルド）で囲っていた食卓のように見えて、少しだけ懐かしい気分にもなる。

ナハトにとって料理はこの世界に来てから新しくできた趣味のようなものだ。普段はあまり使わない肉類を使ういい機会でもあるので、宿代代わりに皆の料理を作るのは何処か楽しくもある。

だが、若干ランクの高い素材も交じっているので、闘争はいつも激しい。

そんな激しい戦争の中では、当然ながら参戦する勇気がない者もいて、隅っこに座っている幼女――ラッテなどは、おろおろとしながら料理が消えてゆくのを見ている。

その瞳は、ティナよりもよっぽど大人びてはいるが、何処か物欲しそうでもある。

「交ざらないのか？」

ナハトが言うと、ラッテは目を伏せながら言う。

「私は……みんなのあとでいいです……」

殊勝な言葉ではある。

だが、それは子供には似つかわしくないものだろう。

どちらかといえば、そういう態度をとるべき者は、

「あ、ロイ君っ！　それ、私が狙ってたのにー！　ぐぬぬ、流石ミナちゃん、目を離した隙に南瓜（かぼちゃ）のパイを根こそぎ――でも、バランスよく食べないとダメですから、一切れ没収――」

食い意地の張った、この自称巫女であろう。

ナハトはティナの前から皿を取り上げると、物欲しそうにしていたラッテの前に置いてやる。

「あぅー！　何するんですか、ナハトさんっ！」

そんなティナの呟きは、いつものように無視をする。

「人にはきっかけが与えられるものだ――それでも、手を伸ばさなければ掴めないものもある。勇気を出して進んだ先には、きっとお前の知らない未知の世界があることだろう」

ナハトはそう言って、木の匙（さじ）で掬った特製プリンをラッテの口元へと運んだ。

すると、ラッテは遠慮しがちに顔を近づけ、勢いよくプリンにかぶりついた。

「んぅー！　んーっ！　あまい、おいしい！」

満面の笑みに、ナハトも柔らかく笑む。

「ありがとー、ナハトちゃん！」

一つ頷くと、ナハトはテーブルからサンドイッチを一つだけつまんで、戦場と化した食卓に背を向けた。

外に出て、軽く跳躍すると、ナハトはあっさりと屋根の上へと辿り着く。

のんびり座るこの場所も、随分と居心地がよくなってしまっていた。すっかり定位置となったそんな場所で、ナハトは魔法を構築する。

「――地精魔法（アースマジック）、土人形創造（クリエイトゴーレム）」

魔力の発露と共に、その姿を規定する。

姿は人間、性別は女性、象る（かたど）姿は最愛の従者にしようとして――やめる。

人形遊びに洒落込むのは、何処かつまらないから。

故にイメージを変更する。

既に規定したものは覆らないので、象るのは人間の女性で――つい最近出会った愉快な巫女をその姿として当てはめた。

土が生き物のように流動する。

ほんの一瞬で、うねる土が人の姿に成り代わった。ナハトの魔力が巡ると、肌に色味が加わる。すらっとした四肢に柔らかそうな胸と腰、鮮やかな髪色まで寸分違わぬ人となる。

誰一人として、それが土でできているなど想像もしないことだろう。

艶やかな髪が風に靡（なび）いて、宙に舞った。

「ふむ、我ながらいい出来だな」

当然ながらナハトの魔法でも、姿形を似せただけの人形は作ることができる。

「――操作（コントロール）」

ナハトの意思を受けて、ティナの姿をした人形が土塊の剣を振るう。

柄を握り込んで、深く腰を沈め――一閃。

大気を薄く、それでいて鋭く切り裂き、風が微かに嘶いた。

「何をやっているんですか？　ってうわ！　わ、私がもう一人っ！　ど、ドッペルゲンガーですかっ⁉」

食事を終えたのか、ふらりと出てきたティナが大声をあげた。

なかなかに面白いリアクションをするティナにナハトは笑う。

「違うさ、ただの人形だ。よくできてるだろう？」

自慢するようにナハトが言う。

「す、凄く！　ていうか、似すぎですよ、これ！　ぶ、不気味です……」

『す、凄く！　ていうか、似すぎですよ、これ！　ぶ、不気味です……』

寸分違わず、同じ音色の声が響く。

ナハトの操作する人形は、口を開いて、言葉を発する。

「わっ！　ま、真似しないでくださいっ！　ほんとに、不気味ですから！」

「なに、ちょっとした実験だ――創造系の魔法や魔力を込めた精密な操作ができれば、人のような物は作れなくはない」

ナハトが手を振ると、人形はあっさりと姿を崩し、土へと還る。

「だけれど、死者の幻影を生み出しているのはこれらとは全く関係ない、別の力であろう――」

ナハトは深く、昔の記憶を探る。

思えばゲーム時代で最も興奮する瞬間は、職業選択の瞬間であり、技能（スキル）を選び出す、あの一瞬だったような気もする。

拘りと実益の境界線上で揺れ動くあの瞬間は、酷く心が躍るのだ。

ナハトは徹が趣味を詰め込むために三体目のサブキャラクターとして生み出した存在だ。だからこそ、他のプレイヤーよりも遥かに多くの技能（スキル）を調べた記憶はある。だが、それは徹のものでしかなく、ナハトの記憶と違い酷くちぐはぐだ。数万、数十万とあった技能（スキル）でも、ナハトなら完璧に覚えていられるはずだが、何処となく抜けがある。

だからこそ、深く記憶を辿り、魔族とやらがどの技能（スキル）を使用しているのか、思考する。

「あれだけ理不尽なナハトさんでも、その正体はわからないのですか？」

「さてな――だが、人の知恵とはなかなかに侮れんものだからな」

「……早く、なんとかなるといいんですけど――きっと、先立っていった皆も、誰かが過去に縋りつくことなんて、望んでいないと思いますから」

ティナは何処か寂しそうに呟いた。

「三四人――昔はここに子供たちがいました――」

そう言って、胸元から一枚の白黒写真を取り出して、そこに映り込んだ子供たちを一人一人指差しながら、ティナは言った。

「ヴェル君、フィリアちゃん、ユリちゃん、アンリ君、テル君、リーネちゃん――」

ティナが指を差した幼い子供たちは、先ほどの食卓にはいなかった。

「――そりゃあ、私だってもう一度会いたい人はたくさんいます。もう会えなくなってしまった仲間もいます。彼らはきっと、私がもっと、早く火竜様に出会っていれば……助かっていた命ですから……」

貧しい暮らしは子供たちから力を奪い、病に倒れても薬を買うお金もない。

ティナが火竜の巫女として選ばれたからこそ、教会は大きく、立派になった。

それがもっともっと早ければ、とティナは亡くなった仲間を思うように言う。

「でも、死者は蘇ってはくれません――きっと、彼女たちも今頃になって、生き返りたい、なんて思わないんじゃないかと思います」

ナハトはティナの言葉に、静かに頷いた。

「死者蘇生など、所詮は生者のエゴだ。だがまあ、生きていてほしいと願うことは間違いではないのだろう」

現実と妄想の区別さえあれば、誰かに生きて幸せになってほしいと思うことは間違いではない。

だが、大抵は誰かのためを装った自分のための願望でしかないのだろう。

「いや、待て――」

ナハトは自分で死者と口にして、今頃になって思い出した。

「クロネさんとシロネさんは、別に死んだわけじゃない………ただ、私の記憶を映しただけ、か」

「ナハトさん……？」

ティナが不思議そうに見つめてくる中、ナハトは思考を回した。

最初の勘違いは、黒ずくめの軍団を見たときだ。

人形と、ナハトは黒の軍団を一括りにして容赦なく反撃したが、これがそもそもの間違いで、黒ずくめの軍団は人形であったが、先頭に立っていた赤ローブ女はきっと人形ではなくティナやキリアと同じ人間だったはずだ。

だから、女は黒のローブで全身を隠さず、黒ずくめの軍団はローブを着込んでその身を隠した。

姿を隠すために。

もっと言えば、精巧な人の姿を与えられていない人形たちの姿を見た兵士たちが、不気味に思わないようにするために。

大勢でいたせいで、それら全てが人形である、とナハトは誤認していたのだ。

導かれる結論は当然ながら一つで、ナハトだけではなくこの街に住む全員が知っているであろう事実。

神の都——という言葉の通り、人形に人間そのものに思える姿や人格、記憶を与えているなんらかの力はこの都市にだけしか有効ではない。

「領域系か——」

一定区間に常時効果を及ぼす力のことを、ゲーム時代にはそう呼称していた。

その中でも、都市一つを覆ってしまうほど強大な効果を持つ技能（スキル）や道具（アイテム）は数えるほどしかない。

ギルド、《胸より脇》のギルドマスターが所持していた最も有名であろう領域系の究極宝具（アルティメットアイテム）、《聖戦（ジハード）》であれば、都市一つくらいは容易く覆えるはずだ。

だが、あれは明らかに戦闘用で、今現在起こっているような不可思議な現象と噛み合うことはない。

技能（スキル）であれば、ナハトは一つだけすぐに思いつくものがあったが、恐らくそれも違う。

「幻夢魔法（ファントムマジック）――夢と現の境界（ドリームランド）――あれなら、都市一つを過去の記憶が覆う夢の世界で覆うことは可能だろう」

ナハトの仲間であった妨害特化型夢魔――彼、いや彼女が扱えた領域系の幻術である。

それを使ったなら、きっと人々は理想の夢を見られるはずだ。

「だけど、違うな――そもそもあんな魔法が使えるなら、人形を作る必要もなければ、心臓を植えつける必要もない」

それこそ、夢の中で人は勝手に頭（こうべ）を垂れるだろうし、操られている自覚など持たせないまま命令に従わせることができるだろう。

それに、ナハトだけは抵抗に成功するはずなので、やはり違う。

「うーむ、悩ましいな――」

「ふふふ、ナハトさんでも悩むことがあるんですね。ちょっと安心です」

「言っただろ、人の知恵は侮れぬ、と。それも、苦心を重ねた仕掛けであるなら猶更な」

現にこうして、ナハトも翻弄されている。

「そうですね――でも、私は残念だなともちょっと思っちゃいます」

「残念？」

「せっかく過去の思い出に浸れるのなら、悪事にさえ使わなければ、きっとそれは素敵な力だったと思うのです」

そんな言葉に、ナハトは思わず深く考える。

何げなくこぼしたであろうティナの本心が、ナハトの中で新たな可能性に変わる。

思えば、ナハトは最初からそれを悪意ある力と決めつけていた。

アイシャを過去に引き摺り込み、ナハトの記憶を弄び、エストールを支配したそんな力。だから、悪（あ）しき力と決めつけていた。

「――ああ、なるほど。素敵な力か――それは盲点だったな――確かに、その通りかもしれない――」

思い至ったのは一つの道具。

それは決して希少ではない道具だ。おそらくゲーム時代でも、一〇〇〇や二〇〇〇は優に存在していただろう。

究極宝具（アルティメットアイテム）のように特別でもなければ、夢魔の特殊な魔法のように強力でもない。だけれど、ナハトはそれを持っていない。

「確認だがティナ、最初に流れた噂は、亡くなった王妃が蘇った、で合っているか？」

「え、えっと、たぶん合ってると思いますけど」

呆（ほう）けた顔のティナの前で、ナハトは久しぶりに楽しげで、愉快に満ちた満面の笑みを浮かべていた。

「なら目的地は決まったな――さて、どうやら、そろそろ時間のようだな――」

ナハトはゆっくりと愛しき魂に視線を向ける。

「――お前の答えを聞かせてくれ、アイシャ」


それは確か、遠い、遠い、いつかの情景――

「ふろ、りあ？」

田畑と、川と、森と、木々の家、それくらいしかない村の名前だ。

「おう、この村の名前だ。んでもって、アイシャの母さんの名前でもある」

父が微笑みと共に優しく言う。

「ママのなまえ！」

まだ、三つしか歳(とし)を数えていないアイシャは、ただ嬉しそうにそう言う。

「ママはすげーぞ！　美人だし、可愛いし、家事もできるし、魔法なんかは特にすげー！　何度も助けられたし、ママのおかげでうちの畑は立派になったからなー！」

そのとき、父がどんな顔をしていたのかは覚えていない。

「ここはいつか、ママの帰ってくる場所だ。だから、きっちり守らねーとな」

「あーしゃもね、ママをまもるー！」

「おう、じゃあ約束だ――」

「うん、やくそくー！」

――いつの日にか、二人で交わした約束だった。


それはきっと、遠い、いつかの情景――

「おう、どうしたアイシャ――そんな顔してっと、幸せが逃げちまうぞ」

「……だって、サリアちゃんもアルナちゃんも、アイシャのことバカにするんだもん……のろまだって、言うんだもん……」

大きな手が頭に載った。

父が優しく頭を撫でてくれた。

「いいんだよ、言わせとけ言わせとけ。アイシャは将来大物になるからな！　何せ父さんと母さんの子供なんだ！　――だからな、アイシャ。ゆっくりでいいぞ。ゆっくり、アイシャのペースで大きくなって、アイシャをバカにした奴ら全員、見返すくらい強く、大きく、優しくなれ、アイシャ」

「……なれるかな……？」

自信なくそう言うアイシャに、父は力強く頷いた。

「ああ、なれるさ。父さんが保証してやる」

「じゃ、じゃあね——アイシャが大きくなったら、お父さんにいっぱい、いーっぱい恩返し、するからね！」

「はは、楽しみにしとくよ」

——それは、叶わなかった小さな約束。


開発特区、商業地区第三区画。

商業から学業まで、エストールの次世代を担うとされている新たな市場には、旅人や商人向けの宿泊施設が幾つもあった。

アイシャが借りた広い宿の一室には、夕日が沈む頃になればいつも、部屋の中で父が待っていてくれた。

アイシャを待ち構えるかのように夕餉(ゆうげ)の支度をして、優しげな微笑と共に言うのだ。

「おう、お帰り——アイシャ」

「………………」

それはきっと、アイシャが望んだ光景だ。

いつもなら、イズナに教えてもらったように、なるべく笑顔でアイシャも返事をする。

だけど、アイシャはただ沈黙で返した。

「アイシャ？」

そんな父の心配した声にも答えることなく、アイシャはただ父の姿を見ていた。

別れたときの年齢は四二歳。

中年といっていいはずのローランドは、童顔のせいで五歳は若く見える。鍛え抜かれた体も、若さを支える一因だろう。

アイシャが好きだった優しげな双眸、感情をはっきりと顔に出して、アイシャを心配する仕草は、まさしく父そのもので、姿形は完璧に再現されていた。

「でも――きっと、私がこうやって黙っていたら、お父さんはすぐ取り乱すんだよね。何かあったのか⁉　怪我したのか⁉　薬草があるぞ、塗るかっ⁉　って、言うんだよね」

そんな姿が容易に思い浮かんで、アイシャはくすりと笑いがこぼれた。

そしてそんな姿が、アイシャの大好きな人に似通っていて、一層大きく笑ってしまう。

戸惑う仕草をした父が何かを言おうとしたが、アイシャはそれを手で制した。

「いいの、喋らないで――」

優しく、それでいて強い制止の声に、それは口を噤んだ。

願えば叶う。

止めれば、止まる。

これは、そういうものなのだ。

「ほんとは、最初からわかっていたはずなんです――貴方がお父さんでないことを。だから、アイシャは悪い子です。わかっていて、お父さんを求めて、ナハト様を求めて、イズナも求めて、全部全部傍にいてほしいって願ったアイシャは、悪い子です」

それは懺悔（ざんげ）のような、アイシャの独白だった。

そこに、相槌（あいづち）は必要ない。

ただ、吐き出して、受け止める。

そのための儀式なのだ。

『可愛かったよな、あの子は将来いい女になるな』

偽りの父に出会ったあの日、そう言っていた。

でも、よくよく考えれば、それはあまりにもおかしいのだ。

「言えるはずないんです、そんなこと——ナハト様の殺気を受けて、そんなことを言える人が人間なはずないですよね……」

傍で殺気に当てられただけのアイシャでさえ、呼吸が止まって、震える以外に何もできなくなるほど怯えてしまう、強い殺気。まして、直接向けられたものが、『友達か？』と暢気に質問したり、『可愛いな』などと称賛したりできるはずがない。

いろいろと言い訳して、誤魔化して、それでもいいと甘えてしまったが、結局それがアイシャの父でないことは明らかだった。

アイシャの思いの通りに動くそんなものは、父ではない。

『でも、どうしたんだ——今更そんなことを口にして？』

そんな言葉が胸に刺さった。

でも、思えばあれもいつか聞いた過去の言葉だ。

確か、

『お父さん！　水切り、水切り一五回できたんだよ！』

『おお、凄いな、新記録か？』

『だからね、ん——』

『へ？　どうした、何か欲しいのか？　お祝いか、お祝いするのか？』

『違うよもう！　お父さんが言ったんじゃん、お父さんの記録超えられたら大人だって！』

『あー、そんなこと言ったような気もするな。でも、どうしたんだ――今更そんなことを口にして？』

『ぶぅー、アイシャはもう大人になったから、お父さんのお手伝いしてもいいよね！　今日はお料理、明日は一緒に森に行くんだもん！』

『ちょ、え、いやー、それは……森は危ないんだぞ？』

『でも、アイシャももう大人だから、大丈夫だもん！』

『いや、でも、うーん……』

そんな会話をしたことがある。

結局、それが口にしたのは、いつか聞いたことのある過去の言葉だけで、今のアイシャに向けた言葉は何一つとしてなかった。

「ごめんなさい、お父さん――」

謝罪の言葉は、目の前のそれに向けたものではない。

長い間、アイシャを育んでくれた亡き父への言葉だった。

「――アイシャは、お父さんじゃないものをお父さんって呼んじゃって――お父さんを、侮辱、しました……」

優しかった父の幻影に焦がれて。

正しいはずの主の言葉に従うこともなく、もう一度、ただもう一度、と。誤魔化して、偽って、甘んじた。

「本当に、ごめんなさい――」

歪みそうになる顔を必死に押さえて、アイシャは頭を下げる。

「アイシャもちゃんと、今が大事ってわかりました。お父さんがくれたたくさんの愛情を抱いて、イズナやナハト様と歩んでいる今が大切だって、確信しました」

だから、もう、十分です。

過去に浸るのは、もう十分です――と。

そう、告げた瞬間だった。

ローランドの姿を映していた人形が、光に包まれ元の姿に戻った。

マネキンのように生気のない人形が、アイシャの前に取り残される。

「ありがとう、いい夢が見られました――」

人形にそう告げたアイシャは、宿を出て、すっかりと暗くなった夜空を見上げた。

「守れるほうの約束は、きっと守るから、心配しないで――」

そうじゃない。

それよりも、もっと言わなければならないことがあるのだ。

涙がこぼれても、
悲しくて、苦しくて、泣き喚いてしまっても、
言わなければならないことが、アイシャにはある。

「………今まで、言えなくてごめんなさい――」

万感の思いを込めて、

「――アイシャを育ててくれてありがとう、お父さん――」

そう告げたアイシャの顔は、清々しい喜色に満ちていた。

果たして、誰がこの情景を思い浮かべることができるのだろうか。

戦場に、苦悶に満ちた悲鳴が溢れていた。

たった数千の軍勢に、大きく食い破られ、穴をあけられた王国軍の姿がそこにはあった。

前線が瓦解し、指揮系統が乱れていることは一目瞭然であった。

逃げ惑う獲物を追い立てる狩人が如く、黒ずくめの軍勢が容赦なく進行する。

鉄の骨格に刻まれた幾何学模様、全身が鎧であるかのような魔鋼の外装に、生物の如く蠢く肉——何処か歪で、不気味な、人の形をした異形が、ローブを脱ぎ去りその姿を顕わにしていた。

「ぉおおおおおおおおおおおおおおおおおおおおっ‼」

前線に立つ勇猛な騎士の一人が、そんな異形に斬りかかる。

鍛え抜かれた剛腕に振るわれた剣は、相手がただの人間であれば、肉を抉り、骨を断つには十分すぎる威力である。

だが、まるで岩でも切りつけたかのような、がぃん、と鈍い音だけが響き、鋼鉄の剣があっさりと折れた。

飛び散った鉄の破片が騎士の頬を浅く抉り、同時に握力を失った手が剣を取り落とした。

「ぐっ、クソっ！　ひ、寄るなっ！　くる、あ——」

得物を失った騎士に人形が近づき、なんの感慨もなく太い腕を振るうと、首が捩じ切れ、宙へと飛んだ。

血に染まった騎士の腰回りほどもありそうな腕を引き摺って、歩を進めるたびに、歪な機械音が響いていく。

リーグ大山脈を抜け、国境を侵したエストール軍二万五〇〇〇。相対するは、王国軍実に七万。

両軍が見通しのいい平地にて向かい合い、開戦してからほんの一時間足らずで、早くも瓦解しかけている王国軍の姿がそこにはあった。

「ふぅむ、なるほど――これは厄介な、エストールの自信はあの奇妙な機械兵にあったということか――」

そんな状況に陥ってなお、レイノルド辺境伯が静かに言う。

リーグ大山脈をはじめエストールとの国境を含む、王国南部を治める大貴族、レイノルド家。武門の名家であり、七万に及ぶ王国軍の半数はレイノルド家が動員したものである。王国の広大な領地のうちその四方を守る辺境伯は、魔物や他国からの侵略に備え、他の貴族とは比べられないほど多くの私兵を抱えている。土地勘があり、南部においての紛争や魔物討伐の指揮をたびたび務めるレイノルド辺境伯が、此度の戦争の総大将であった。

「…………これも想定内ですか？」

王女から罰という名の命令を受け、レイノルド辺境伯を補佐するユーリが聞いた。

「いやいやいや、どう考えても想定外じゃろ。流石に被害が出すぎじゃわ。してユーリ殿、クリスタ殿、あの人形、いかが見る？」

レイノルド辺境伯に問われた二人は、前線の光景を見た。

ちょうどそのとき、前線の兵を犠牲に詠唱を進めていた魔導大隊から一斉に魔法が放たれた。

何十、何百という火球が空を埋め、異形の人形へと降り注ぐ。

「やったかっ⁉」

燃え上がる人形の軍勢を見てか、歓喜に満ちた騎士たちの声が重なった。

「…………いや……違う、奴ら、くたばってねーぞ！」

人形はその身を火に包みながらも、一歩、また一歩と、業火の中より歩み始めたのだ。

「水膜だと……」

誰かが茫然と口にした。

火の中を進む異形の軍団は、その身に水の鎧を着込むことで、悠然と歩を進める。

命なき者の行進は、それだけで不気味だった。

攻撃しようと悲鳴はあがらないし、殺戮の中には一切の感情が抜け落ちていて、ただ乾いた瞳で敵を見つめるだけなのだ。

今度はお返しとばかりにエストール軍からの魔法が飛来する。

無論、人形のようにそれを防ぐ術はなく、数百の人間が魔法の餌食となっていた。

「魔法耐性が厄介ですね。王国は火を中心とした魔法大隊が多いですが、あまり有効とはいえません。単純に盾にされるだけでも厄介ですし、人形自身も魔石の魔力を使って魔法を撃ってくるようです」

クリスタが人形の評価を述べる。

「でも、クリスタの魔法なら壊せるんじゃない？」

「壊せるが……相手には魔法狂いのレアーナもいるからな……あまり私が消耗すると、大規模魔法が防ぎにくくなる。そういうユーリこそ、斬れるんじゃないか、あの人形？」

「まあ、斬れるだろうけど、斬っても普通に動きそうだな……両断すれば動けなくなるだろうが、こっちの武器もすぐにダメになるな。あれを相手にするなら重量のある鈍器のような武器が有効だろう」

そんな二人の意見を鑑みても、これ以上のぶつかり合いは被害を増やすだけとレイノルド辺境伯は判断した。

自軍の被害は大きいが、幸いなことに、前線にいる兵は勝ち戦だからと功を焦り、一番槍をと求めてきた貴族たちの軍勢がほとんどだ。それでも、ここまで惨敗するとは思わなかったが、王子との打ち合わせでも、使いつぶすくらいで構わないと言われている。

レイノルド辺境伯の兵や魔法大隊、ユーリをはじめとする精鋭たちに損傷はほとんどない。

「数の優位はない、と考えるべきかのう」

レイノルド辺境伯の作戦はシンプルだった。平地にて、数の優位を生かし五の兵を持って一の兵を蹴散らす。そのための布陣であり、陣形を組んで戦いに臨んだ。

が、異形の人形と王国兵の戦力比は一対一〇〇はありそうだ。

前線の指揮官たる貴族たちは我先にと逃げ出そうとしている。この状況で戦っても勝機はない。

「クリスタ殿、第二、第三魔導大隊と共に、大きいのを一つ頼む。丘まで引こう」

「はっ！」

決断を下した王国軍の動きは迅速だった。

大規模な魔法を目くらましに、あらかじめ備えていた後方の陣地へと引く。

「正面から当たるのは愚策。兵糧を攻めるか、沼地まで引き摺り込むか、いかがするかのう」

レイノルド辺境伯に焦りはなかった。

未知の兵は確かに脅威だ。

だが、王国が倒れさえしなければ、この戦争は負けではないのだから。


グラサスの指揮を外れた黒の軍勢が歪に行進を続ける。

王国軍は一瞬瓦解したかのように見えたが、大規模魔法を囮(おとり)に即座に撤退を始めていた。その動きは迅速で、流石の練度に感嘆の声をあげそうになる。

勝利の高揚はなかった。

先方を任せたレアーナの軍団が前線を荒らし、グラサスはそれに乗じて魔法を放つよう指示しただけだ。

それだけで、初戦が終わっていた。

「なんという、出鱈目（でたらめ）な――宰相の人形はここまで戦闘に特化していたのか――」

開発特区への労働力として、宰相が実権を持つ宮廷魔導師団が生み出したゴーレムが使用されていることは現場を預かる者たちや貴族たちの間では知られていることだ。

だが、グラサスが把握しているのはあくまで労働力としてのゴーレムで、武装し、魔法を放ち、軍勢を薙ぎ払うゴーレムではない。レアーナの率いる黒ずくめの軍団が人形であることを知ったのも、謎の襲撃者に攻撃され壊れた人形を調べさせたときなのだ。

グラサスの知らない所で、戦争が進む。これほどまでに無力なことがあるだろうか。

「いいえ、あの御方が言うには、魔石と鉄があればすぐに量産できるあまり戦力にならない人形、だそうです」

「はっ！　これが役に立たぬのであれば、わが軍は烏合（うごう）の衆ではないか！」

この人形が量産できることを知っていれば、確かに無謀とも思える王国との戦争に目を瞑る者も出てくるのだろう。

だが、それでも、

「これが、こんなものが、戦争だと言えるのか……」

そう言わずにはいられないのだ。

四肢の半分が千切れ、胸に大穴を開けた黒の人形。そんな人形に赤熱する魔石を括りつけ、敵軍に向かい投げつける。

異常なまでに赤く染まった人形が、閃光と共に爆発した。

熱波が暴れ狂い、肉の焼ける音が鳴る。

そこには、戦争の高揚感などあるはずもなく、ただただ無残な光景だけが残されていた。

「良いではありませんか――全ては陛下の御心のままに」

レアーナが微笑と共にそう囁く。

「…………」

グラサスはただ無言で、戦場の空を見上げるのだった。


父に別れを告げた、その翌日。

アイシャは雑踏を抜け、人の気配が薄れる裏路地へと進入する。

まるで、開発から取り残されたような雑多な道だ。野良猫が廃材の上を渡って屋根に上がっていく姿が目に映った。

イズナとアイシャ、二人の場所へ続く道は、静けさに満ちていた。

二人の遊び場は、まるで、イズナのためだけに取り残されたかのような場所だった。

アイシャはそんな広場を窺うように、こっそりと近づく。

昨日アイシャの決意を告げてイズナと別れたとき、イズナは酷く辛そうで、もう来てくれないのではとアイシャは不安だった。

だが、そんなアイシャの予想とは裏腹に――ぎしり、と。軋む木の音色が耳に響く。

「イズナ、来てくれ――」

喜びのあまり、駆け出したアイシャを迎えたのは、小さな少女ではなかった。

「――あら、ごめんなさいね。あの子じゃなくて」

冷たい美しさを漂わせる美女がアイシャに言う。

「……あなたは……誰、ですか？」

アイシャはどうしてか、警戒するようにそう言った。

薄い紫のドレスに身を包む女性の物腰は柔らかく、優美だった。その言葉も、何処か優しげで、気品があって、貴族の女性であることは見ただけでわかる。

警戒するなどおかしい、とそう思うが、彼女の目を見てしまうと、アイシャは思わず後ずさりをしてしまいそうになる。

「あら、イズナから聞いていないの？　私の名はアナリシア・レインフィル。あの子の保護者をしている者よ」

まるで、価値のないがらくたを見ているような冷たい瞳。

アイシャのことなど、視界にさえ入れていないような薄気味悪い瞳のまま、優しげにアナリシアが言う。

「……お姉さんがいるって、言ってはいました」

「そ、ちゃんと聞いてるのね。よかったわ」

座っていたブランコから降り立つと、アナリシアは一歩アイシャに近づく。

「イズナは、何処ですか？」

冷たい視線の圧迫感に、アイシャの語気が強くなる。

だが、それすらも意に介さないとばかりにアナリシアは薄く笑う。

「あの子は家で寝ているわ――今日は会いたくないって伝えてほしいって――ちょうどいい機会だったから、貴女に言っておこうと思ってね」

アナリシアはアイシャを見下ろしながら言う。

「――貴女、これ以上あの子と関わらないでもらえるかしら」

脅すように細められた瞳が、アイシャを睨むように見下ろしている。

それは、一方的で、高圧的で、アイシャの意思など一切考慮しないと言っているような、命令だった。

「っ！　なんで……」

どうしようもなく一方的なアナリシアの宣告に、アイシャは思わず言い淀む。

だが、それはすぐに怒りに塗り替わる。

相手が貴族だとわかっているが、それでもアイシャは言わずにはいられない。

「イズナと私は友達です！　貴女には関係ないことです！」

「あら？　意外と物分かりが悪いのね、子供だからかしら」

激昂するアイシャを見ても。アナリシアは冷静に、聞き分けのない子供を諭すように言うのだ。

「あの子はエストールの貴族で、今はレインフィル家の養子なのよ？　本来であれば、見ず知らずの他人で、それも爵位も持たない人間が付き合っていい相手じゃないの。それに、貴女と会って落ち込んで寝込んでしまったあの子を見たら保護者として心配するのは当然でしょう？」

もっともらしい、筋の通った正論だった。

だが、その言葉は嘘だ。

彼女の瞳は、態度は、言葉は、まるでイズナを気遣っていない。

心配などしていない。

あるのはただ、アイシャに対する害意だけだ。

だから、納得なんてできるはずない。

「違います！　イズナは考えてるだけです！　今も、ずっと、前に進もうと悩んでいるだけです！」

確かに、アイシャはナハトに言われたような厳しい現実をイズナに告げた。

でも、それはきっとイズナだって理解していて。

だからこそ、今、葛藤して、苦しんでいる。

それを支えてあげられなくて、何が友達か。

ナハトがいなければ、ただの子供でしかないアイシャは、それでも懸命にアナリシアを見返す。

「聞き分けも悪いのね。なら、はっきり言いましょう。レインフィル家にとって貴女は害にしかなりません。手を引くなら見逃してあげましょう。なんなら手切れ金を用意してあげるから、この街から消えなさい」

アナリシアはただ一方的にそう告げる。

きっと、彼女の中ではもう、それで話が完結している。アナリシアはアイシャが小市民であることを見抜いていて、心の何処かで逆らっちゃダメだと思っていることに気がついているのだ。

「これは、貴族としての命令です。いいですね」

だから、これで話が終わる。

アイシャの話など聞く必要のない戯言（ざれごと）なのだろう。

立ち去っていくアナリシアをアイシャは瞳で追っていた。

木枯らしのように吹きすさび、アイシャを震わせるだけ震わせたら、あっさりと消えていこうとするアナリシアを止めなければ、きっとアイシャは二度と自分の力でイズナに会うことができなくなる。

そんな予感が心を占めた。

だから、無意識に口は開いていた。

「――お、お断りします！」

歩を進めていたアナリシアが、ピタリと止まる。

「どういうことかしら？」

響く声に、威圧感が増した。

いや、それはもう、明確な敵意さえ含んでいる。

アナリシアの瞳は、明確に、アイシャを敵とみなしていて、敵意が全身に伸しかかる。

だけれど、アイシャは怯むわけにはいかない。

アイシャにとって大切なのは、アイシャを支えてくれた友達で、他の誰かの言葉なんかじゃないから。

崩れかけていたアイシャの心を、ほんの些細な気まぐれと優しさで支えてくれた凄く優しいあの小さな少女のことが大切で、そんなイズナを助けるためなら、天上の世界に住んでいるだろう貴族様にだって堂々と反抗してやるのだ。ナハトの従者になってからは、竜に逆らったり、王族に逆らったりした後なので、もう今更である。

いや、やっぱりそれは誤魔化しで、村人根性が抜けないアイシャは怖いことに変わりはなかった。

だけれどアイシャは知っているのだ。

何もしないでいるほうが、ずっとずっと怖いことを。口を噤むほうが、ずっとずっと辛いことを。

「――身分なんかじゃ」

震える声で、それでもアイシャは勇気を振り絞る。

「身分なんかじゃ、私たちを引き裂く理由にはなりません――きっと、ナハト様ならそう言うはずです」

だから、アイシャに引く理由はない。

「イズナは私の友達です——あなたのほうこそ、余計な口を挟まないで……えっと……その……ほしいなって……」

勢い任せに言って、我に返りそうになったアイシャが弱々しく言う。

だけど、言いたいことは全部言った。

アイシャが言い切ると、小さな余韻のように静寂が満ちた。

それはまるで、嵐の前の静けさのようで。

すぐに、場に満ちた静寂が、失せた。

それこそ、逃げ出すように、一瞬で。

「そう——」

きっと、それが、何かが切り替わった合図なのだ。

「——じゃあ、もういいや。めんどくさい」

まるで、仮面を付け替えたように、声が変わる。

何処か投げやりで、鬱陶しそうで、乱暴なそんな声に。

変わり果てたそんな声は、口調は、アナリシアが浮かべていた冷たい瞳と嚙み合っていて、納得する。

これが、アナリシアの本性なのだろうと、アイシャは理解させられた。

「あー、もう、めんどくさ。はぁー、ま、話し合いで折り合いがつくならそれが一番だけれど、そっちのが楽だからいいんだけど、まあ別に話し合いに拘る理由なんてないわけだし——そう、もっと、もっと単純な——死別とか、いいと思わない？」

空気が変わった。

張り詰めた空気に息苦しさを感じた瞬間。アイシャを取り囲むように無数の人形が現れた。

一〇を超える人形が、アイシャに狙いを定めて立ちはだかる。

「人形っ……じゃあ、貴女が――」

「正解、でも半分くらいね。貴女が考えてることは概ね正しいわ。人形を作ったのは私、イズナにプレゼントしてあげたのも私、開発特区で作業をさせていたのも私、貴女が欲しい答えはこれくらいかしら？」

つまり、父の姿を象った人形を作り出したのも、イズナの両親を象った人形を与えたのも、アナリシアということだ。

それを理解した瞬間。より一層激しい憤怒がアイシャの中で渦巻いた。

「貴女がっ！　私やイズナにお父さんを嗾けてっ！　そのせいで、イズナは今も――」

アナリシアは心底バカにするように、アイシャの言葉を鼻で笑う。

「はぁーあ、ほんとどいつもこいつもバカばっか。貴女の答えはほとんどはずれ、てんで的外れ。融通の利かない力も考えものよね、全く。貴女が望んだことなのに、私のせいにするつもりなの？　バカを通り越して愚かしいわね」

糾弾するような言葉に、威嚇する人形の姿に気圧されそうになるアイシャ。

なんとか踏みとどまるアイシャに向けて、言葉は続けられた。

「あ、でも、イズナに関してだけは少しだけ当たってるわ――凄い凄い」

不出来な生徒を無理して褒めるかのように、アナリシアが笑う。

「貴女は、イズナのなんですか⁉　イズナに何をしたんですか⁉」

そんなアイシャの問いかけに、アナリシアは冷たく微笑んだ。

「私？　私はあの子の大切なお姉さん。そうなるようにお膳立てしたから。あの間抜けで、大馬鹿者の大切な人。笑えるよね、笑えるでしょ、ほら、笑えよ！　あのガキは両親を殺した女を、愛おしそうにお姉ちゃんって呼ぶのよ？　なんにも知らずに、知ろうとせずに、気づかないふりをして、逃げ出すように、ありがとうって――これほど滑稽なことがあるかしら」

嫌悪感を隠しもせずに、アナリシアは吐き捨てる。

これはダメだ、とアイシャは思う。

アナリシアの言うことはアイシャの理解を超えているが、それでもイズナの両親を殺し、騙して、嘲笑う女がイズナの傍にいていいはずがない。

そう結論づけたそのときには、アイシャの意思を受けた精霊が容赦なく刃を放っていた。

だが、そんな刃は、庇うように立ち塞がった人形の腕を抉っただけで止まってしまう。

「物騒ね、人の話は最後まで――」

だが、再び刃が飛び、アナリシアの言葉を遮る。

飛来する無数の刃は人形がその身を犠牲にして阻んだ。

繰り返し、繰り返し、風の刃が襲いかかる。

アイシャはただ、それを排除しようと、精霊に頼んだ。

だが、心が乱れていたせいか、精霊にうまく魔力を渡せない。

冷静に、攻撃を加えられない。

適切な状況判断がどうしようもなく欠如していて、単調な攻撃が続いた。

何体かの、細切れになった人形の残骸が散らばる。

だが、アナリシアは傷一つ負ってはいなかった。

「っ、はぁ、はぁ――」

アイシャが肩で息をする。

思った以上に体が重い。

「落ち着いたかしら？　じゃあ、そろそろお別れね」

冷徹に、アイシャをアナリシアが見下ろす。

「貴女は、イズナに何をしたんですか!?　何が、目的で、そんな酷いことをっ!?　あの子は、貴女のせいでずっと一人ぼっちでいるのに‼」

少なくとも、アイシャはそう思ったのだ。

イズナがそれを否定しようとも、そう思ってしまうのだ。

そうでなければ、アイシャに話しかけてくれることもなかったはずだから。

「ほんとバカって嫌い。何も考えず、何も知ろうとしないまま、自分の尺度でしかものを考えなくて、自分だけが正しいって言いたげで——ま、でも、そうね、じゃあもう少し教えてあげる。イズナは一人ぼっちだったわ、最初から最後まで——一人ってのは都合がいいわよね、だから私は利用しただけ」

酷くつまらなそうにアナリシアは言う。

「生物は生まれ落ちたそのときから常に闘争状態にある。それを理解しないバカが利用されるのは当然でしょう？　過去の英雄も利用された。盛大に利用された、利用されたことに気づいてすらいなかった。だから、魔眼の一族なんて言われるの。せっかくの力も使わなければ無駄なのに。だから、イズナの力は私が活用してあげる。その見返りに、あの子には幸せをあげるわ、だから安心して逝っていいわよ」

悪意しか感じられないそんな言葉。

偽りの夢の中で、飼い殺しにしてあげる、とそう胸を張って言っているのだ。

考えて、考え抜いた末の悪意がそこにはあった。

素直に恐ろしいと思ったアイシャの口から、

「――人間じゃない」

そんな言葉が溢れていた。

「違うわ、私こそが正しい人間の姿よ」

アイシャの言葉を女は真っ向から否定して、アナリシアは言葉を紡ぐ。

それが、正論であるかのように。

「あの子は一人じゃないとダメなの――一人じゃないと私の都合に悪いから――だから――」

――死ね、と。

そんなアナリシアの意思を受けて、人形が動いた。

今度は防御ではなく、攻撃に転じたのだ。

怒りに苛まれたアイシャがようやく冷静になったのはこのときだ。

不自然な魔力の消費に、体が重い。

もっと早く、気がつくべきだったのだ。

アイシャはアナリシアに待ち構えられていたという事実に。

アイシャの背後から――正確にはその地面の中から、唐突に出現した新たな人形がアイシャを羽交い絞めにして押さえつける。

咄嗟に対応しようと、循環させていた魔力を精霊に渡そうとしたが、また乱れる。

「貴女がエルフの血を引いていることは聞いていたから、対策済み」

無数の人形から、刃が飛び出て、アイシャに迫る。

絶体絶命の状況だった。

アイシャの精霊魔法は効果が鈍く、手足を拘束されて、目の前には刃が迫る。

きっと正しい判断は、最初から逃げ出す、だったのだろう。

ここに、アナリシアが待ち構えていたことを認識した時点で。

アイシャが逃亡を選ばないように、そんな判断を削ぐために彼女はイズナの話をアイシャにしていたのかもしれない。今になってそう思う。

だが、時は既に遅かった。

次々と飛来してくる大小様々な刃を、融通の利かなくなった精霊魔法で止めるのには無理がある。

アイシャの限界はすぐに訪れて、刃物があっさりと小さな命を切裂く寸前に——異常が起こった。

何が起こったかを認識することは難しいが、表記するだけなら簡単だ。

——人形が、全て壊れた。

それはもう、あっさりと。

なんの抵抗もなく、粉々になって消えていた。

そしてアイシャの目の前には、知らない誰かがいた。

ナハトと同じくらいの長さの青髪を靡かせる、誰か。

きっと、その女性だけが、状況を把握しているのだろう。

彼女は可愛らしく頬に手を当てると、ゆっくりと口を開くのだ。

「それは駄目だよ——でないと僕が主様に殺されちゃう」


人形は唐突に現れたように見えて、そうではない。

ただ、あらかじめ目のつかない場所に素材を置いていただけ――それを素材に魔法で人形を組み上げた、それだけなのだ。

精霊魔法を封じたのも、ちょっとした細工だった。

空っぽにした魔石を、辺り一帯に埋めていただけ。

魔石は周囲の魔素(マナ)や魔力を蓄える性質を持つ鉱物である。内蔵する魔力が減少すればするほど、周囲から魔素(マナ)を取り込もうとする。

だからアイシャが使った精霊魔法の効果は鈍くなった。

精霊魔法は普通の魔法とはその質が異なっている。術者が行使する通常の魔法は魔力を利用して現象となるが、精霊魔法は精霊に魔力を渡した上で精霊が魔法を使う。

つまり、術者は精霊に魔力を献上しているだけなのだ。

だから、変化して、現象となる魔法と違って、魔石は精霊に渡されるはずのアイシャの魔力を獰猛(どうもう)に喰(く)らった。

アナリシアが、イズナに近づくアイシャを殺すための仕掛けだった。

種があり、仕掛けがある物でしかない。

だけど、それは違う。

無から有が生まれるとでも言いたげに。

何処からともなく、アナリシアの認識の外から現れて、そこにいた。

不気味な闇を覗き込んでいるかのような錯覚を覚える美女。目の前にいるというのに、なんの気配も感じない、虚(うつ)ろな女だ。幾つもの円環が重なる瞳、大海のように澄んだ青い長髪、至る所に影が落ちた妖艶な肢体。その全てが人間離れしている。

アナリシアの体が震える。

得体の知れない何かから逃げろ、と警告が発せられている。

(何が、何が、何が、何が、何が――)

狼狽は一瞬だ。

(あれは、何者ッ⁉ いや、それよりも、撤退すべきだ)

すぐにアナリシアは退避行動を取る。

不可思議な力によって、粉々にされた人形たち。アイシャを仕留めるために用意した手駒は、捻じ曲げられ、歪み、粗大ごみと化したが、奥の手として控えさせていた執事(バトラー)と家政婦(キーパー)は無事である。

即座に二体を呼び寄せると、アナリシアを庇うように眼前に置く。

「貴女、何者？」

激昂したい気持ちを抑え、口では冷静を装ってそんなことを言いつつ、後ろに重心を向け逃げ出す準備をする。

「あ〜、逃げるなら、どうぞどうぞご自由に。そこらへんは命令されてないからね」

そんな、アナリシアの態度の裏を読み取ったのか、目の前の何かが言う。

アナリシアなどどうでも良いと言うような、投げやりな口調からそれが真意だとなんとなくわかったせいか、幾分か焦燥がまぎれた。

無論、今現在も焦っている。

それはまるで、あの憎々しい幼女を見ているような感覚だ。

いや、幼女といってもそれは見た目だけで、一〇〇〇年単位でアナリシアより年上なのだけれど、そんな幼女を見ているような気分にさせられた。

逆に言えば、そんな幼女を知っていたおかげでアナリシアは思考を放棄せずにいられたとも言える。

そこにあるのは、圧倒的な力の差だ。

隔絶していて、かけ離れている。

「そう、じゃあ、この場は引かせてもらうわ。敵対はしたくはないし、できれば二度と関わり合いたくないわ。その子が大切って言うならこちらからは二度と手を出さない——そう、伝えておいてもらえるかしら」

アナリシアは確信した。

ここ最近の失敗の原因。少なくとも、目の前の何かが遠因にはなっているのだろう。

眠り姫の行方不明、レアーナから報告があった遠征軍への正体不明者からの襲撃、ティナの脱走と確保の失敗、イズナにできた友達のハーフエルフ、そしてそれを守る何か。

女の計画（シナリオ）を壊す、何か。

（こいつはさっき何を言った？）

思考を重ねれば重ねるほど、困惑は広がる。

（殺される？　この化物がか？）

冗談じゃない。

この化物が主と呼ぶ者、それがなんらかの目的で動いているとすれば——焦りは増すばかりだが、とにかく今は逃げるしかないだろう。

対抗する手段などないのだから。

イズナを使ったとして、勝算は薄い。あの憎々しい幼女がいてようやく互角だろうか。

だから、即時に撤退した。

距離を置くことに意味があると信じて。

「ふぇ、ふぇえええええ？　え、っと……一体何が……？」

唐突な展開についていけなかったアイシャが茫然と呟いた。

わかったことといえば、目の前の女性に助けられた、それだけだ。

「あの！　助けてくださったんですよね？　その、ありがとうござ――」

アイシャがお礼を口にしようとしたそんなとき。目の前の女性の姿が霞んで消え、いつの間にか、アイシャの目の前にいた。

そんな女性が手をアイシャの頬に添えたかと思うと、美しく整った顔がさらに近づいて、アイシャの言葉が止まる。

慌てるアイシャの頬には、柔らかな感触が伝わって――

「――ちゅ」

と。

触れたのだ。

怪しくて、吸い込まれてしまいそうな唇が、アイシャの頬に触れた。

「ふぇ……？」

理解が追いつかなかった。

だから、一拍の間が空いて。ようやく理解が追いついたアイシャの顔がぼふっと赤面した。

「ふ、ふぇえええええええええええええええええっ！　な、何をするんですかっ!?」

酷く狼狽したアイシャが慌てて突き放すが、女性は楽しそうに笑うだけだ。

「ん？　主様への意趣返し、かな――」

「意味がわかりません！　どうしてそれがアイシャにキ、キ、キスすることに繋がるんですか！」

「固いな～、ちょっとほっぺにしただけじゃん。まあでも、不満そうだし――じゃあ、アイシャちゃんへのお仕置きってことにしておこうかな」

一人頷き、納得する女性。

だが、アイシャはまるで納得できない。

しかも何故かアイシャの名前は知られていて、気安げに話しかけてくる。

「い、意味がわからないです！　貴女は一体何者なんですか？」

アイシャから見れば、見上げる必要がある大人の女性だ。深紅の瞳に黒の円環、禍々しいとしか言えない瞳がアイシャの姿を映していた。

イズナを目を見たとき美しいと感じたアイシャだったが、目の前の女性から受ける印象は恐ろしいの一言である。

「僕の名はレヴィ、大罪を掌る、ちょっと偉い悪魔様さ――主様の命令で君を守ってあげてたんだよ、感謝してもいいんだぜ？」

いろいろと理解できないことはあった。

だが、アイシャの聞きたいことは一つになった。

「もしかして、主様って――」

「うん、君の想像通りだよ」

ぎゅっと、胸を抱いて。

アイシャは無意識にその名を発する。

「――ナハト様」

万感を言葉にするように、その名を呼ぶ。

心を埋める温かさに、涙がこぼれそうになった。

「………助けたの、僕なんだけどな……」

「え、あ、すみません！　勿論レヴィさんにも感謝してます、危ないところを助けていただいて本当にありがとうございます」

実際、レヴィの助けがなければ、今頃どうなっていたかはわからない。

感謝しないはずがないのだが、あんな別れ方をしてしまったナハトがそれでもアイシャの身を案じてくれていた。その事実がアイシャの胸を埋め尽くすのだ。

「ま、別にいんだけどね、別に……」

子供のように拗ねるレヴィに慌ててアイシャは頭を下げる。

「いいよ、いいよ、大事なのはアイシャちゃんが無事であること。それだけだからね」

くるっと、大袈裟な動きでアイシャから離れるレヴィがそう言う。

小首を傾げるアイシャにレヴィは頭を軽く叩きながら口を開いた。

「君はもう少し自分の価値を、その身の価値を、自覚すべきだと思うよ？」

「ふぇ？　アイシャの、価値ですか？」

「僕はね、まあこれでもけっこー凄い悪魔なんだぜ。僕の知る世界でも、有数の高位悪魔と言っていい」

レヴィの言葉は、反省を促す教師のようで、アイシャも思わず姿勢を正す。

「でもね、そんな僕でも歯が立たない本当の化物があそこにはいた。それこそ、主様みたいな存在が、一〇人とか、二〇人とか集まって、ようやく互角の化物たちさ」

アイシャには話のスケールがあまりにも大きすぎて、レヴィの話はまるで想像がつかなかった。

主であるナハトよりも強大な存在など妄想もできなければ、ナハトのような絶対者が何人もいること自体がそもそもあり得ないことだろうと思う。

「で、当然そんな世界で戦うんだから、戦力は勿論多いほうがいい。でもね、アイシャちゃん——」

言葉に、重さが乗る。

心の奥を握られるような響きがアイシャに伝わった。

「——主様は誰一人として自身の力を分け与えたことはなかったんだよ？　一度戦場に赴けば、化物共の闊歩する死地にいて——その中に立ってさえ、主様は選ばなかったんだ——己の従者を」

レヴィは有無を言わさぬ口調でアイシャに忠告してくる。

「なのに君は選ばれた。君だけが選ばれたんだ。この意味を、この価値を、アイシャちゃんは理解すべきだよ。主様の力を受け継ぐ君は、もっと自分を大切にしなければならない。もっとその身を労わらなければならない。少なくとも僕はそう思うぜ」

アイシャはそんなレヴィの言葉を受け止めようとして——でもうまくいかなかった。

そもそもアイシャは、どちらかといえば引っ込み思案で、それも自分にマイナスに考えるタイプの人間なのだ。

誰かを凄いなと思うことはあっても、自分が凄いんだぞー、なんて思うことはできなかった。

だから、自らの大きすぎる価値を自覚しろと言われても、よくわからない。

（それに——凄いのはナハト様で、私じゃない——）

その力を誇示して、凄いと語れば、アイシャの価値は無となるのだ。

だから、アイシャはレヴィの言葉を素直に受け止められない。

「ま、でも、悪魔の忠告なんざ耳を貸すものでもないか――いいよいいよ、ちょっと注意してほしかっただけだからさ」

「注意、ですか？」

「堂々と人形の前で眠ったり、一緒に寝てほしいとか言ったり、状況に流されて一人で無茶な戦いをしたりしないでね、ってこと」

レヴィはいかにも悪魔らしく、笑った。

そんな言葉の意味を理解してしまうと、アイシャは途端に頬を赤くした。

後者はともかく、前者はアイシャの秘密だからだ。

「いやー、可愛かったね。一緒にお風呂に入ろうと誘おうか、誘うまいか、悩んで顔を真っ赤にするアイシャちゃん」

「なっ、なっ、なっ！　なんで、それを――！」

赤面するアイシャにレヴィは嗜虐的な笑みを浮かべていた。

「別れ、そして決意を新たに外に出て、夜だったことを思い出して宿にUターンするアイシャちゃん。宿の人が不思議そうに見てたの、気づいてなかったの？　締まらなかったよね」

「っ――！　ぁ――！　見てたんですかっ⁉」

「それはもう、僕はアイシャちゃんの護衛だからね。恥ずかしそうに頭を撫で撫でしてくださいなんて言うアイシャちゃんも、お菓子をあーんしてるアイシャちゃんもばっちり見てたさ」

「う、あ――あ、あれは違くて、イズナに言われたからで……その魔が差したというか、と、とにかく、違うんです――！」

アイシャの叫び声から逃げるように、悪魔はその身を消していた。

あまりの羞恥に身悶えしながら、辺りを見渡し言い訳を叫ぶアイシャだが、悪魔の姿は見つからない。

そんなアイシャの知覚の外側で、誰にも聞こえない声がこぼれる。

「でもねアイシャちゃん――君にもしものことがあったら主様は暴走するかもしれない――それこそ、世界の一つくらいぶっ壊しちゃうかもしれないぜ？」


「さて――私とお前の仲だ、レヴィ――遺言を残す時間をやろう」

ナハトは一切の感情が抜け落ちた声でそう告げた。

いつになく余裕の失われたレヴィは微かに肩を震わせていた。

それもそのはず、ナハトの手には濃密な魔力の塊が集っていて、いつそれが暴威に変わるかわかったものではないのだから。

「ちょ、ちょっと待って！　お、落ち着くんだぜ、主様――！　街中で龍撃魔法とか、マジで洒落になってない!!」

レヴィは光龍の楔(くさび)に穿(うが)たれ、全身を雁字搦(がんじがら)めにされるように縛り上げられていた。

あと一歩、ナハトが魔力を込めれば龍撃魔法が発動し、街の一つや二つ巻き込んで消し炭となるだろう。

「洒落？　洒落で済むと思うのか？　私は言ったはずだぞ、レヴィ――アイシャに手を出せば殺す、と――」

光の楔に晒されるレヴィが懸命に首を振る。

「やだなー、主様……あれはほら、挨拶じゃないか――ホッペにチューは悪魔の間じゃ挨拶なんだぜ、知らないのかい？」

「お前は何処のフランス人だ……それに、私はされた記憶がないぞ？」

「…………」

街の時計塔、その屋根の上で二人の異形が向き合って、不気味な笑みを向かい合わせる。

「ったく、主様も人が悪いなー。見てたんなら、助けてあげればよかったじゃないか」

「…………」

レヴィの言葉に、今度はナハトが沈黙する。

「ま、僕がいる限りアイシャちゃんの安全は完璧に守られているんだけど――彼女が求めていたのは僕の手じゃなかったみたいだよ――行ってあげないのかい？」

ナハトがレヴィと入れ替わるように、歩を進めた。

「言われるまでもない」

「そうかい」

呆れるように言い捨てるレヴィに、ナハトは言う。

「――レヴィ、アイシャに手を出した罰だ。もう一つ、余分に仕事をしてもらおうか」

ナハトが大雑把に命令すると、レヴィは愉悦の表情を口元に浮かべ、頷いた。

「ああ、それは少しだけ、僕好みの仕事だね――」

そんな呟きだけが取り残されて、二つの影は消え去っていた。

「あー、もー、何処行ったんですか、レヴィさん！　違いますから、違うんですからね！」

そう言って、辺りを見回しても、路地裏に人影はない。

羞恥に塗れたアイシャの声は小さく反響して、廃材に吸い込まれるように消えていった。

そんな風に騒いでいたせいでもあるのだろう。

だけれどそれ以上に、わざと気配を希薄にしていたナハトを捉えることは、まだアイシャにはできない。

だから、それこそ目の前にナハトが近づくまでアイシャは気づかないのだ。

「っ！　ぁ――」

息を呑む、アイシャの声と共に、ナハトはアイシャを見る。

太陽を見ているような輝く髪、ぱちりとしてクリクリしている小動物のような瞳は薄っすらと濡れて、震えていた。華奢な体を包む、白と黒のメイド服を着た、ナハトの大切な従者が、茫然とナハトを見ていた。

その瞳はまるで幻を見ているかのようにおぼろげで。

その体は今にも手を伸ばしたいとばかりに打ち震えていて。

不安そうに戸惑うアイシャがそこにいた。

そんなアイシャを今すぐにでも、抱きしめてしまいたかった。

だが、ナハトの体はかつての過ちに、その動きが止まってしまう。一方的に突き放して、また一方的に抱きしめる、そんなことが許されるのか、不安になって体が動かない。

何かを言おうとして口を開こうとするが、すぐにそれは閉じてしまった。

「や、やあ。久しぶりだな、アイシャ――」

気がつけば、酷く曖昧で、たどたどしい声がこぼれていた。

臆病風に吹かれそう言うしかできなかったのだ。

距離にすれば、一歩とも、半歩とも言える僅かな間。

それが、あまりにも遠く、離れているように見えた。

まるで切り立った崖を挟んでいるように見えた。

「――――さま……！」

常人では聞き取ることもできないほど、曖昧に掠れた声が響く。

だけれどナハトは確かに聞いた。

名前を呼んでくれた、アイシャの声を。

そんな声と同時だった。

開いていた二人の距離を、アイシャが迷うことなく埋めたのは。

「ナハト様っ！」

たった数日。

ナハトにとっては一瞬でしかない、ほんの僅かな時間。

あの日から失っていた温かさが伝わった。

それだけが、何もかもが歪で、不安定なナハトを支える。

それだけが傍にあれば、ナハトはナハトでいられるのだ。

「……わたっ……私……は…………」

咽が震えていて、うまく声が出せないアイシャ。そんなアイシャの言葉に応えるようにナハトは言う。

「よく戦ったな、アイシャ。冷たいことを言ってすまなかった――私はお前を誇りに思う」

心から、賛美の声をあげるのだ。

「ちがっ！　違うんです……ナハト様……アイシャはただ、甘えていただけで……ナハト様の言葉は正しいのに……本当は気がついていたのに……私が、弱かったから――」

悔恨に満ちたアイシャの告白を、ナハトは否定するように首を振る。

「違うさ、アイシャ――弱いのは、私のほうだ。お前の言葉を恐れて、たった一歩さえ前に進めなかった私と、時間をかけて、悩んで、苦しんで、考えて、そうして前に進んだお前、どちらが弱かったかなど、語るまでもない」

苦々しく、だが嬉しそうにナハトは言う。

言い訳をする余地もない。

情けないのはナハトのほうだ。

幻影に嫉妬し、下らぬ意地を張って、アイシャの心に怯えていた自分以上に情けないものなどない。

だけれど。

嗚呼――だけれど。

アイシャが傍にいてくれれば、それだけでナハトは無敵だ。

そう、確信できた。

「アイシャ、お前は私のものだ。それはあの日から、何も変わっていない。一時の感情に流されて突き放す物言いをしてしまった情けない私だが、それでもお前は私の傍にいてくれるか？」

ナハトの胸にこれでもかと顔を埋めていたアイシャが視線を上げた。

潤みきった瞳で見上げるアイシャを、ナハトも正面から見る。

「この身は、心は――アイシャの全ては貴女様のものです。あの日の誓いは、一片の揺らぎさえありません」

その声色は、どんな極上のオーケストラよりも耳を潤した。

心を埋めたのは澄んだ歓喜。

ナハトは全身の震えを必死で堪え、大切な従者を強く、強く抱きしめる。

「お帰り、アイシャ」

「はい、ただいまです。ナハト様」

雲が流れ、何度となく空模様が変わっていく。

何分か、それとも何十分か、アイシャを抱きしめ、体の隅々まで調べ上げることで失われていたアイシャ成分を補給し終えたナハトが満足そうに彼女を解放した。

途中で幾度もなく逃げようとしたアイシャだったが、ナハトがアイシャを解放することはなく、今では肩で息をするまでに乱れたアイシャがそこにいた。

無論、離れていた間にアイシャの体に万が一がないかを調べていただけで、他意はない。

レヴィが信用できないことは明らかであり、従者の体の異常を確かめることは主として当然の義務と言えるだろう。

「さて、ではアイシャの無事も確認できたことだ。そろそろ、この下らぬ夢物語に終止符を打つとしようか」

「……はぁ……はぁ……あ、あの、ナハト様――」

ナハトの言葉を聞いたアイシャは申し訳なさそうに話を切り出した。

「――お願いがあります」

「アイシャが私に、頼み事、だと――」

「いえ、その、すみません――図々しいことはわかってるんです、でも――」

ナハトはそんなアイシャの言葉を手で制した。

「そうじゃない。そうじゃないんだ、アイシャ――」

心の奥底から湧く感情を抑えきれず、ナハトは満面の笑みを浮かべる。

「――私は嬉しいのだ！　もっともっと！　もっともっともっと！　私を頼るが良いぞ、私に甘えるが良いぞ！　私がアイシャの頼みを断るはずないではないか！」

有無を言わさない。

二言は必要ない。

己の言葉こそが絶対だと言わんがばかりに、ナハトはそう言う。

「さあ、アイシャの望みを聞かせておくれ」

そんなナハトの言葉に、アイシャは言う。

「助けたい人がいるんです」

ナハトはただアイシャの話を聞いた。

アイシャがどれほど苦しい思いをして、どれほど果敢に戦ったのか、その物語を聞いた。

「アイシャが辛かったとき、苦しかったとき、手を差し伸べてくれたんです。だから今度はアイシャが、イズナに手を伸ばしたいんです」

ナハトは笑う。

いつものように楽しげに。

「夢は終わる、それはもう確定事項だ。そうであるなら、少女は生きる理由を失ってしまうことだろう。孤独とはなかなかに抗いがたく、苦しいものだからな」

ナハトはアイシャの決意を尊重し、その背を押す。

「だから教えてやるといい。ぶつけてやると良い。アイシャの友達が幸運にも手に入れることができた、絆の大きさを」

「うぅ、そう言われると、あんまり自信はないですけど、でも——頑張ります」

覇気の乏しいアイシャの声は、それでも力強く響いていた。

暗闇の中に、赤と青の二つの色を降り注がせる、双子月の明かりが届く。

張り詰めるような静けさは、死を連想させる不気味ささえも含んでいるように感じられた。

夜に染まった街並みの中央に、エストールにおいて、最も優美かつ堅牢な王城が佇んでいた。

跳ね橋の先に、悠然と屹立する魔鋼の城門、その周辺には装飾に隠された複数の付与魔法が刻まれている。

そんな門のさらに先、幾つもの尖塔に城壁が連なった、王の居城へナハトが降り立った瞬間。存在感の中心が入れ替わった。

広大で、豪華絢爛を体現したかのような王城がただの背景と化し、夜空からの月明かりが照らすものがナハトだけになったかのように、世界の中心がナハトへと変わり果てる。

飛行系の魔法を妨害するような仕掛けはあったが、ナハトのように翼を持つ存在への警備は手薄だった。

お遊びのように配置されている対空トラップをかわし、巡回の兵の目を抜けて、ナハトはあっさりと城内への侵入を果たした。

廊下に出れば、柔らかな絨毯が敷かれた道と目を楽しませる調度がナハトを迎えた。

そんな平和すぎるお出迎えに思わず苦笑してしまう。

少なくともゲーム時代の城はこう優しくなかった。

侵入者を魔力の質で判別する罠は当然のように備えられていたし、芸術品で目を欺き毒牙を嗾ける仕掛けも当然のようにあった。

これでは、万が一を考えて、強く警戒していたナハトがバカみたいである。

実際、この侵入が危険な可能性はあったのだ。だが、侵入者であるナハトに何も仕掛けてこない以上、ナハトが警戒していた可能性はなくなった。

「拠点にするには、粗末すぎるな――」

それが率直なナハトの感想だった。

もしも、ここがナハトが想定していた可能性――ギルドの管理する城であったのなら、一人で侵入したナハトを嘲笑いながら排除に移ったことだろう。不法侵入を感知し、鳴り響く警報と共に、強制転移や守護者の津波に歓迎されること間違いなしだ。

もっとも、いるのは武装をした厳つい兵士たちだけで、随分と平和なものである。

すれ違う職務に忠実な兵士諸君には、少し夢の世界に行ってもらって、ゆっくりと奥へ向かった。

しばらく歩き続け、辿り着いたその場所で、一際荘厳な扉がナハトを迎える。

謁見の広間へと続く灰青色の重々しい扉にナハトは手を添えて、微かに力を伝える。細腕から、カンスト直前の基本パラメータに支えられる巨大な力が伝わり、ゆっくりと開かれた扉が振動する。

こぼれ出る暗闇、それを照らしている微かな光源に惹かれるように、ナハトは歩く。

磨き上げられた大理石の床に、薔薇のような絨毯が道を作っていた。装飾が成された円柱が立ち並び、一歩を踏みしめるたびに不可思議な空気の重さが伸しかかってくるようだった。

金があしらわれた高低差の少ない階段が積み上げられた壇上に、誰も座っていない空虚な玉座がぽつんと取り残され、その上部には獅子をモチーフにしたエストールの紋章が飾られている。

何を成したわけでもなく、ただそこに在るだけで価値を持つだろう空間だった。

だが、ナハトの視線はそこには向かない。

暗闇を微かに照らす豪奢なシャンデリアの光に紛れて、輝きを放つ何かがあった。

誰かが施した高度な幻術魔法で、巧妙に隠されてはいるが、ナハトの龍眼がそれを見逃すことはない。

紋章を刻まれた布地の裏に隠れるように、中空に浮かぶ球体。

その輝きだけでも十二分に幻想的だ。だが、それの本質は、輝きの中に映し出された映像にこそある。

オーロラのように移ろう光の奥には、散りゆく儚げな幻影としてかつての世界、その情景が流れていたのだ。

――それは、龍の住まう秘境であったり、死者の彷徨う古城だったり、玩具と人間が共に暮らす機械仕掛けの都だったり、古代に存在した魔導の王国であったり、不毛の地にある錬金術の都であったり、天空に浮かぶ都市であったり、海賊が蔓延る大海であったり、海底に沈む遺跡であったり、深雪に覆われた洞穴であったり、巨人の住まう霊峰であったり、天使が居座る天上の世界であったり、悪魔が墜ちた地の底であったり、外界との接触を禁じられた箱庭であったり、孤独に時を刻む塔の奥深くだったり、始まりを告げる広大な城砦都市であったり――

そして、それらの景色の終着点と言わんがばかりに、ほんの一瞬だけ――光を映す無色の城が映り込んだような気がした。

ナハトは哀愁さえ漂う儚げな笑みで、ただ小さな球体だけを凝視していた。

「はは――誰のものかは知らないが――ああ、随分と懐かしく感じるな――」

魔力を込めた腕で、幻術を払う。

歪んだ景色の先から現れた、久方ぶりに見る宝玉に、そっと手を伸ばそうとしたその瞬間。ドパンっ、と異世界に馴染まない音色が耳に触れた。

超音速で迫る弾丸をナハトはのんびりと見定めて、避けるか、迎撃するか、考えた末に手を翳した。

青い燐光を纏う彗星のような銃弾を、ナハトは自らの手に浮かべた暗闇の魔力でもって握りつぶした。

「パパのものに、気安く触れないでほしいな」

静かに威圧する幼い声が響き渡る。

声だけではない。

柱の陰から覗いたその姿も、まるで幼い子供のようだった。

クリクリとして愛らしい瞳が薄い明かりの中で映える。小さな背丈と同じくらい長い緋色の髪は思わず目を引く美しさがあった。

だが、発している気配の濃さはただの子供が持てるものではない。

呼吸を奪い、死を彷彿とさせる鋭い殺気を発しているそれが子供のはずがない。

それこそ、人をあっさりと凌駕した、化物が持つ気配と同じだ。

この世界で出会った中でも一、二を争う強者だ。火竜ではおそらく相手にもならない。あの、颶風竜、アルハザードと同格か、それ以上に強大な気配だった。

だが、それでも。

それでもナハトが脅威を感じ取るには幾分か足りない。

ナハトはゆっくりと小さな子供を見下ろして、わざとらしくため息をこぼすと口を開く。

「なんだ、迷子か――」

「まいごちがぁあああああああう！　あんたねぇー！　今、あたしを子供扱いしたよね！　したでしょ！」

「ふむ、お嬢ちゃん――お名前は言えるかな？　ママの場所はわかるかな？」

「またぁあああ！　子供扱いすーるーなー!!」

癇癪を起こしたかのように絶叫する幼女にナハトは笑う。

紺碧に染まるマント、露出の激しい薄闇の戦闘服、首から下げられた深紅のブローチ、そのいずれもがただならぬ威圧感を発する伝説級装備であるが、それ以上に目を引く装備を、その幼女は手にしていた。

「反逆の黒銃字(ブラッククロス)か――子供に持たせる玩具にしては、少々物騒だな」

見間違えることはない。

それはまさしく、古代級(エンシェント)装備なのだから。作り方が確立している量産品ではある、だからこそナハトも数度、その武器を見たことがある。

決して侮ることはできない最高ランクの装備であり、他の武器とは隔絶した力を秘めている。そして、目の前の幼女は、その武器を扱う資格を得ているのだ。

ナハトとて、まともに銃弾を浴びればあっさりと深手を負うことになるだろう。

「あんた、本当に何者？　なんでパパがくれた装備のことを知ってるのよ……ううん、それだけじゃない。あたしの妖精の隠れ家(フェアリーハイド)を見破るし、不意打ちもあっさり……ただ者じゃないのはわかってたけど……」

「ふむ、私の名はナハトだ――敬愛を込めてナハトちゃんと呼んでいいぞ？」

幼女の疑問の答えは至極単純な話だ。

幼女の隠蔽(ハイディング)よりも、ナハトの魂感知(ソウルサーチ)が勝(まさ)っていた、だから不意打ちのつもりの攻撃も十分に迎撃の態勢がとれた、それだけなのだ。

「エリン・アイレン・スカーレットよ。お姉さんとお呼びなさい」

宙に浮いて、ナハトを見下ろすように見るエリンがそう言う。

「ぷっ、く、くふふ、そ、その見た目で、お、お姉さん……ぷ、く、くく、仕方がない、わかったさ、エリンお姉さん、こ、これで満足か？」

「むっかぁー！　あんたは絶対泣かす！」

銃口を向けてくるエリンだが、それでもナハトは小ばかにしたように笑ってみせる。

「はぁー、面白い。だがまあ、あまり笑っているだけでは話が進まないな」

「覚えてなさいよ……！　一〇〇回殺すから」

「さて、エリン――」

本題とばかりにナハトは告げる。

「――私がお前に聞きたいことは一つだけだ――そこにある誓いの宝珠(ギルドオーブ)は誰のものだ？」

声が、墜ちる。

まるで、天から降り注ぐように。

その響きは、ナハトの圧倒的威圧と共に、重さとなって場を軋ませた。

誓いの宝珠(ギルドオーブ)。

ナハトは異世界喫茶(アウターカフェテリア)では一ギルインに過ぎず、ギルドマスターが管理する誓いの宝珠(ギルドオーブ)を持ってはいないし、持とうと思ったこともない。

煌々(こうこう)と存在を示す宝珠を見定めながら、ナハトは続ける。

「随分とふざけた使い方をしてくれるじゃないか――もしもこの世に持ち主がいれば、激怒していることだろう」

烈火の意思が込められたナハトの言葉。

だが、そんな言葉に対するエリンの反応は、あっさりとナハトの予想を裏切ることとなる。

「ぎ、ぎるどおーぶ？」

時がピタリと止まったかのような、一瞬の静寂。

目の前に立つエリンは心底意味がわからないとばかりに首を傾げていた。

「ま、まさかとは思うが――あれが何かを知らずに扱っていたのか……？」

「ぅぅう――勿論、知ってるし。あれだよね、そうあれ……七つ集めるとなんでも願い事が――」

「それ以上いけない！」

説明になっていない説明をし出すエリンをナハトは同情するように見た。

「ううう……だってパパがくれたものだし……寂しくなったらこれを使って、お父さんを思い浮かべるんだぞ、としか言われなかったし……実際使ったら昔のパパを見れたし……どんなものかなんてわかるわけないじゃん‼」

毒気を抜かれる、どころではない。

気を張っていなければすっ転げていたかもしれない、そんな脱力がナハトを襲った。

呆れに、呆れ、一周回って感心すらしそうになる。

だが、同時に何処か納得がいった。

確かにそれがどういうものかを理解できていれば、こんな使い方をしようとは思わないだろう。

いや、そもそも、これほどまで能力の制限が失われていたことに、持ち主も気がついていなかったのではないかとナハトは思う。

何せ、ナハトでさえ、ティナの言葉を手掛かりにするまで、考慮さえしなかったのだから。

「なるほどな……滑稽というべきか、それとも、愚かと罵るべきか――だがまあ、この茶番はそろそろ終わらせるがいい。お前の父もそれを望むだろう」

「どういうこと？」

「誓いの宝珠（ギルドオーブ）は元々は特別な力などないただの道具だ――その道具が持つ役割は、結成、管理、記録――この三つの機能をもってギルドを作り、治める。それだけのものだった――」

元々は、ギルドを結成するときに使うだけの道具だった。

だけど、そんな誓いの宝珠（ギルドオーブ）の力が増した。

もっと正確に言うなら、枷（かせ）が外れた。

ゲーム時代の常識は崩れ、解説文に記されているような文言がそのまま現実に反映されてしまったのだ。

ナハトはゲームでない現実を過小評価していた。

「今、お前たちが使用している機能――いや、お前が父に教えられていたという力の使い道こそが、記憶（メモリー）の領域（ゾーン）と呼ばれていた誓いの宝珠（ギルドオーブ）の力だ」

かつて、リアルワールドオンラインの世界では、ユーザーが使用するキャラクターの管理は化物染みた演算速度と容量を誇る運営の中央サーバーに依存していた。

プレイヤーが操る全てのキャラクターの行動は、情報（ログ）として保存がなされていたのだ。初めてのモンスター討伐やクエストの達成、フレンド登録やギルドの結成、レイドボスの討滅や結婚の瞬間、プレイヤーにとって思い出となる時間の全てを運営が保管していた。

だからこそ、それを引き出す手段が用意されていたのだ。

その一つが、ギルド結成による記憶の領域（メモリーゾーン）である。

ギルドに所属するプレイヤー、あるいはギルドマスターが登録し、許可を与えたプレイヤーは、指定した領域で、SS（スクリーンショット）や動画（ムービー）を媒体として過去の軌跡を切り出すことができた。ギルインが仲間内で思い出を共有することができたのだ。

その機能が実装されたときは、ナハトも感動したものである。

それは、次世代型の情報管理機構（データシステム）と言っていいだろう。かつてはプレイヤーが自分で撮影アプリを組み込んだり、動画撮影ソフトで記録したりして初めて思い出の保管が可能だったが、今では指定した領域でならば、運営から直接情報を引き出せるシステムが確立していたのだから。

思い出を振り返る『素敵な力』、それがこの街を覆っていたものの正体だ。

そう考えれば歯車は噛み合った。

最初、街に侵入したときにナハトだけが感じた強い違和感。

その正体はおそらく、ギルド領域に侵入する際に発せられる警告だったのだろう。ギルドに所属するナハトは他のギルドが管理する領域に侵入する際に警告を受け取った。

ゲーム時代であれば、この先は何々ギルドの管理する領域です、侵入しますか？　というシステムメッセージが表示されていたが、現実はそこまで親切ではなく、強い警告を発したに過ぎなかった。

記憶の領域（メモリーゾーン）はギルドの支配領域に付随する能力である。

故に、その力を発揮させるためには、エストールの都、ユートフィアを支配領域として誓いの宝珠（ギルドオーブ）に登録する必要がある。方法は二つ、一つはその地を征服し支配すること、もう一つは現在の支配者が領地を献上すること、選んだのは後者だろう。王の妻を蘇らせると嘯（うそぶ）いて、ユートフィアを誓いの宝珠（ギルドオーブ）が管理する支配領域に含めたことが、夢の始まりだったのだろう。

だから、ナハトは真っすぐと、王のいそうな場所へと足を運んだ。

「問題は、誓いの宝珠（ギルドオーブ）の力が無差別に発揮されてしまったこと、か――もっとも、その本質は何も変わっていないようだが」

変わったのは効果の対象と、媒介の拡張、それだけだ。

かつてナハトが画像や動画を通して過去の思い出を振り返ったように、人々はアナリシアの作った人形を通して過去の思い出を見ていたのだ。対象制限が解放され、領域にいる人間は誰であっても強く望めば人形が過去を映したのである。

だから、それは嫌悪すべきものではなかった。

ただ、その扱い方に納得がいかなかっただけで、アイシャを責めるべきことは何一つとしてなかったのだ。

「──土下座ものだな」

ナハトは己の恥ずべき行動を反省し、そう言う。

「その力は本来、大切な仲間のためにあるものだ──お前の父親はお前が大切だったからこそ、誓い(ギルドオーブ)の宝珠を託したのではないのか？」

寂しい思いをさせることがわかっていたからこそ、過去を振り返る力を娘に渡したのではないかとナハトは思う。

何せ、本来の用途をまるで伝えぬまま、家族の手にそれを渡したのだから。

「……さあ？　どうなんだろうね──パパはあれでけっこーてきとーな性格してたしね──でも私は過去の想(おも)いよりも今を生きているかもしれない家族を優先しようと思うし、そこに後悔はないよ──ま、肝心のリノアちゃんは見つかんなかったし、やっかいなのに目をつけられたし、そろそろ引き際なのかなー」

葛藤するような声色のエリンにナハトは思わず反応する。

「リノア、だと……？　それは、赤髪で一本角の生意気ちっぱいのことか？」

「あら？　リノアちゃんを知ってるの？　あの子、私の姪(めい)っ子なのよ──魔眼の力ならあの子を封印から安全に解放できるって言うから、誓い(ギルドオーブ)の宝珠を貸してあげたんだけど。でも、発見も遅かったし、結局封印は解除されてたし、あーもう、イライラする」

「………それはすまないことをしたな」

盛大に目ざめの魔法を唱えてしまったナハトは思わずそう呟く。

冷静に考えてみれば、これほどの装備を持つエリンの父と、リアルワールドオンラインの装備を持っていたリノアの祖父が同一人物の可能性は十分にあったのだ。

「だが、お前はあまり魔族には見えないな──」

「ま、あたしはパパよりママのほうの血が濃いみたいだからね。それよりさ、リノアちゃんは元気だった？」

「元気すぎて即戦争だと生き急いでいたな、少しばかりお仕置きしておいたが、姪の教育くらいちゃんとすべきだぞ」

「いやはや〜、面目ないですな〜。でも、あの頃はみんな忙しくて、あんまり構ってあげられなくて——ってこれも言い訳だよね……」

ナハトは天井で輝く誓いの宝珠(ギルドオーブ)を見上げて、言う。

「つまりこれは、お前の父でありリノアの祖父であるレンジ・シノハラの所有するものだったのだな？」

「え、うん、そうだけど」

「そうか——」

ナハトは何処か嬉しそうにそう言うと、跳躍し、一瞬で誓いの宝珠(ギルドオーブ)を手に収めた。

「っ！　か、返しなさいよ！」

二丁の拳銃が、ナハトの心臓へと向けられる。

冷たい空気が銃口から漏れ出て、死の気配が辺りに満ちる。

「まあ、待て、少し確かめたいだけだ」

ゲーム時代、種族が魔族でギルドマスターを務めていた人間は、ナハトが知る限りでは二人しかいない。

そのうちの一人は、ナハトのよく知る人物なのだ。

だから、確かめずにはいられない。

ナハトは誓いの宝珠(ギルドオーブ)に触れ、結成されたギルドの名を見る。ギルドマスターでも、ギルインでもないナハトにできることは、公開されている情報を見ることだけ。

だけれど、それで十分だった。

「は、はははは、あはははははは――そうか！　そうだったのか！　これも、巡り合わせというやつか――」

ナハトは慈しみに満ちた瞳でエリンを見る。

「な、なによ――」

「レンジ・シノハラ――いや、悪堕（あくお）ち大天使という名前の人を知っているか？」

「なにその恥ずかしペンネームみたいなの……人名じゃないでしょ、絶対……」

残念だが、それこそが彼女の父の名前である。

ギルド――虹の架け橋。

そのギルドマスター、悪堕ち大天使は、ナハトのキャラクターデザインをしてくれた、もう一人の父親だった。

ナハトが所属するギルド、異世界喫茶（アウターカフェテリア）のメンバーは意外に、と言えば失礼だがリアルが充実、というより、リアルに追われる者が多かった。

現実（リアル）が忙しいからクリスマスイベントに参加できない、と嘆く声をよく聞いたものである。

だから、クリスマスに一日中パソコンと睨めっこしている寂しい者もあまりいない。

無論、机の隅でぽつんと座っているような一大学生の徹は特に予定などなく、喜々として画面に向かっていたのだけれど。

「だー！　どいつもこいつも、ギルド長（おれ）の命令無視してインしないとか、全員追放するぞ、こん畜生め！」

「まあまあ、そう嘆かないでくださいよ――嫁は画面の向こう側にしかいないんじゃなかったんですか？」

「男に二言はない！　だがよう、ナハトちゃん。俺らがイベントボスで遊んでる間、現実(むこう)ではあいつらが聖夜にずっこんばっこんしてやがるって思うと、どうしても、な…………」

燃えるように煌めく深紅の髪が何処か寂しそうに揺れた。

「はぁー、もうあれだ、ナハトちゃんとデートしてるとでも思わねーとやってらんねーよ、俺は」

「親衛隊みたいなこと言わないでくださいよ……そういうのはスイッチ入れてるときにお願いします……」

少なくとも地声でボイスチャットしているときに、その台詞はいただけない。

「ううう――くっそ、新しい嫁描いてやる――完成したら、サブキャラにしてやる――」

雪に覆われた一本杉の広間にて、ぞろぞろと人が集まって、ナハトのアバターが気を紛らわせるように深く笑んだ。

「応援してます――でもその前に、一狩りしましょう。募集かけてたんで、人も集まってきましたし――」

「ちっくしょー！　リア充爆発しやがれー！」

そんな雄叫びが、拡声器に乗せられて響き渡ったのは、今では遠い遠い過去の話だ。


魔族は育成がとてつもなく難しい種族だった。

基本的にＮ　Ｐ　Ｃ(ノンプレイヤーキャラクター)である多種族の敵という立ち位置にあったため、挑戦する者は多いが道半ばで倒れる者も多かったのだ。

実際、徹の記憶でも育成途中で二度、魔族だったメインキャラを失っている。

それでも、三度目の正直に挑めたのは、古きギルインたちの協力があったからこそだろう。

だから、種族として魔族を選択した者は少なく、魔族かつギルドマスターを務めていた者はさらに少ない。

ナハトが知る限りでは、それは二人しかいない。

尚且つ、性別が男である者はたった一人だけ。

ギルド、《虹の架け橋》はイラスト系にめっぽう強い人間が集まった集団だった。アニメーターや漫画家、同人作家など、日本文化の見本市のような集団である。

纏め役の悪堕ち大天使さんは、プロのイラストレーターであった。

縁があってフレンドだった彼に、徹はメインキャラを育成した経験を語り、その育成にアドバイスをしていた。

そのお礼として、徹がナハトを作るとき、キャラクターデザインを描いてくれた人でもある。

言わば、ナハトの生みの親といっても過言ではない。

彼の美麗な絵を元に、資金をつぎ込み再現した芸術こそがナハトだ。

（まあ、キャラ名は使えないですよね――悪堕ち大天使って……）

何処となく、彼の面影を感じる緋色の髪と橙色の瞳――その勝気な目元が微かに似ているなと思ってしまう。

（しかし、何が嫁は画面の向こうにしかいない、ですか――しっかり、リア充しているじゃないか――）

銃口を向けてくる物騒な幼女をナハトは見る。

「悪いな、どうやらお前をお姉さん、と呼ぶことはできないようだ」

むしろそれは、ナハトに向けられるべき言葉だから。

「どういうことよ――って、ちょ、何してるのよ！」

ナハトは大天使さんのものである誓い(ギルドオーブ)の宝珠を自らの保有空間にしまう。

これで、一時的に所有者がナハトに移り、記憶の領域(メモリーゾーン)も解除されたことだろう。

「迷惑料としていただこう、と言いたいところだが——私は心優しいからな、アイシャの戦いももうしばらく時間がかかるだろうし、ここは一つ、暇つぶしにゲームをしようじゃないか、エリンよ。無論ハンデはやるぞ、もしもお前が一撃でも私に攻撃を当てることができたならば、誓い(ギルドオーブ)の宝珠は返してやろう」

そう、条件を突きつける。

異論も反論も許さないと言わんがばかりに。

「このあたしを前に随分と大きな態度を取ってくれるじゃない。これでもあたし、パパ以外との勝負に負けたことって——一度もないのよ？」

戦闘態勢を取った幼女の体から濃密な魔力がこぼれた。それはやがて緋色の髪に集い眩(まばゆ)い燐光を発する。

「さあ、かかってくるがいい——あの人が残したものの力を私にも見せてくれ——」

ナハトの宣告と共に、響き渡る銃声が二つ。

黒の銃口が赤く染まり、撃ち出された炎を纏う二つの弾丸。

回避することは簡単だが、ここは室内で、とばっちりを受けた高級そうな絨毯が既に燃えかかっている。

「——室内で火遊びをしちゃいけませんと、教わらなかったのか？」

ナハトの意を受けた魔力が水の竜を象ると、二つの弾丸を飲み込む。溢れんばかりの蒸気が立ち昇り、熱気と共に攻撃が相殺される。

(双銃士(デュアルガンナー)——それも、どちらかといえば魔法寄りの構築か)

小手調べの攻撃から、ナハトはエリンの力を分析する。

「あら、子供のお遊びは見逃されてしかるべきじゃない？」

都合のいいときだけ子供のふりをするエリンにナハトは笑う。

「どれ、場所を変えるか――竜魔法（ドラゴンマジック）――死を運ぶ風竜（ブラストエアリアル）」

吹き抜ける暴風。

膨大な魔力が込められたナハトの魔法は、あっさりとエリンを飲み込み、王城の屋根をぶち抜いて空へと上げる。

風の中でもみくちゃにされるエリンはそれでもナハトに照準を定め、引き金を引いた。幾度となく銃声が響き、反撃の銃弾が迫る。

今度はあまり周りに被害が出そうにないので、迫る無数の銃弾を空中に飛び上がり避ける。空を切った銃弾が、大理石の床を粉々に砕くが、ナハトも古代級（エンシェント）装備である反逆の黒銃字（ブラッククロス）から放たれた高威力の攻撃を相殺するのは面倒なのだ。ちょっと、謁見の間が使い物にならなくなったくらいの被害は、目を瞑ってもらおう。

お互い、天井を破って空に抜けると、雲に届くほど空に昇る。

ナハトは龍の翼を、エリンは虹色に輝く妖精の翼を広げ、そんな空に佇んだ。

周りに遠慮する必要がなくなって初めて、怪物たちの戦いは幕を開ける。

「全力でいくわよ？　死んでも知らないからね――銃弾装填（ロードカートリッジ）、星の流弾（スターバレット）、ふぁいあ！」

舌足らずな声と共に、夜空を光の群れが埋め尽くした。

差し迫る光の奔流――その全てが実弾であった。

最早、爆音のように聞こえる銃声。

一度音が轟（とどろ）いたかと思えば、後ろから、後ろから、迫るように音が重なり、紅い光芒（こうぼう）を纏った銃弾がナハトへと襲いかかる。

シューティングゲームも真っ青な弾幕に、ナハトは喜々として飛び込んだ。翼に込めた魔力を解放し、昏い光を引くナハトの姿が消え、残像だけを銃弾が貫く。

「っ！　Ｇみたいにちょろちょろと！」

この世界にもあの黒い悪魔は存在するのか、と関心を抱いたのも束の間。

ナハトの速度を見くびっていたであろうエリンがさらなる技能(スキル)を起動する。

「――銃弾換装(コンバート)、紫電弾(ライトニングバレット)――」

光が収まり、銃身がはっきりと瞳に映る。

ナハトの瞳はコンマ秒以下の世界を知覚し、エリンの小さな指を捉える。

「――ふぁいあ！」

指が引き金を引いた瞬間、ナハトは上体を捻る。

未来予測にも似た回避、閃光のような銃弾が一瞬で空に昇った。

「――嘘っ！　再装塡(リロード)、一斉射撃(フルファイア)!!」

稲妻が如く、駆け抜ける閃光。

まるで嵐の中にいるかのように、幾度となく銃口は火を噴いた。

最初の攻撃は数による攻め、二回目は銃弾の速度を上げた質による攻め、そして今は、その両方といったところだろう。

ナハトは飛来する銃弾ではなく、エリンの動きを見て、予測して、誘導して、回避する。

訓練と称し、密閉された空間で、近接職(なかまたち)の理不尽な攻撃に晒されてきたナハトにとって、ちょっと速いだけの弾をかわすことは造作もない。

「――――透走龍――――」

技能（スキル）の発動を示す燐光が浮かび、ナハトの姿がブレて、消える。

「っ！　はぁ？　分身っ⁉」

実際はただの残像だ。

ただでさえ敏捷値（びんしょうち）が振りきっているナハトが技能補助（スキルアシスト）を受け、加速すれば、エリンの知覚を振りきるのは当然である。

「ならっ！　妖精王の導き（フェアリールート）」

聞き覚えのない技能（スキル）の発露。

だが、迷いなく銃口を向けてきたエリンの動きを見れば凡その見当はつく。

霞むようにナハトが移動したその先に、待ち構えるように銃口があった。きっと、彼女にはナハトが何処に動こうとしているのかがわかったのだ。さっきのは未来予知系統の技能（スキル）なのだろう。

待ち構えていた、と言わんがばかりにエリンの口角が釣り上がる。それは勝利を確信した者の笑みだった。

「不足な六つの魔弾の射手（フライシュッツ）――銃身展開（バレル）――」

エリンの背後に、意思を持って蠢く緋色の銃が乱立した。

身の丈に及ぶ六つの銃口が、全てナハトの命を狙う。

「――装填（ロード）、破滅の魔弾（ルインバレット）――ファイアっ！」

反逆の黒銃字（ブラッククロス）の引き金を引くと同時。揺らぐ六つの銃口から銃弾と言うより砲弾と言ったほうが正しいだろう魔弾が撃ち出された。

撃ち出された弾丸には、古代級（エンシェント）装備が持つ、唯一無二の力――必中が付与されている。

つまり、一度放たれれば、その弾丸は必ず当たる。ゲーム時代はシステムの都合なのか、獲物と正反対を向いてあらぬ方向へ撃っても、弾丸は空間を移動したかのように目標へと命中した。空に逃げようと、地中に逃げようと、水中に逃げようと、マップを移動し、大陸の彼方へ逃げようとも、その勢いは決して衰えることがない。

それは、まさに不可避の弾丸だった。

ナハトが世界の最果てに逃げようとも、それは追ってくるだろう。

それ故に、彼女は笑みをもって勝利を噛み締める。なにせ、勝利条件はナハトに一撃攻撃を当てればいいだけなのだから。

ああ、だけれど――それだけで決着がつくと思われているのだとすれば、

「随分と侮られたものだ――」

彼女は一つ忘れているのではないだろうか。

ナハトがエリンの持つ装備――反逆の黒銃字(ブラッククロス)の名前を知っていたという事実を。当然、その能力も知られているとエリンは考えるべきなのだ。

未知であれば、ナハトの不意はつける。かつて、格下であった桜(さくら)がナハトの不意をつけたように。

だが、既知であれば、幾らでも対応する手段は存在するのだ。

「――千龍の契り――」

ナハトが歌うように言葉を紡ぐ。

その言霊は、絶対だ。

重く、強い、響きをもって、ナハトは告げる。

反撃の魔法に――

「――貫け、魔法強化(ブーステッド)、竜魔法(ドラゴンマジック)――収束する光竜(アトミックレイ)」

ナハトの手のひらに、小さな竜が乗る。

そんな竜が翼を軽く動かしたかと思った、次の瞬間。

消えた。

手のひらの竜は一筋の光となって走り抜けていた。

音はない。派手な演出も存在しない。

彼は、恥ずかしがりやなのだ。

だから、誰の目にも映らない。残ったものは、幾重にも交差した光の残滓だけだった。

だが、確かに閃光が迫りくる魔弾を貫いて、破砕していた。

「はっ……？　なっ……うそぉん………」

「必中は絶対に当たる――回避は確かに不可能だろうな――だが、打ち出す銃弾が少々温いな――あっさりと、相殺できる」

粉々に砕け散った銃弾の欠片が、執念を見せるように宵闇の抱擁(ナイトブレス)のフリルに汚れをつけた。

ナハトはそれを手で払って、傲慢に告げる。

「さあ、時間はまだまだあるさ――続きといこうか、エリンよ」

「………」

苦しげな沈黙だ。

その表情は、月を覆うような曇り空。

きっと、街中でラスボスに出会ってしまった憐(あわ)れな勇者はこんな顔をするのではないか、などとナハトは他人事のように思うのだった。

第六章 友達の意味

王城を守護するように立ち並ぶ豪華絢爛な建造物の群れ、そんなシャロンの貴族街に手入れの行き届いた広大な庭園が広がる貴族の邸宅があった。

そんな、邸宅の正門に、斬線が走る。

重く、優美な金属の門が、盛大に切り裂かれ、崩れ落ちる。

そんな中で、こつん、と。

たった一歩を踏み締める足音がいつになく強く、響き渡った。

「来たのね——いらっしゃいとは言わないけれど、待っていたわ、とでも言っておこうかしら」

歓迎、と言うにはあまりにも億劫そうな声が響く。

その口調は何処か高飛車で、アナリシアはもう優しげなお姉さんの演技をやめていた。

「イズナは、何処ですか——」

「せっかちね。急(せ)く女は嫌われるのよ？」

アイシャの威圧を軽く受け流したアナリシアが言う。

「それにしても、面白い組み合わせね。貴女が無事に生きていることには素直に驚かされたわ、ティナ——私が壊す以前に、貴女に植えつけた傀儡(くぐつ)の心臓は砕け散ったはずなのに、いったいどういう手品かしら？」

穏やかそうに話してはいるが、やはり不機嫌なのか彼女の表情は何処か苛烈だ。

だが、むしろ文句を言いたいのはティナのほうだった。

怒気とも、悲哀ともとれそうな複雑な表情をしたティナは、肩を落としながら言う。

「ぅぅう…………貴女のせいで、私は一生ナハトさんの奴隷なんですよ…………白金貨三〇〇枚なんて、絶対払えないです……ぅぅ、ぐすん……」

涙目でそう語るティナの言葉の意味をアナリシアは理解できていないのか、きょとんとして首を傾げる。

ティナの身に何があったのか、どうしてアイシャと共に行動しているのか。

それは、ほんの少し前の出来事であった――


「さて、私はこの夢を終わらしに行くが、アイシャは友人の家に行く――別行動になってしまうな」

心底残念そうにナハトが言う。

「はい……少し寂しいですけど、でもアイシャはイズナを助けないとですから――あの人の傍にだけはいちゃダメなんです」

「そうか――」

そう言ったナハトの表情が微かに陰るのがアイシャにはわかった。

だが、それはほんの少しの間だけ。

すぐにアイシャに向かって優しげに微笑むナハトがそこにいた。

「――では、まずは私の奴隷の元へ行こうか」

「ど、奴隷なのですか――ま、まさか！　アイシャがいない間にナハト様が性どれ――ぁう…………」

よからぬことを想像したアイシャのおでこをナハトが小突く。

「そんなわけないだろう、まあ――奴隷のようなものか――なかなかに便利だぞ」

そう言ったナハトに案内された場所は、教会だった。

竜の紋章が刻まれた大きな教会は、何処となくナハトに似合っていた。

そこはアイシャと別れていた間、ナハトが過ごしていた場所であった。

「あ、ナハトちゃんだ！　おかえりなさい！」

「おかえりなさい！」

「ナハトちゃんあそぼー！」

口々に嬉しそうにナハトを迎える子供たちがそこにはいた。

手を引いたり、飛びついたり、果ては抱きついたりする子供もいる。

アイシャは露骨に口を尖らせる。

アイシャでさえ、ナハトに対してそんなに気さくに振る舞えないのに、失礼な奴めと一瞬思って、ずるいなーと後から思う。

「はは、まあ待て——ティナはいるか？」

「おねえちゃん？　うん、れーはいどーにいると思うよー」

「そうか、いい子だ——」

ナハトがそう言って子供の頭を軽く撫でた。

「ナハトちゃん、そっちのこどもは？　新しいおなかま？」

「むー！　アイシャは子供じゃないです！　これでも、ナハト様の従者なんですから！」

確かに、目の前の子供たちとアイシャとでは、大して背丈は変わらないが、アイシャはこれでも、もうすぐ二〇歳の大人なのだ。

断じて、子供ではないのである。

「子供じゅうしゃ？」

「ちっちゃい従者」

「ちっぱいじゅうしゃー！」

「こ、子供じゃないです！　あと最後の、喧嘩売ってるんですかー！」

「従者おこったー！」

「にげろー！」

「上等です！　大人の恐ろしさを――ふぇ、あれ、ナハト様？」

ナハトに手を引かれ、アイシャの動きがピタリと止まる。

「アイシャは私の大切なパートナーだ。アイシャちゃんと呼んでやるといい」

そんなナハトの言葉に、アイシャは歓喜して、照れくさくなって、でもやっぱり嬉しくて微笑んだ。

「さて、私たちはティナと会ってくる。その間は人形(ゴーレム)たちとでも遊んでいると良い――」

そうナハトが言うと、集まっていた子供たちは散り散りになって去っていった。

「ゴーレム、ですか……」

アイシャも気にはなっていたことだ。

この孤児院には何故か全身甲冑の護衛が立っていたり、子供と遊ぶメイドがいたり、知識を教える先生がいたり、剣術を教える指南役がいたりと、それはもう、明らかに教会に付設された孤児院の領域を超えたものがあった。

それらが楽しそうに子供たちと遊んでいて、かなり不自然に見えてしまった。

でも、すぐに予想はつく。

敬愛する主がここに住み着いているのだから、常識など二秒で吹っ飛ぶであろうことは、それはもう容易に想像できたのだ。

「アイシャを待っている間、少し時間があったからな——私も少し、人形遊びに洒落込んだのさ。今ではすっかり子供たちの遊び相手だ。まあ、このナハトと共に過ごした子供だからな、将来は大成してもらわなければなるまい——」

と、自信満々に言うナハトを見て、アイシャも笑う。

(ああ、やっぱり——ナハト様はナハト様だな)

気まぐれに大きな優しさを残す主を敬愛した目でアイシャは見ていた。

そこでアイシャは考えてしまう。

どうしても、考えてしまうのだ。

不幸に囚われ、縛りつけられたイズナが、あの女ではなくナハトに出会っていれば、きっとアイシャのように救われていたのではないか——と。

「あ、ナハトさんお帰りなさい」

そうこうしているうちに礼拝堂へと辿り着き、自然とナハトを出迎えた女性が一人。

修道服を着込むそんな女性はアイシャよりもかなり大人の魅力を秘めた美少女だった。主にその胸部において。

そんな愛らしくも大人びたティナを見て、アイシャはどうしようもなく不安に駆られる。

「……な、ナハト様——アイシャはもう、お役御免、なのですか……?」

気がつけばそんなことを言っていた。

勝ち目がないのだ。

特に胸部において。

それに、アイシャのセンサーが言っている。あの胸部は、まだまだ成長中であると。

「――――は？」

「だって、そこにいるティナさんは！　ナハト様の、せ、性奴隷で、アイシャはまだなんのご奉仕もしてませんし――」

「「――――はい？」」

ナハトとティナの声が重なる。

「な、な、な、何を言っているんですか、この子は⁉」

「ううう――こんなのあんまりです……ちょっと離れていた間に泥棒猫が……その乳半分よこせです……」

アイシャの暴走は止まらない。

僅かとはいえ、離れていた時間はアイシャを不安にさせるには十分すぎたのだ。まして、ナハトと仲良く会話する美少女がいれば、猶更アイシャは不安に駆られてしまった。

「違うぞ、アイシャ――奴隷という言い方が悪かったな――まあ、なんだ、ただの知り合いだ」

「酷いですよ、ナハトさん！　私にあんなことまでしておいて！」

ティナは決して悪意でそう言ったのではないだろうが、その発言がアイシャをさらに暴走させる。

まさに、火に油だった。

「あんなこと⁉　ナハト様、いったい何をしたんですか⁉」

「だから違うと言っている――ティナ、お前も少しは言い方を考えろ――はぁ――」

ナハトは一つため息をこぼすと、勘違いを重ねるアイシャに全てを話してくれた。

それは、ティナの身の上であり、彼女との出会いであり、二人が襲撃を受けたときの話だった。

「かはっ……なんで………！」

戸惑いをこぼすティナの心臓をナハトの手が深々と抉った。

突き抜けた純白の腕が、紅く鮮血に染まっていた。

ナハトが胸を貫いたせいかティナはそれ以上うまく言葉を発することができないようだった。

だが、ナハトの手は止まらない。

貫いた右腕で、機械仕掛けの心臓を引き抜いた。

「かふっ………！」

喀血（かっけつ）したティナの返り血を浴びながら、ナハトはすぐにストレージから回復薬（ポーション）を取り出した。

それはただの回復薬（ポーション）ではない。

共有ストレージから取り出したのはナハトの持つ回復手段の中でも最上位に位置する秘薬、特級ポーションである。

常にストック数百をキープしていたそれは、かつてレイドボスやイベントの際に使用していた課金アイテムである。

リアルワールドオンラインにおいて、回復アイテムの連続使用はできない仕様となっていた。無限回復を防ぐために服用には待機時間（クールタイム）が設けられているので普通のプレイヤーは持っていても一つか二つ、それこそ非常事態に使うものだ。

それを、彼女の傷口に振りかける。

効果は一瞬にして発揮された。

傷口に水滴が触れた瞬間。淡く、優しげな光が傷をなくした。

それはまるで時間が巻き戻ったかのように、傷口の一つさえ残さず完璧に、ティナの傷を癒してみせた。

変化は表層だけでない。

苦しげだった呼吸は不思議なくらい穏やかになり、体の異常という異常が消えていた。失った血さえ元に戻ったのか、血色がよくなったティナが茫然としている。

そして何より、失われていたはずの心臓が、再生していた。

再び、どくん、と律動を刻む音色を聴いてなのか、ティナが理解できないとばかりにナハトを見ていた。

「いったい……何が…………」

「ふむ、こちらの世界での効果を確かめる意味もあったが――問題なく、部位欠損も修復されたな」

「……あはは……実験台ですか、私は……」

まだ夢見心地なのか、ティナは何処か焦点の定まらない瞳でナハトを見ていた。

この世界のどんな治癒魔法でも、失った心臓を復元できるものなど存在しない。

心臓に受けた致命傷であれば、その場で高位司祭の回復魔法を施せば可能性はあるだろうが、彼女が心臓を失ったのは先月のことだ。なのに、ティナの胸には再び律動を刻む心臓がある。

それは回復というより、回帰なような気がして、動転するのも無理はない。

ナハトは仕方なく彼女に現実を告げる。

「さて、ティナよ。ついでにお前を助けてみたが――うまくいったところでさっそく、価格設定といこうか」

「へ……？」

戸惑うティナにナハトはにっこりと笑いかける。

「私はお前を助けるために、非常に貴重で、もう二度と手に入らないだろう秘薬を使ったのだ。教会の巫女ともあろうものが、まさか私の薬をタダでもらおうとは考えていないよな?」

嘘は言っていない。

かつては一個三〇〇円だったが、今はあり得ないほど貴重であり、もう二度と手に入らない。

あと九九個ほど持っているが、二度と手に入らないのである。

「……う……え、でも、お願い――」

「お前の願いは魔族を退け街をあるべき姿に戻し、戦争を止めること、だろう?」

白々しくナハトは言う。

そんなナハトの笑みにティナは気圧されていた。

「うぅ……はい……でも……あの、あんまりお金は……」

「まあ、今回は私の独断ということもある。だから勿論、値引きはしてやろう」

少しだけ希望が湧くような発言にティナが生唾を飲み込んだ。

「確かかつて王国で取引された回復薬(ポーション)が白金貨三〇〇枚で売却されていたという記録があったな――それは万病を癒すとされ、訓練の最中に不慮の事故で死に瀕した王子の傷を瞬く間に癒してしまったとか――無論、私の回復薬(ポーション)のほうが効果は上だが、そこは目を瞑ろうじゃないか」

ちなみに、金貨二枚というのが騎士に取り立てられた者の平均年収と言っていい。教会から支給される巫女の給金も少し色がつく程度で大差はない。もっとも、ティナはほぼ何もせずに竜の巫女という立場だけで与えられているので、また冒険者として活動すればその数倍は稼げるだろう。

そして、白金貨一枚は金貨一〇枚分の価値がある。三〇年もあれば十分に返済できる価格だ。

「白金貨、さん、びゃく、まい…………かふ……」

健康になったはずのティナが何故か再び喀血して倒れ込んだ。

口から魂が抜け出ているような有様のティナを見てナハトが言う。

「なに、案ずることはないぞ。金がないなら働いて返せばいい、それだけなのだから」

悪魔に魂を抜かれたかのように、真っ白になるティナに向けて、ナハトは楽しげに笑うのだった。


「――と、いうわけで、ティナは白金貨三〇〇枚分働く私の借金奴隷というわけだ」

「わ、私は、なんて早とちりを……」

恥ずかしそうに俯くアイシャにナハトは笑む。

「うぅ……じ、人体実験は嫌です……」

怯えるように俯くティナ。だが、アイシャは安堵したように笑う。

「大丈夫です！　ナハト様は心の広いお方ですので」

それはアイシャの本音だった。

実際、ナハトにとって白金貨など色のついた金属程度の認識しかないのだろうと、そう思うのだ。

だから、ティナの借金はあくまでナハトのお願いを聞いてもらいやすくするためのものでしかないと思う。

だが、全く不安がないと言えばウソになる。

アイシャの不安、それは――

「――ナハト様に体で返済などと考える泥棒猫なら……うふふふふ……」

「あ、あり得ませんよぉ。そ、その女の子同士でなんて――！」

「なら、何も問題ありません」

アイシャはそれっきり、にこやかにティナと接することができていた。

「まあ、私は特に金銭を必要としないからな。私に支払うくらいなら、子供たちに美味いものを食わせるほうがよっぽど価値がある。だから、ティナにはその分働いてもらおう。まずはアイシャを友達の所まで案内してもらおうか」

一度襲撃して、破れ、飼われていたティナは当然黒幕の屋敷を知っている。

ナハトが別行動をするからこそ、アイシャの補助にティナを紹介してくれたのだ。

「それは、まあ、はい。任せてください！」

気合を入れるティナは剣を帯び、鎧を纏おうとしていたが、ナハトがそんなティナを訝しげに見ていた。

「お前の役目は案内だぞ、ティナ」

「へ？　え、でも、魔族の屋敷に攻め入るんですよね？」

「いいや、アイシャが友達に会いに行くだけだが？」

ずっこけるティナをナハトが不思議そうに見る。

「まあ、どっちにしろお前が大変なのは全てが終わった後からだろう」

一人納得するナハトが頷くが、ティナもアイシャもよくわかっておらず、首を傾げる。

「――さて、では私はそろそろ行くとしよう――頑張るんだぞ、アイシャ」

――そうして二人は、この場にいた。

導かれるように。

手を引かれるように。

「イズナは何処ですか？」

「はぁ――貴女がいると、ゆっくりお話もできないわね――奥の部屋にいるわ、好きにしていいわよ」

拍子抜けするほどあっさりと、アナリシアは道を譲った。

アイシャはそんなアナリシアの言葉に戸惑った。

イズナにアイシャを近づけまいと殺傷までしようとしたアナリシアの態度が、急に変わっていたからだ。

「貴女に手を出すほど無謀じゃないの――だから好きになさい。あの子が貴女と共にいたいというならそれも止めないわ――」

アイシャを酷く警戒しながら、アナリシアは言う。

「――あ、それとももう一つ――あの子が貴女についていくようなら、一言だけ伝えなさい――」

アナリシアは感情の籠もらない声でアイシャに告げる。

「――――さい、とね」

発せられたその言葉にアイシャは驚愕し、頷いた。

アイシャが広間へと走り抜けていった後に、アナリシアはティナを見つめた。

「うまくいかないものね――いえ、うまくはいってたけど、対処できない化物の介入だし、どうしようもないか」

知っていても、対応できない。

そんな悲哀の籠もる声でアナリシアは言った。

「でもまだ一応修正はできる――協力してくれないかしら、火竜の巫女ティナ。貴女もこの国が大切なのでしょう？」

冷たい空気が足元から這い上がってきたかのようだった。

ティナは今更のように何かを語りかけてくる魔族——アナリシアを油断なく見据え、腰溜めにいつでも抜剣が可能なように構えた上で口を開いた。

「ど、どういうことですか？」

そんなティナの言葉に、アナリシアは露骨なため息を吐き出す。

「ほんと人間ってバカね、少しは自分で考えたら？　理由のない正義が存在しないように、意味のない悪なんて私が知る限り存在しないのよ」

ティナの言葉を心底バカにしたようにアナリシアが言った。

「私は貴女という道具が欲しかった——正確には貴女の肩書きがね、火竜の巫女さん」

ティナは向かい合ってみて、毒気を抜かれるような気分になった。

アナリシアはお茶会にでも参加しているような口ぶりでティナに語りかけてくるのだから。

「でも失敗しちゃった——支配の呪いは通じない、命を対価にしても応じてくれない——なら最後は誠意をもってお願いしましょう」

順序が逆だ、逆、と言いたくなってグッと堪える。

代わりに胸に押し寄せた不満をぶつけた。

「今更何を——！　貴女が今まで何をしてきたのかわかっているのですか⁉」

責めたてるようなティナの物言いに不機嫌そうにアナリシアは視線を寄越した。

「何をしたか、ね——強いて言うなら趣味と実益を満たそうとした、かしら——じゃあ逆に聞くわ、ティナ——貴女は一体何をしたのかしら——エストールが誇る火竜の巫女さん、貴女は大好きだって言うこのちんけな国のために、何をしてくれたのかしら」

語りかけるようにゆっくりと。

言葉が静かに場を埋める。

「それは………」

「はぁ、まあいいわ――それはそうと、貴女、小さい頃教わらなかったかしら？　物は大切にしなさいって
――」

何を言わんとしているのか理解できずに、ティナが口を噤む。

「――私はあるわ。というより、私が幼少期に受けた言葉の中で価値のあったものはそれだけ。ねぇ、知ってるかしら――この世の生物は生まれたそのときから常に闘争の中にいるの」

彼女の元に、二つの人形が降り立った。

中年に差しかかった男性は、老いなど全く感じさせない壮健さを見せつけるかのように屹立し、その傍に淡い金糸の髪を携えた女性が寄り添う。

「これはね、私の父と母だったものよ――今はもう、ただのお人形だけどね」

「ッ――！　貴女は――！」

一瞬、呼吸が止まった。

それほどまでに、信じられなかったのだ。

彼女の操る人形が、実の父母だとそう告げたその事実が、ではない。

ティナが真に驚愕したのは、まるで価値のない玩具でも見ているように、冷静に、淡々と、そう告げた人間性の欠如した口調だった。

全身が無意識に震え上がった。

暴力とは違う、根本的な心の闇に意味のわからぬ恐怖を感じた。

ティナは孤児故に実の両親を知らないが、育ててくれた教会の神父は父親のような人であるし、共に育った子供たちは家族同然の存在である。

自らの命よりも大切にしたい者たちなのだ。

それを、こうも無関心に、人形にした、と。

自分のものだと自慢げに言う目の前の存在が、理解できなくて恐ろしい。

「こっちの男——普段は髪の奥に隠れているけど、よく見ると、ほら」

言われるがままに視線を向けると、何かが切り落とされた跡が頭部にあった。

「角……？」

「そう、私のことを貴女は魔族の女と思っているようだけれど——そう思うように王子に情報を渡して、屋敷に招待したけど——でも正確に言えば私は人間と魔族のハーフよ」

「……嘘……貴女が人間………？」

他のことは頭に入ってこなかった。

それは今日一番の衝撃をティナに与えた。

残忍で、暴虐な女魔族——それがアナリシアのはずなのだ。

街を思い通りに支配し、勝ち目のない王国との戦争に導いた独裁者のはずなのだ。

「失礼ね、でもいいわ。貴女には全てを話してあげる——納得して、理解して、協力しなさい——」

そこに果たして共通の常識があるのか。

会話の先に妥協があるのか。

見解の一致が見られるのか。

不明なまま、ティナは話に耳を傾けた。


生まれ落ちて三年、自意識が生まれた頃に最も記憶に残っているのは、醜く媚(こ)びる母の姿だ。

淫蕩(いんとう)の中に落ち、姦淫(かんいん)に絶叫する母の声が妙に印象に残っている。

母はエストールの貴族だった。

そんな母が、婿に迎えた男は身分どころか出身さえ不明な平民の男だった。

だが、男には飛び抜けた魔法の才があり、母の強引な要望が通り二人は結ばれ、生まれ落ちたのがアナリシアであった。

貴族としての名はアナリシア・レィンフィル。

男の才は凄まじく、魔法ではエストールで右に出る者はいないと言われた。瞬く間に宮廷魔術師に抜擢(ばってき)され、数年後にはその長(おさ)を務めることになった。

だが、それも当然なのだ。

男は人間ではないのだから。

彼は人を惑わす淫魔であり、魔の大陸から人間の世界へ派遣された諜報員であり、エストールに辿り着いた最初の侵略者であったのだから。

職務にそれほど忠実な人間ではなかったけれど、女を堕とし人に取り入る彼の能力は諜報に向いていた。

幼い頃のアナリシアが覚えているのは、呪いのような言霊だった。

「良いこと、アナリシア——貴女はお父さんに相応しい女に成長するのよ」

「お前が女になったら、お父さんが最高の快楽を与えてやろう」

そう、言われて。

それだけが、二人が注いだ愛情の正体だと知って、恐怖したのは五歳頃の話だった。理解した瞬間、胃の中のものを全て吐き出したのを今でも覚えている。咽を焼く熱さも、口の中を埋めた気持ちの悪い感触も、鮮明に記憶している。

そんな両親の言葉が、アナリシアの最初の闘争だった。

タイムリミットは五年か、それとも六年か。

初潮が訪れるまでに両親を殺す。

なんとしても、どんな手段を使っても、殺さなければならない。

でなければ、この身が汚されるだけではない。

アナリシアも、あの母のようにされてしまうのだ。

考えることさえ投げ打って、絶叫するだけの玩具に成り下がるのだ。

そう思うと、心の底から恐怖した。

恐怖して、恐怖して、恐怖して、恐怖して、それでもアナリシアは戦うことを選んだ。

強迫観念に突き動かされ、狂ったように魔法を覚え、知識を漁(あさ)り、禁書を盗み、武術を学び、技能(スキル)の習得まで辿り着いた。

一一の年を数えた頃、アナリシアの寝所を訪れた父を、罠に嵌めて殺した。

そんな父を、技能(スキル)によって人形に変え、母を殺した。

「あは――あはははははははははは、いひひひひひひひひひひ、くはははははははははははは
はははははははは」

笑った。

生まれて初めて、心から笑った。

鮮血の中で。

事切れた二つの人形を愛おしそうに見つめながら。

そうして初めて、アナリシアは自由を得た。

生まれて初めての自由を手にした。

だけれど、彼女に平穏が訪れることはなかった。

「あっれー？　これって、どういうことなんだろ？」

と。

声がかけられて。

酷く幼く、鬱陶しい女がアナリシアの前に現れた。

人々が伝説と恐れ、忌み嫌う古代魔族。

古き、偉大なる魔族の源流。アナリシアとは文字通り、格が違う本物の魔族。

亡き魔王の血脈、緋色姫（スカーレット）がアナリシアの前に立っていた。

「なんだ、あんたが殺しちゃったの？　ふーん、まあいいけど——じゃあ貴女が今日から代わりをお願いね」

拒否するという選択肢はなかった。

まだ、死にたくはなかったから。

魔族としてのもう一つの貌（かお）、それがアナリシア・レーゲンだった。

「私が何をしたか聞いていたわよね？　強いて言うなら、魔族と人の間を取り持った、それだけよ」

アナリシアは無感動にそう言った。

そこに感傷など存在しない、そう言いたげに。

「……嘘……古代魔族なんて……そんな……おとぎ話じゃ……」

アナリシアが宰相になる遥か前から既に、魔族の影は国にあった。その事実をティナは今、初めて知ったのだ。

「古代魔族が伝説？　随分と笑わせてくれるじゃない。現実逃避も大概にしてほしいわ。ちょっと歴史を紐解けば、容易く理解できるはずよ。人がどれほど残忍に彼らを迫害し、責任を押しつけ、奪い取り、繁栄を遂げてきたのか――選神教は全ての魔族を駆逐したと伝えているようだけれど、事実は違う。彼らは支配領域を捨てて南方へ逃げ去った――断裂した大陸の彼方へと」

事実を伝える、ただそれだけの冷徹な口調に、ティナはいやが応にも理解させられる。

「さて――ヒントはもう十分かしら？　でもその顔じゃ、まだわかっていないようね――ならもう少しお話をしましょう。人間の領域を追われた魔族は、二〇〇〇年もの間何をしていたと思う？」

ごくり、と。

音をたてて咽が鳴る。

それは最悪の光景だろう。

古代魔族の悪名は、そしてその強大さはティナも物語の中で知っている。

「牙を磨いていたの――憎き人類の咽元を抉るための牙を、ね――もうすぐ人類の時代は終わる」

竜と比肩するとも言われる太古の魔族。

その力が人に復讐するためだけに向かうとするなら、その先にあるのは破滅であろう。

「じゃ、じゃあ、貴女はやっぱり私たちを滅ぼすために――」

それは、ティナが想定していたよりも一層性質の悪い現実であった。

だが、そんなティナの言葉をアナリシアは否定する。

「ぷっ！　あっははははははははははは、ほんとお馬鹿ね――言ったでしょ、私は人間とのハーフだって――生まれたのもつい最近、当事者でもないんだから彼らのように憎しみを抱えているわけじゃないし、同情もしない。当時は人類のほうが賢くて、強かった、それだけなんだから」

「じゃあ、なんで⁉」

「決まっているでしょ？　貴女はこれから迫害される人類と魔族どっちにつきたいかしら？」

それもまた事実を告げているように淡々と響いた。

「私は私のものを大切にするの――誰かに奪われるなんて考えられない――エストールも、宰相や貴族としての身分も、この屋敷も、贅沢な生活も、作ってきた人形も、捨てるには惜しいとは思っているのよ――」

嘘を言っているようには聞こえない。

だが、だからこそ疑問だった。

「な、なら、どうして⁉　王を傀儡にしたことも、夢の世界で覆ったことも、私にしたことも、酷いことをいっぱいしてるじゃないですか⁉」

「決まっているわ、必要だからよ。魔族が一番に敵視するものは何かしら？　答えは簡単、それは魔族を迫害した元凶――選神教でしょう。だからまず、この国から選神教を取り除く必要があった。彼らの掲げる救いを奪い取り、洗脳染みた教育を剝奪する。そのために何もしない政治家に代わって資金を集め、開発特区を作った。その副作用が幻の人形。そもそも最初はベールセールとイズナに使えれば十分だったんだけど、

残念ながら制御の利かない力だったから開発特区を作るために街に置いたお人形さんと遊ぶ人もいたようね
——でも、大抵はすぐに夢から覚めて、本当に夢だったと語る人間が大半だし、問題はないでしょう」

断言するようにアナリシアは言う。

「人は説明できないものを恐れる、だから宗教は必要よ。でも人間至上主義と魔族への迫害はいただけない。人々の都合に合わせた神様なんて要らない、それならまだ実在する存在を神と崇めるほうがいいと思うわ。人々にもう一つの宗教を入れ込むためにはティナ、貴女が必要だったのよ」

「じゃ、じゃあ、王国への侵攻は——」

「不本意ではあったけど、上司の言うことは聞かないとダメでしょ？　私だってまだ死にたくないし、ちょっとした点数稼ぎにもならなくはない。王国は元々グリモワール家が治めていた土地だし、一部でも領有できれば後々の交渉がうまくいく」

「アイシャさんの友達は——」

「いざというときのための戦力、それがイズナ——火竜の巫女ティナ、暗殺ギルドの人格破綻者キリア、宮廷魔術師長レアーナ、貴女もこの国で欲しいと思った人材よ。ま、他にも貴族や騎士団、商人の有力者もいるんだけど、教えてあげない——国として一つに纏まらず、国力を無駄に低下させて、いざというときに戦えないなんてお粗末なものでしょう？」

「…………」

「私は魔族が支配する世界になっても、私のエストールが平穏無事でいられるように手を打った——だから、とりあえずは魔族の良き隣人でいられるようにしないといけなかった」

「で、でも——」

アナリシアは呆れるようにため息を一つ。

「認められないとでも言うつもり？　甘いのよ、どいつもこいつも、甘すぎて苛々するわ。生きることは貴女が思うほど易しくない！　酷いことをした？　当たり前じゃない！　人は誰もが命を、利権を、その全てを懸けて闘争をしているのよ？　何もしていない愚か者が奪われるのは当然じゃない――貴女は正義をもって私という悪を討つ――でもその後に何があるの？　何も決められない政治に戻り、国民を貧しくし、選神教の往来を許す――そうなれば、待ち受けているのは破滅よ？」

「………」

あまりの剣幕に、押し黙るティナにアナリシアが言う。

「さあ、選ぶのは貴女よティナ――私に協力しなさい――そうすれば、少なくともこの国の無事は保証しましょう」

差し出された手は近かった。

あれだけ遠かったはずの手が、傍にあるような気がした。

得体の知れなかった何かは、ティナよりもずっと戦って、抗っていた人だった。

貴女は何をしていたの？

今思えば、あの言葉は彼女の糾弾だったのだ。

相応の地位と力を持っていたティナは一体何をしていたのかと、そう問われたのだと今になって気づかされた。

「私は――――」

何をしたかったのか。

決まっている。

守りたかったんだ。

家族を、小さな幸せを。

そのためなら、この命さえ投げ打つ覚悟まで決めた。実際一度ならず二度まで死にかけた身だ。

だからこそ――

「――私は貴女に協力することはできません」

はっきりと、そう告げた。

「わ、私はバカだから難しいことはわかりません……私が貴女や王子のように政治に関わっても碌なことにならないのはわかります。だから、魔族というだけで貴女を討とうとした私はきっと間違っていたんだと思います。でも、貴女のやり方はもっと間違ってる――それだけはわかります」

何が正しいのかティナにはわからない。

でも、ティナにはティナの正しさがある。

必要だからと強引に犠牲を強いるやり方にティナはついていけない。ティナ自身だけならまだしも、ティナの大切な友人にまで必要だからと犠牲を強いることになれば、ティナは躊躇なく目の前の女を斬り捨てることだろう。

「そう、少し残念だけれど――引き際ね――じゃあ、さようなら、ティナ」

そう言うや否や、彼女の意を受けて、怪しげに二つの人形が動き出していた。

身構えたティナにアナリシアは背を向けていた。

「へ――？」

「――この国は惜しいけど、やるべきことは全部終わったの。だから、さようなら――私がいなくなったことを後悔しないようにしなさいね」

そう言い捨てると、アナリシアは執事服の人形に抱えられ姿を消した。

ガクッと拍子抜けしたティナは握り締めていた柄からそっと手を放した。

「そういえば、ナハトさんも案内しろとしか言ってなかったっけ――」

唖然とした呟きが、寂しそうに響いて消えた。

「――えええ、これで終わりですか――わ、私何もしていないような――」

一人ティナはそうこぼす。

これで本当によかったのか、とそう問いかけるように。

でも何度考えても。

ない頭を振り絞って考えても。

やっぱり、自分にできた選択はこれだけだと思った。

「強くならなきゃ――」

現実を告げられて、決意するのはそれだけだ。

何が起きても、アナリシアが語った脅威が目の前に迫っても、打ち払えるように強くならなければならない。

それだけが、バカで、愚かで、ちっぽけなティナにできることだと、そう思い強く拳を握り締めた。

悲鳴と怒号。

爆音と絶叫。

怨嗟（えんさ）と哀傷。

飛び交う焔（ほむら）と氷雪の息吹。

鼻腔を刺激して止（や）まない血と汗と肉の香り。

「ああ、いい匂いだな～」

それは懐かしき戦場の香りだ。

王国とエストールの戦場を、一人傍観者のように眺める異形が笑みを浮かべる。

常識から逸脱した感性で、地獄ともいえる世界を弄ぶ。

口元には歪な愉悦。

慈しむように、抱きしめたいと言わんばかりに手を広げ、興奮を押し止めるようにレヴィはその身をそっと抱いた。

命じられるままに足を運んだが、正解だなとそう思う。

「さあ、始めようか――」

――固有技能（ユニークスキル）――何者にも憧れて（ロンリー）何者でもない（オンリー）誰か――

次の瞬間、戦場は一変することとなる。

人の手から、人ならざる者の手に。

高地に陣を築き、防衛戦に徹する王国軍。

対するエストールの軍勢は、黒い人形を先陣に、魔法大隊を援護に使って攻め立てる。残る部隊は奇襲と、補給部隊の警護に回す。

一進一退の攻防を続ける中、拮抗を打ち破るかのように、

「――紅の炎陣」

「――凍結する世界」

氷雪と紅蓮の交差が世界を満たした。

熱と冷気。

二分化された空間がそれぞれの陣地を震わせた。

「ちっ、めんどくさいのがいるわね――」

黒の軍団を指揮する元宮廷魔術師長、レアーナは忌々しそうにそうこぼす。

だが、そう口にしたいのはクリスタのほうも同じだろう。

黒ずくめの人形を凍らせるための魔法がレアーナに止められる。

「ユーリ、あの女斬ってこい」

珍しく、苛立たしげにクリスタがそう言った。

「無茶言うな、クリスタ――」

連戦に次ぐ連戦、終わらない夜襲――相手は疲れ知らずの人形で、まともに戦えるのは、いやまともに戦おうとしている者は少ない。

これ以上士気が下がるようなら、敗戦の二文字がチラつく。

そうクリスタが思ったそのときだ。

それは、目の前にいた。

「は――？」

そしてそれは、誰の目にも認識されていなかった。

「「「へ——？」」」

クリスタだけではない。

両陣営含め、何万の人間があろうことか見逃したとでもいうのだろうか。

あの巨体を——

訪れたのは、静寂だ。

時が止まったかのような、静寂が満ちた。

あまりに衝撃的すぎて、あまりにも馬鹿げていて、誰もが言葉を失い、声をあげることさえできなかった。

「——どうやら私は相当竜に縁があるようだな………」

いの一番に正気を取り戻したクリスタは、苦笑いと共にそう口にしてしまっていた。

それでも、口を開くことができたのはクリスタただ一人。

剣を交えていたはずの兵士も、無機物である人形さえも、戦うことを忘れ茫然と動きを止めていた。

まさか、一度ならず二度までも戦場でその姿を目にすることになるとは思っていなかった。

長く、何処までも長く——

永遠を体現したかのような体軀が暗雲の中より現れた。その身を覆うのは大海のように流れ連なる無数の鱗。鋭い爪を携えた四肢と天にも届かんとするその角は間違いなく竜のものだ。

そんな巨体がいつからそこにいたのかがわからない。

むしろどうしてここにいるのかわからない。

四大竜とも違う何か。

だが、かつて戦場で見た火竜さえも凌ぐ存在であることは、クリスタにも感覚的に伝わった。

「なんだ、あれは――クリスタ、撤退を――」

動揺を隠しきれないユーリが咄嗟にそう言った。

「いや、敵意は感じない――」

だがクリスタは首を振る。

それは一度戦場で火竜を目撃した経験のあるクリスタだからこその推測だった。

それに、一体何処に、どうやって逃げればいいというのか。

あの存在を前に一体どう抗えというのだろうか。

「悠長な！　すぐに全軍に後退の指示を――」

「落ち着け、ユーリ――あれは、多分、敵じゃない――」

クリスタには不思議とそう思えた。

纏う雰囲気は不気味で、不気味すぎて、いっそ神々しささえ感じる竜ではあるが、火竜のような苛烈な敵意を感じない。

「さってー、壊していいのは、どれだっけ？　ああ、そうそう、黒い人形だっけ、じゃあ遠慮なく――出口なき深海」

暢気そうな声が響き渡ると、大地から水滴が空に上がった。

最初はほんの一滴。

だが、すぐに、止めどなく、次々に浮かび上がった水の塊に飲み込まれた人形が一つ、二つと空に上がった。

抗うことを許さない牢獄がそこにあった。

暴れようと、爆発しようと、水膜の中から外界へ影響を及ぼすことはできない。

やがてそれは一つになり、空中に小さな海が顕現した。

戦場の空そのものを覆い隠してしまうほど広大な海だ。

そんな深い青が小さく小さく収縮していき、加えられた圧力のままに人形が砕け、耳に障る金属音が響いた。

それは、たった数秒間の出来事だった。

ぽとりと、何かが落下した。

その小さな金属の塊が、地を埋めていたあの人形たちの成れの果てであることに気づくには、かなりの時間を要したことは間違いない。

「ありゃりゃ、もう壊れちゃった――つまんない、の⁉」

言葉を遮ったのは炎の塊だった。

巨体全てを飲み込む勢いの業火と同時、大地から吹き上がった炎が竜の巨体を飲み込んだ。

円を描くような焰が反抗の意を示すように燃え盛る。

「調子にのるんじゃないわよ――！　焼いて、焦がして、持って帰れば凄い素材が取れそうね！」

クリスタと戦っていたはずのレアーナが魔法を放ったのだ。

思わず賞賛してしまいたくなるほど、勇敢で、尚且つ冷静な行動だ。

あの状況で反撃に転じられる人間などそうはいない。

だが――

「――あはは～、びっくりした。いいね！　嬉しいね！　懐かしい感覚だよ！　やっぱり戦いはこうじゃないと！　ちょっぴり熱かったよそこの人。人型ならダメージを受けていたかも。いい威力だね～」

炎の中にいた竜の鱗には焦げ跡一つついていなかった。

「嘘――」

茫然と膝をついてしまった彼女をいったい誰が責めることができようか。

相手が悪すぎた。

そうとしか言えないだろう。

あれに立ち向かえるであろう存在は、クリスタの知り得る中ではたった一人。

それ以外の人間は頭を垂れて慈悲に縋るべきなのだ。

「でも悪いね～、君を壊しちゃ駄目なんだ――だからとりあえず、気絶して――」

容赦のない宣告を戦場に立つ人間全てが聞いた。

そして、その言葉の通りとなった。

何が起こったのか相変わらずクリスタにはわからない。

技能――七王の覇気――

そんな声と共に、場をひりつかせる何かが戦場を駆け抜けたとき、立っていられたのはたった数人。

クリスタ、それと両国の司令官、グラサスとレイノルド辺境伯のみだ。

それらを除いて、全ての人間が一瞬にして、なんの抵抗も許されないまま、倒れ伏した。

あの、ユーリでさえも容赦なく意識を奪い取られ、地に倒れ込む。

もしこの場にナハトがいれば間違いなくこう言うだろう、ああ、レベルが足りてないな――と。

彼女の前には、立つだけでも相応の資格が必要とされるのだ。

「さって～、じゃあえっと、なんだっけ――そうそう、竜の名をもって両国に告げる――戦争は終わり、速やかに撤退すべし――断れば待っているのは、わかるよね？」

それは世界で初めて竜が介入した戦争となった。

彼らにどんな意図があるのかは誰にもわからない。

だがそれでも、無力な人はそれに従うしかない。

「ったく——悪魔が停戦の使者とは、僕も随分と丸くなったものだぜ——」

小さな声で竜が何かを言っていた。

だが、あまりに唐突な現実に直面した三人は、誰もそんな言葉を聞いてはいなかった。

「——ああ、それとクリスタちゃんってのは君で合ってるよね？」

巨竜の言葉にクリスタが狼狽しながらなんとか頷く。

「我が主様からの伝言だよ——介入して悪かった、次会うときに埋め合わせをしよう——確かに伝えたぜ」

そう言うと、その巨体はまたしてもいつの間にか消えていた。

人々の間では竜が平和の使者となったなどと噂されるこの戦争の結末は、実を言えばなんてことはない。

たった一人の人物の気まぐれである、ということを知っているのは、クリスタただ一人だけだった。


柔らかな絨毯が敷かれ、目を引く調度が作り上げる道をアイシャは静かに歩いていた。

視線は迷うことなく前だけを見据え、微塵も揺らぐことはない。

目指す場所へ真っすぐと、アイシャはただ歩を進める。

頭の中に浮かぶのは、一人の少女の姿だけ。

アイシャとイズナ、二人を結びつけたものは、それはもうなんてことはない、ただの偶然だった。

特別な理由なんかない。

そんなもの必要とさえしない。

ただ出会って、温かな手を差し伸べてくれたことをアイシャは昨日のことのように覚えている。

あの日の出会いがなければ、アイシャは前に進めなかったと思う。

だから、イズナには感謝してもしきれない。

でも正直に言えば、アイシャは友達になってほしい、と誰かに頼み込んだことが何度もあった。

村にいた頃は、一人でいることが嫌で、そう頼み込んだことが何度もある。

だけれどそのたびに、嫌そうな顔をされた。

無理やり繕ったであろう笑みで手を差し出された。

アイシャは何処か普通と違っていて、普通と違うアイシャを受け入れてくれる友達はいなかった。

最初だけは、皆なんとなくアイシャと遊んでくれたけれど、すぐに嫌われて、バカにされて、除け者にされ、一人に戻った。

アイシャと遊んでくれた誰かは、喜んでくれなかった。

アイシャと会話してくれた誰かは、楽しんでくれなかった。

笑って……くれなかった……。

そうして気づかされたのだ。

ああ、なんだ……。

彼らは皆、最初から友達じゃなかったんだな、と。

アイシャは初めから一人ぼっちだったんだな、と。

虚しくて、悲しくて、帰り道小石を一人蹴飛ばした。

イズナのように驚いて、戸惑って、それでも差し出した手を優しく握り返してはくれなかった。

困っていると知ると、真摯になって考えを巡らしてくれたりなどしなかった。

だから——二人で過ごしたちっぽけな時間は、アイシャにとっては掛け替えのない宝物なのだ。

もう一度。

どうしても、もう一度。

会って、その名前を呼びたかった。

たった一人だけの友達の名前を。

「——イズナ！」

返事はなかった。

薄暗い部屋に置かれた燭台の蠟燭がやんわりと光を運んだ。

仄かに照らされた広い部屋の中心に置かれた天蓋付きの寝台が、翳るように少女の顔を覆い隠そうとしているように見えた。

少女の周りには、二つの人形。

力を失い、その姿を歪ませ、話すことをやめた二つの人形は、少女の瞳からこぼれる雫を受け止めるように、両の手でぎゅっとイズナを抱きしめていた
「……貴女に……出会わなければよかった……」

顔は伏せられたままだった。

イズナはその瞳をアイシャに向けることなくそう言った。

「イズナ……！」

「……帰って……！」

拒絶の声が悲痛に響く。

「イズナ、話を、聞いて――」

「………帰って！　アイシャの顔なんてもう見たくない……！」

愛おしそうに人形に身を預け、差し出された手に己の手を重ね置き、イズナは苦しそうに言葉を吐き出す。

「………私は……パパとママと一緒に暮らせたらそれでよかった……お姉ちゃんと一緒にいられたらそれでよかった！　アイシャなんていなければよかったんだ………」

イズナの両親に似せて作られたであろう二つの人形は、力を失い、何処か冷たい面持ちだった。

だが、そうなってさえ、イズナは人形に縋りつき身を預けていた。

「アイシャは、イズナと出会えて嬉しかったです。あのときアイシャのことを特別にしてくれて、本当に嬉しかったです」

アイシャは穏やかにそう言った。

だけれど、塞ぎ込み閉じ籠もるイズナを見てしまうと、どうしてもそれだけではいられなかった。

「でも、さっきの言葉は嘘です。イズナは――ずっとずっと嘘つきです」

「……何を、言ってるの………」

「何がお父さんとお母さんといられたらいい、ですか……！　何がお姉ちゃんと一緒にいられたらいい、ですか！　なら、どうして⁉　どうしてイズナはあの日、あの場所にいたんですか⁉」

アイシャの脳裏には鮮明に、ブランコに座っていた少女の姿が焼きついている。

彼女は最初の最初からずっと誤魔化していたのだ。

辛いのに。

苦しいのに。

なのにそれを言ってくれなかった。相談してくれなかった。

でも事実は違う。

だって彼女は言っていたのだから。

『……ここには誰もいないの……一人で座って、一人で遊んで、一人で考えて、一人で泣いて、答えを探したそんな場所…………あなたも一人、だから特別……』

そう言っていた言葉の通り、イズナはいつでも孤独を抱えていた。

あの場所で一人でいた。

どうしようもなく、一人だった。

どうすることもできず、一人だった。

同族だったから、なのかもしれない。

それが、イズナと友達になりたいと思った一因であることは誤魔化しようもない事実だった。

「イズナが一人じゃなかったら、アイシャとイズナは出会ってなんかいなかった！　いい加減、嘘で誤魔化さないでください！　私はイズナを一人にしておきたくない！　一人になんてしておけないよ！　イズナが嫌いって言っても、帰ってって言っても絶対絶対帰ってやんない!!　私は――」

アイシャは目いっぱい息を吸い込んで、これでもかと声を張る。

「――イズナの友達だから!!」

肩で息をするアイシャに、

「――――るさい」

小さな声が、何故か強く響いてきた。

座っていたイズナがベッドの上で立ち上がる。

「うるさい！　うるさい、うるさいうるさいうるさい、うるさいっ!!」

叩きつけるように、苛立ちをぶつけるように、傍にあった枕を投げつける。

物静かだったイズナが感情のままに叫んでいた。

「……どうせ！　どうせアイシャも…………ナハト様とかいうのが大切なんでしょ……ならどっか行ってよ！　私はアイシャなんか要らない！　パパ、ママ、追い出して‼」

「っ――――！」

アイシャに向かって二体の人形が迫る。

回避という選択はない。アイシャより二つの人形は速かったからだ。

なら、受け止めるしかないだろう。

アイシャは刻一刻と迫る脅威を前にしても、落ち着いていた。何せ、こんなものより怖い人を何度も相手にしてきたし、そのための訓練もしてもらったのだから。

冷静なまま、深く、深く心を通じさせる。

それこそが精霊魔法を扱う上で最も重要なことだ。

意思を押しつけ、抑圧しただけでは彼らは応えてくれない。

真摯に、対等な存在として助力を請う。

「――風よ、阻んで」

アイシャの突き出した手のひらから巻き起こる風の渦に男の拳が突き刺さった。

「っ！　ぐっ！」

重い。

渦となって刃を纏っているはずの風がジワジワと削られる。普通の人間なら殴りつけるなどすれば手が刻まれるはずだが、相手は金属の塊のような人形だ、お構いなしとばかりに障壁を殴りつけてくる。

だが、アイシャもただ受け止めているだけではない。

深く意識の底から訴える呼び声に応えた精霊が小さく収束を遂げる。

吹き抜けるは一陣の風。

それは、アイシャの意思で暴風となって猛威を振るう。

弾き飛ばされた二つの人形が壁に深くめり込んだ。

軋むような機械音が痛々しく響き渡る。

「ぱぱっ！　ままっ！」

「違う！　違うよ……イズナ……！」

口にするのも辛い。

だけれど、口にしなければならないのだ。

アイシャがそう教えてもらったように。

「そんなのはイズナの両親じゃない。血も流さない、悲鳴もあげない、言葉も発しない……イズナの両親はもう……いないんだよ………」

「嘘っ！　死んでなんかない！　生き返ったもん！　生き返ったんだもん！」

何を見ているのかわからない虚ろな瞳が辛うじてアイシャのほうを向いた。

子供が癇癪を起こしているように、叫び散らすイズナにアイシャは言う。

「死者はどんな力を使っても生き返ったりしない……！　ナハト様にできないってことは、誰にもできないんだよ……！」

「またっ……ナハト………そんな酷いこと言うアイシャなんて嫌い――大っ嫌い！」

イズナが右手を掲げる。

その瞬間。空間を震わせるほど濃密な魔力が全身から溢れ激しく光を発する。

「――天鎧（てんがい）――召喚（しょうかん）――！」

舌足らずな声と共に振り上げた手を――天を握り込むように掌握した。

小さな体のイズナから、吹き上がるほど膨大な魔力が立ち上がり、鎧へと変化していく。

それは金属であり、布地であり、光であり、闇でもあった。

形容することが難しいドレスのような鎧が、凡そ戦士が帯びるには似つかわしくない神々しさをもって顕現した。

殲滅のグリンフィールド、その異名が付けられた魔眼と対を成すもう一つの力。それが武装魔法である。

望む武器を具現化する魔力消費の激しい魔法は、周囲から魔力を吸い取る魔眼の一族だからこそ扱える技能（スキル）である。

「――隻腕（せきわん）――換装（かんそう）――」

イズナの右手に魔力が集う。

濃密な光を放つ右手を突き出すイズナは、震える声で言った。

「……もう、帰って……私は――偽りでもいいから……一人でもいいから…………」

「嫌です、イズナを絶対一人にしない――」

アイシャは頑なに首を振る。

ちょっとばかり強い力で脅されたくらいで尻尾を巻いて帰るなら、最初からイズナの前に来たりしない。

「――龍の従者は自分の言葉を曲げたりしませんから」

「…………ばか」

右手に集った魔力が目に見えて色をつけた。

次の瞬間。

イズナは大地を蹴り上げ、眼前に迫るまで、まるで捉えきれないほど圧倒的な速度でアイシャの懐へ潜り込んでいた。

「――破城槌(はじょうつい)――」

踏み抜かれた足場が深く陥没していた。震え上がる力の奔流が小さな体を通して解き放たれる。

水面を激しく打ちつけたような破砕音が響き、撃ち出された衝撃が、華奢なアイシャの体をあっさりと貫通して、屋敷の壁を貫いた。

幾重にも重なる衝撃の嵐。

吹き飛ぶアイシャと共に圧壊した床と壁が爆弾のように破裂する。

「――ぁ――かふ――」

鮮血を吐き出して、乱回転するアイシャは辛うじて意識を保っていた。

打ち抜かれる瞬間、大気の壁を張った。

だけれどそれはあっさり砕かれた。

焦るアイシャは衝撃が届くその前に、水の精霊の力を借りて、緩衝材に水膜を張ったのだ。

だが、それでも激烈な衝撃を殺しきれず、気がつけば空を飛んでいた。

(…………痛い、それになんて威力……)

アイシャは空で風を纏う。

光と共に流れる緑色の曲線を足場にアイシャは宙に佇んだ。

「…………なんで……そんな目に遭ってまで、私にかまうの……！　帰ってって言ってるのに……！」

アイシャは身をもって知っている。

孤独とは、抗いがたく、苦しいものだ。

だから、イズナが一人になろうとするのを止めなければならない。

「……人の話はちゃんと聞いてよ……理由ならもう言った。それでもイズナが話を聞いてくれないなら、仕方ありません――力ずくで聞いてもらいます！」

そう言ってアイシャは風の刃を所狭しとイズナに放った。

逃げ場など探す余地もない。

屋敷の壁や天井を切り刻みながら刃が走る。

どう動こうと、一〇〇にも届く風の刃を避けることは不可能だ。

だが――

最初からイズナは逃げる必要などなかったのだろう。何せ一歩たりとも動こうとさえしていなかったのだから。

天に浮かぶ一等星のような瞳が怪しく瞬くと、アイシャの渾身の連撃があっさりと消えてしまった。

絶大な威力を持つ精霊の魔法が、霧散して――光となって瞳に集う。

淡い魔力の輝きは彼女の纏う鎧に還元されているようにも見えた。

「…………無駄……」

「…………」

だが、アイシャもそれどほど、動揺はなかった。

見惚れそうになってしまうイズナの瞳をただ見据える。

「――破魔の魔眼」

進化の神、ユピトが与えた魔法に抗う力。

それと似たような力は知っていると、ナハトは言っていた。

低位の攻撃を無効化する力は、魔法物理問わずあり触れたものである、と。イズナの力は魔眼であり、対象は目で捉えた攻撃という制限がある。

「私に魔法は通じない──」

「違う──少なくともイズナの力は絶対じゃない」

アイシャがそう言った瞬間。イズナの立っていた場所が落ち込んだ。

風の刃は言わば目くらましの囮であったのだ。

魔法に対して強いアドバンテージを持つイズナの視線を釘付けにするためにわざと派手に攻撃してみせた。

必然的に意識が上に向かってしまうと、注意が散漫になってしまう場所ができる。

アイシャはイズナの立つ足元に仕掛けを施していた。

「っ──！」

床だけでなく、建物を支える地盤までも変形させたアイシャの特製落とし穴にイズナは落下した。

地の精霊は大仕事に満足したのか、笑いながらイズナを迎えた。

「ぐっ──」

「瞳に映った魔法を、魔素(マナ)に変換して吸収する魔眼──つまり目に映らない場所で変化をもたらせば吸収されることはない──万能じゃないし、化物なんかじゃない！」

アイシャは己の言葉を証明するが如く、強く精霊に意思を伝える。

穴の奥深くが隆起して、土の槍がイズナを迎えた。

アイシャの攻撃は止まらない。

全方位から、土の精霊が生み出す重厚な槍が襲いかかる。逃げ場はなく、落下するイズナは身動きが取れない。

これなら、とそう思っていたアイシャの顔が凍りつく。

「なっ――！」

正面から襲いかかった槍はイズナの瞳に映り込んだ瞬間、力を失ったように歪み、崩れ落ちた。

それはまだいい。

だが、イズナの纏う鎧は視線の及ばない背後からの攻撃さえもあっさりと弾き返してみせたのだ。かつて戦ったユーリの魔法技(マジックアーツ)を思い出したアイシャだが、イズナのそれはさらにその上を行っている。

地に落ちたイズナは、悲鳴をあげそうになる針地獄の中でさえ、なんの脅威もないと言いたげに悠然と歩を進めているのだ。

（――い、幾らなんでも――反則じゃないですか、あの鎧っ！）

余裕のあるイズナとは対照的に、アイシャには動揺が走る。

対等には戦えていたと思っていた。

だが、イズナはアイシャの予想を遥かに超えて強大だった。

魔族であるアナリシアが欲し、異名と共に畏怖される少女の圧倒的な力。

「………無駄、アイシャじゃ私に勝てっこない……」

だが、それがなんだとアイシャは叫ぶ。

そんな力は、黒く濁った分厚い殻で――本当は、弱々しいイズナが泣いていることをアイシャは知っているのだ。

どうすればいい？

どうすれば、アイシャの思いは、心は、イズナに伝わる？

一か八か、大精霊を呼ぶべきなのか。

彼らならイズナの魔眼に対抗できるとは思う。

だけれど、彼らは一朝一夕に呼べるものではない。召喚するに足る環境を、場を、整える必要があるのだ。

時間がかかりすぎて、一人ではその時間を作れない。

「――逃げてばかりのイズナが私に勝てるわけない」

自らを奮い立てるように言葉を発する。

「――換装（かんそう）――天馬（てんま）の靴（くつ）――」

だが、そんなアイシャの決意を嘲笑うかのようにイズナの魔力が溢れ出す。単純な魔力量でさえアイシャに優るとも劣らない。

燐光と共に顕現した羽の生えた純白の靴がイズナの体を宙に上げる。

「――召喚（しょうかん）――蒼穹（そうきゅう）」

蒼く、輝かしい一挺（いっちょう）の弓。

不可思議なことにその弓には弦が張られてはいなかったし、そこには放つべき矢も存在していなかった。

だが、イズナがそこに細い指を添えたその瞬間。

鐘のような高い音色が響き渡った。

虚空を掴むようにそっと手を伸ばす。そこには彼女が引くべき弦が――光の弦が存在していた。

燐光が駆け抜け、魔法陣が広がった。

砲塔のように包み込まれた魔法陣の奥深くに、切っ先を向ける矢がアイシャを真っすぐ見つめていた。

「アイシャ――」

——死なないでね。

弱々しいイズナの声が耳に触れた。

引き絞られた弓が彼女の手から放たれた瞬間、なんの抵抗も許されないまま、アイシャの視界は光の奔流に埋め尽くされた。

光の渦に全てが消える。

何もかも消えて、イズナの手には何一つとして残らない。

だって、それは仕方のないことなのだから。

偽物だから。

偽りだから。

誤魔化しだから。

言われるまでもなく。

言いようがないほどに、その通りだ。

イズナの手には何もない。

両親が死んでしまったあの日からずっと、何一つとしてなかった。

だから、消えてなくなるのは当たり前なのだ。

父も、母も、姉も、友達さえも、イズナにとっては酷く遠い。

――貴女に出会わなければよかった――

そうしたら、現実を知らないままでいられたから。
自分が一人ぼっちだって気づかされずに済んだはずだから。

――貴女に出会わなければよかった――

二人の時間を知らなければ、一人の孤独を知らずに済んだはずだから。
確かなものと、不確かなもの。
そんな違いを知らずに済んだはずだから。

――貴女に出会わなければよかった――

貴女が一人じゃないことを知らずにいたかった。
そうすれば、私が唯一無二の特別になれる気がしたから。
孤独の牢獄から抜け出せる可能性があるような気がしたから。
でも、もういいんだ。
父と母は生き返った。
それでいい。

お姉ちゃんはいつも優しい。
それでいい。
友達なんていなかった。
それで……いい…………
偽りでも、それがないとイズナは生きていけないから。

——貴女に出会わなければよかった——

それはまるで物語の一幕のように劇的で。
だからこそ、それは偽りのままでいいのだ。
彼女はイズナの傍にいてくれないのだから。
大切なのはイズナではなく彼女の主様なのだ。

嫌いだ。

嫌いだ。

大っ嫌いだ。

「…………私なんて、大っ嫌いだ」

「――そっか、でも私は大好きだよ」

それは弱りきったイズナが生み出した幻聴――ではなかった。

「……なん……で……」

こぼれ出した声を追うように、双眸を向けたその先に、少女がいた。

吹けば飛んでしまうのではないかと思える儚げな少女は――

身に纏うドレスを黒ずむまで焼き、

殴打した全身から血を流しながら、

それでも小さな足で地を踏み締め、

真っすぐとイズナの瞳を見据えていた。

見るも無残に粉砕した屋敷。

天井も屋根も突き破り、そんな隙間から降り注ぐ月光が盛大に陥没した大地を照らし出す。

だけれど、アイシャは確かに立っていた。

焼け焦げたメイド服の奥で、暗闇のように肌を覆う鱗がアイシャの身を庇っていたのだ。

「……嘘……アイシャ……その瞳……魔眼……？」

砂煙の中でさえ、凜と輝く金色の円環がアイシャの双眸を覆っていた。

両の手のひらからはなんとも形容しがたい夜色の光が灯る。

「ごめん、イズナ——この力はうまく使えないんです……だから、ちょっとだけ痛いかもしれないけど、我慢してください——」

足を踏み、音が鳴る。

それはまるで神を謳い降ろす所作のようだった。

「《——偉大なる龍に奉納し奉る——輪廻を掌りし夜の王——我が身に宿りて力となせ——》」

歩を進める。

舞い踊り、両手を広げて旋回し、距離がなくなる。

回り、巡りて、その身を晒し、拳を握る。

「——神がかり——」

身を包む昏い光。

滅びゆく世界の前兆のような輝きがアイシャの両手に収束した。

「ごめん、痛いよ」

深く沈み込むように姿勢を落としたアイシャの体がぶれる。

地面を滑空しているかのように加速し、一瞬にして接敵したアイシャは、両の手から紅い軌跡を引いた。

「つあ——かはっ——」

光り輝く鎧に容赦なく亀裂が走る。

弾き飛ばされたイズナが苦悶の声をあげた。

「っ、くぅ――！」

それでもイズナが立ち上がり、アイシャに向けて青い燐光を発する弓を向けてくる。

だが、一手、遅い。

「――立ち昇れ、常闇の茨――天より堕とせ、戒めの鎖――」

アイシャの言霊に惹かれ、イズナの足元を暗闇が染める。

「――常夜の戒め」

眩しいほど輝きに満ちた闇と共に、顕現する真っ暗な鎖。

それは一瞬にしてイズナに絡みつき、その動きを封じる。

「はぐっ！　この鎖、なんで、消えないっ！」

イズナの魔眼が光を帯びて見開かれる。

だが、それは魔法ではない。

正確に言えば、魔法系統技能（スキル）ではないのだ。

アイシャが呼び出した鎖は、かつて竜を封じ込めていたと伝えられる拘束具そのものであり、龍の巫女が持つ技能（スキル）である。

天鎧の輝きも、魔眼の輝きさえも抑え込み、ただ暗い世界が這い上がってくるかのようだった。

そして真の異常がイズナを襲う。

「……嘘……何これ……目が……」

イズナの魔眼に翳りができていた。

彼女は右も左もわからないのか、拘束された体を必死に揺らす。

状態異常——盲目。

常夜の戒めの真価は、縛りつけた相手を一時的に盲目状態にすることにある。

魔眼はあくまで瞳に依存した能力である、とアイシャは教わった。

ならば、その瞳自体を見えなくすれば、その能力は封じることが可能だった。

ナハトが特殊なこともあって忘れがちだが、龍系統の職種は基本的に万能職である。状態異常を扱うことも可能であるし、魔法以外の攻撃手段も存在する。

それが竜技であり、龍技だ。

物理攻撃の代名詞であり、戦局に合わせて様々な武技が存在しているのだが、ナハトはレベル上昇で自動的に取得できる技能だけしか取得していない。

アイシャは今、技能の力を借りて、一時的にナハトの力を引き出している。

だから、ほんの一部だけは、その力を行使できる。

(今なら魔法も通じるはずだけど——)

龍の力を行使するアイシャは精霊魔法を使えない。

「——赤竜爪っ！」

身動きの取れないイズナの鎧を再び殴りつける。

くの字に曲がったイズナが宙を舞い、濃密な魔力で象られた白い鎧が砕け散った。

同時に、拘束から解き放たれたイズナがアイシャを強く睨んだ。

「………アイシャ……！」

砕けた鎧が再び光を帯びると、輝きを取り戻す。

手に持った弓を構え、その切っ先をアイシャに向けて弦を絞る。

（やっぱり――足りないか――）

イズナを止めるにはこれじゃあ足りない。アイシャが得た龍の巫女の力は魔法に寄っているうえに、他ならぬ主の力は魔法特化だ。

アイシャがその力を引き出すには、これでは全然足りていない。

金色に包まれた瞳が線を残して揺らめいた。

アイシャは静かにイズナを見据え、体に魔力を巡らした。

二者の魔力が色めき合う。

それはまるで光と闇を対比したような光景だった。

どうせなら、アイシャが光となりたいところだったが、見た目などどうでもいいかとすぐに思った。

それどころか、敬愛する主の力にケチをつけること自体不敬だと思い直す。

それは、アイシャだけが与えられた力だった。

アイシャを助けてくれた力であり、孤独の牢獄から少女を連れ出せる優しい力でもあった。

「――――イズナ――――！」

荒れ狂う魔力をアイシャは死に物狂いになって制御する。

鋼の意思で。

揺るがぬ決意で。

今にも暴走してしまいそうな魔力をアイシャは魔法に変える。

ナハトは言っていた。

魔法とは魔力を扱う術で、己の内にある魔力を制御できるなら小難しい理論なんて必要ないんだ、と。

ならば、やるべきことは単純だ。

己の力を、ナハトの力を信じて、引き出す。

それは、アイシャ一人では到底発動できない高次元に位置する魔法だった。

(ナハト様——どうか力を貸してください——)

地を魔法陣が埋め尽くした。

ばちり、と。

漏れ出た稲光が明滅を繰り返す。

吹きすさぶ漆黒の風は天に運ばれ、暗雲が立ち込めると同時に、暴威は空より訪れる。

「——竜魔法(ドラゴンマジック)——天より降る雷竜(フォールンライトニング)」

「……魔法なんて通じなっ……!」

イズナの言葉は続かなかった。

瞬く星は、天より降りる雷竜の進行を阻むことができなかったのだ。

アイシャはイズナの魔眼に対抗できる、と確信があったわけではなかった。

だけど、根拠はあった。

かつて、この力を引き出したときに大精霊は言っていた。

その魔力は扱えない、と。

人間よりも遥かに魔力の扱いに長(た)けた秩序の担い手さえ匙(さじ)を投げたのだ。幾ら精霊魔法を分解し、吸収するイズナとはいえ、この力はとっくに人間が扱える領域を超えてしまっているとアイシャは思った。

「つぁあああああああっ! 打ち抜いて、そうきゅうっ!!」

引き絞られた光の矢が、竜を仕留めんとばかりに空へと昇る。

差し迫る光の奔流に、竜の牙が容赦なく喰らいついた。

稲光がエストールの空に走り、轟音だけが辺りを埋める。

微かな拮抗は、一秒か、それ以下のほんの短い時間だった。

咆哮（ほうこう）のような音と共に、地に落ちた竜は大地を崩してイズナを飲み込む。

轟音が去り、嘘のように消えた暗雲の中から月明かりが射（さ）し込んだ。

周囲は戦争跡地の如く、見るも無残に破壊され、そこが貴族の邸宅だとは到底思えない惨状となっていた。

草木は勿論、鉱物まで赤熱し、溶け出していく世界の中で、イズナは大の字で倒れていた。

だけれど、その身にはほとんど傷がなかった。

定める瞳——龍眼によって制御された魔法はイズナの鎧を撃ち抜いたところで、その威力の大半を周囲に向けて霧散させていたのだ。

やがてアイシャの瞳から金色の円環が消え、消耗した体を引き摺って、アイシャはイズナの元へと歩を進める。

一歩、また一歩、重い体を前に向けて、ようやく辿り着いたのだ。

アイシャの声が届く場所に、ようやく辿り着けたのだ。

「——ねぇ、イズナ」

アイシャはゆっくりと、思いの丈を口にする。

「私はね、またイズナに酷いことも言ってしまうと思います」

倒れ伏すイズナに声を届かせる。

「間違ってると思うことは、間違ってるよって言いますし、イズナの全てを肯定することはしないと思う」

人形も、あの女も、ずっとずっとイズナを肯定してきたのだと思う。

貴女は正しい。

貴女はそのままで良い。

そういう態度を取っていたのだと思う。

だから、少女は逃げたのだ。

夢の彼方へ。

でも、やっぱりそんなのは違う。

アイシャの大切な人は、辛い思いをしながらアイシャにきちんと告げてくれた。

間違っているよ、と。

そう言ってくれたのだ。

だからアイシャも口にするのだ。

間違ってるよ、って。

ちゃんと、言葉にして伝えるのだ。

「アイシャが間違っているときもあると思います。だからそんなときはまたいがみ合って、正しさをぶつけ合って、こうやって喧嘩するんだと思います――それが――」

アイシャは言葉を区切り、改めて少女の瞳を見る。

夜空のように美しい、アイシャが見惚れた瞳を見つめる。

「――それが、友達なんだなって、アイシャは思います」

アイシャの魔力がイズナに渡り、倒れ込むイズナが残った力を振り絞って体を起こした。

おずおずと。

怯えるように、イズナが口を開こうとしていた。

だから、アイシャは静かに、言葉を待った。

「…………アイシャは……まだ、私の友達でいてくれるの……？」

「はい、アイシャはイズナの友達です」

「……………いっぱい……我儘言ったし……子供みたいに暴れたし……酷いこともたくさんしたのに……？」

「それくらいどんとこいです。言ったじゃないですか、私のほうがお姉さんですから、甘えてくれていいんですよ、って――」

不安そうなイズナに今度はアイシャが言う。

「私もイズナに酷いことをしたし、言いました――それでも、イズナは私の友達でいてくれますか？」

「…………私でいいの……？」

消え入るような声だった。

不安そうな声だった。

そんなイズナの不安を払拭するように、

「イズナじゃなきゃ嫌です」

アイシャはそう、断言した。

開いてしまった二人の距離を埋めるように――

「――仲直り、しませんか？」

アイシャが手を差し出した。

「…………うん……！　うん……！　うん!!」

差し出した手が強く強く握り返された。

宝石のように煌めく雫が、頬を伝って何度もこぼれた。

少しだけ雨模様なイズナの瞳が晴れ渡るまで、アイシャは何度も何度も雫を拭った。

必死にアイシャに抱きつき、もう離さないとばかりにしがみついてくるイズナに、今はこのままでいいかとなすがままにされる。

そうなってみてようやく、アイシャは気づいてしまったことが一つあった。

「……イズナ、裸んぼうさんですね」

崩れ落ちた鎧の下は裸だった。

幸い、ここにはアイシャとイズナの二人だけ。

イズナはそれを自覚しても、意にも介していないようだった。

それどころか――

「……アイシャになら、見られても平気……」

何故か嬉しそうにそう口にしていた。

背筋に走った寒気は、きっと夜だからに違いない。

アイシャは今だけだからいいか、と思い直し、小さな少女を抱きしめるのだった。

エピローグ

「…………すごい……！」

瞳を隠しがちなイズナが目を見開いて驚いていた。

なんでも出てくるといっても過言ではない小さなポーチから取り出した回復薬（ポーション）の効果は劇的で、傷や疲労が光の粒となって消え去っていく。

「ナハト様の道具ですから」

アイシャは自慢げに言う。

「むー、またナハト……アイシャはそればっかり……」

「きっとイズナも仲良くなれますよ。ナハト様はお優しい人ですから」

そう言って、アイシャは自分も回復薬（ポーション）を飲んだ。

「うっ……ちょっと苦いですね……」

「飲まなくても振りかけるだけで効果はあるのに」

「そういえばそうでした」

アイシャは口をつけた回復薬（ポーション）を振りかけた。

傷が消えて、小さく一息。

呼吸を整えたアイシャは意を決してイズナに言う。

「イズナに伝えなければいけないことがあります」

アイシャが知る真実を、伝えなければならない。

イズナが前に進むために。

「――うん、聞くよ……大丈夫……」

最初から覚悟していたかのように、イズナは言った。きっと、この街を覆っていた力がなくなってから覚悟はしていたのだと思う。

彼女はもう、前に進む決意をしていたのだ。

だからアイシャも伝えた。

イズナの両親がアナリシアの陰謀によって殺されていたこと。

イズナを笑っていたこと。

利用しようとしていたこと。

そして、彼女から預かった伝言も、アイシャは伝える。

『「私が憎いならいつでも殺しに来なさい――」』

アナリシアが何故そんなことをアイシャに伝えさせたのかわからない。

イズナのためを思うなら内に秘めたままでいるべきかとも思った。

だけど、彼女をどうしたいのか。それを決めるのは同居人で、偽りでも家族だったイズナが決めるべきだとアイシャは思った。

「待っているわ――だそうです。アイシャは、どんな決断をしてもイズナを応援します。でも、憎しみに囚われちゃ――」

「うん、わかってる。大丈夫、アイシャがいてくれるから」

アイシャの言葉を制するようにイズナが言った。

イズナはゆっくりと髪を掻き分け、瞳を覗かせてから声を発した。

「………お姉ちゃんは凄く頭のいい人でした……だから意味のないことはしません……」

アイシャにはただの悪人にしか思えないが、イズナには違う側面が見えていたのかもしれない。

「でも……私は向き合うことさえしてなくて……だから、ちゃんと話さないと何もわからないから……」

複雑な葛藤に怯えるように、アイシャの裾を摑むイズナ。

「きっと、許すなんてできない……！　でも、あの人は……優しかった……偽りでも愛情をくれたから…………」

心の奥底で行われているであろう少女の葛藤が見ているだけでも伝わってきた。

「どんな選択をしても私はイズナの味方です」

だから、アイシャはそう言った。

イズナの味方がちゃんといると、言葉にして伝えたのだ。

「うん、ありがと、アイシャ」

そんな二人の会話を妨げるように、突如として空に異常が発生した。

「っ！」

最初に見えたのは光だ。

それも目を焼きそうな圧倒的な光が、遥か上空に座していた。

アイシャの魔法は、空の一部を覆い、広大な貴族邸を見るも無残に破壊した。

だが、そんなアイシャの魔法でさえ、児戯に等しいと言わんがばかりの圧倒的魔力がエストールを震わせる。

「っ！　……何……あれ……？」

衝撃のあまり、イズナが声にならないような掠れた言葉を発した。

視線の先が——いや、空そのものが変わってしまったのだ。

月夜の晩から夜明けのような輝きに。

「あー、その……大丈夫です……たぶん、ナハト様が調子に乗ってしまっただけですから……」

視線の先にいたのは、太陽のような輝きを発する黄金の龍だった。

運ばれた光はエストールの全域を照らし出し、龍が口を開くと大気に亀裂が走り抜けた。

その刹那、咆哮が轟いた。

アイシャは慌てて耳を塞いだ。

音の爆発が衝撃となってアイシャの体を叩いていた。だが、それさえもただの余波なのだ。

空に向けて放たれた咆哮は一体どれほどの力が込められているのだろうか。

やがて波紋のように広がった爆音は、何事もなかったかのように消え去っていった。

「空が……変わっちゃった……」

イズナが茫然とそう言った。

言葉のままに、空の景色が一変していた。

点在していた雲が消え失せ、双子月の明かりが一層降り注ぐ、そんな空がそこにはあった。

「はぁ……ナハト様……下が街だってこと忘れてますね、絶対……」

そんなため息交じりの言葉に、イズナは一層驚きを顕わにする。

「アイシャは……凄い……平然としてる……」

街は既に大混乱な有様だ。

巡回の騎士や神官の人たちが慌てて事態を把握しようと動き回っている。

「つ——！　イズナ、あれって——」

そんな空から、降ってくる何か。

逆さまになって、頭から落下してくるそれを見間違うことはまずないだろう。

「女の子……！」

「あわ、あわわ、受け止めないと——」

アイシャの意を受けた風の精霊がふわりと少女を受け止めた。

「——む、むきゅー………」

ボロボロになった衣服から肌を晒した小さな女の子が、白目を剝いて、そんな叫び声をあげてとか倒れていた。

アイシャが幼女を受け止めてすぐ、今度は別の声が届いた。

「そっちも無事、終わったようだな、アイシャ——」

「ナハト様！」

歓喜と共に名前を呼んだ。

声の聞こえた宙(そら)には、思わず見惚れるほど美しい主の姿があった。

全てを受け入れ飲み込んでしまう黒の長髪が風と遊ぶ。月明かりのように瞬く金の円環が凛と澄み渡る双眸を支えていた。幻想のように美麗な肢体を星がちりばめられたドレスが包み込んでいた。

誰もが見ただけで心を奪われそうになってしまうであろうアイシャの主がそこにいた。

「あれが……アイシャの主——」

怯えるようにイズナが呟く。

「あ、あの、ナハト様——その、この人は一体？」

よくわからない言葉を吐きながら倒れている幼女を見つめ、アイシャが聞いた。

するとと、ナハトは少しだけ嬉しそうな微笑と共に言う。

「ああ、思った以上に手強くてな——少々加減を忘れてしまった。私もまだまだだな……」

愉快そうに笑うナハトとは違ってアイシャは笑えそうもなかった。

アイシャとイズナの戦いもそうだが、何よりナハトの魔法のせいでエストールは大混乱していると言っていい。

そんな状況を見ても、やはりナハトは楽しそうに笑うだけだった。

「なに、後始末は全てティナに任せておけばいい——私たちはこれから仲直りを祝して宴といこう」

「押しつけましたね……」

アイシャはジト目でナハトを見ていたが、ナハトは軽く笑うだけで取り合ってはいないようだった。

そしてそのまま、一歩。

イズナの元へと歩を進めた。

「ふむ——いい目をしているな——」

ナハトの瞳が真っすぐとイズナを見ていた。

「私はアイシャの主で、ナハトという——敬愛を込めてナハトちゃんと呼んでもいいぞ？」

「……………イズナ、です……」

視線を落としながら答えたイズナにナハトが言う。

「顔を下げるな——」

強く、重たい響きだった。

「えっ……」

「目を伏せるな——アイシャが綺麗と言った瞳をお前は誇ってみせろ——たとえ世界中の全ての人間に指を

差され笑われようと、街中の全ての人間に嫌われようと、生きとし生ける者全てに馬鹿にされようと――アイシャが綺麗だと言ったのだ！　で、あれば、その瞳をお前は誇ってみせよ。アイシャの言葉はこの世界の誰の言葉よりも価値がある、違うか？」

「……違いません……！」

イズナの瞳を真っすぐ見据えて、ナハトは嬉しそうに微笑んだ。

「その温かさを忘れるな。それさえあれば、お前はもう一生独りになることはない」

「はい」

迷いのないイズナの返事に、ナハトは満足そうに頷いた。

「アイシャに友人ができて嬉しく思うぞ、これからよろしく頼む、イズナよ」

「こちらこそ、よろしくお願いします……」

手を握り合う二人を見て、なんとも言えぬ恥ずかしさが心を埋めたアイシャは見守ることしかできなかった。

だが、二人が手を握り合う姿はそれだけで嬉しいものがあるのもまた事実だった。

そんなアイシャの穏やかな心情が保てていたのは、このときまで。

「ぜひ、友達としてアイシャと付き合うがいい」

何故か、『友達』の部分に力を込めてナハトが言った。

その言動は先ほどまでの優しさが何処かに消え去っているように思えた。

「言われるまでもない……！　アイシャと私は親友だから……！」

イズナも先ほどまでの萎縮が消えて、敵意さえ持つ視線をナハトへと送っている。

弾け合う火花に、アイシャは戸惑いながら視線を右往左往させるしかできなかった。

「ふむ、私のアイシャをよろしく頼む」

今度は何故か『私の』を強調して言うナハト。気がつけばさりげなくアイシャの右手が握られていた。

嬉しいが、険悪な二人を見てアイシャは思わず声をあげる。

「ふ、二人とも……仲良くしてくださぃ～」

「アイシャ……無理やり嫌なことをされたらいつでも言って――私はアイシャの味方だから」

今度は空いていた手をイズナに握られる。

「ふぇえええええっ⁉」

アイシャは戸惑いに声をあげることしかできなかった。

「いろいろと、話し合う必要がありそうだな――」

「私も、聞きたいことがいっぱいある……」

強い視線を向け合う二人。

間に挟まれたアイシャは、尋常じゃないほどの圧を感じていた。

「もうっ、仲良くしてくださいってば‼」

そんなアイシャの絶叫が、澄み渡る月夜に広がるのだった。

ネタキャラ転生とかあんまりだ！②／完

書き下ろしSS

とある悪魔の契約

嫉妬の悪魔。

その名を聞けば、誰もが恐怖に耳を塞ぐ。

大罪を掌りし、地底（アンダーグラウンド）の無が支配者の一柱。誰よりも無意味で、何よりも無価値で、それ故に強大な悪魔。

それこそが、レヴィアタンの本質だったはずなのだ。

それなのに——

「…………なんて恰好をしてるんですか……レヴィさん…………」

アイシャが思わず目を背けながら、レヴィにそう言う。

それもそのはずで、レヴィは何故か、肩やお腹や太ももが盛大に晒されたメイド服を着せられ、お茶の用意をさせられている最中なのだから。

「……主様に聞きなよ……ったく、大悪魔たるこの僕に、こんな格好を強要するなんて、とんだ命知らずがいたものだぜ」

若干の羞恥を誤魔化すようにレヴィはそう言うが、ナハトが取り合うはずもない。

「よく似合っているだろう？　流石は親衛隊（へんたいたち）が手掛けた婦女子の正装（夜）なだけはあるな」

いかがわしさ満載のメイド服に感嘆の声を発しながら、ゆったりとした仕草で紅茶を口に運ぶ。

「レヴィさんもレヴィさんです！　ナハト様の前で、そんな、は、破廉恥な恰好をして！」

「あは、嫉妬かい、気が合うね、アイシャちゃん。ま、でも、主様の命令じゃしょうがないんだよね——無理やり契約を結ばされた悲しき悪魔の宿命なのさ——同情してくれてもいいんだよ？」

「むぅ……レヴィさんって何だかんだ言ってもナハト様のいうことは絶対に聞きますよね……この間も、孤児院の子供たちにめちゃくちゃにされてましたし……」

ナハトの命令で子供たちの遊び相手を務めたレヴィは、それはそれは人気者で、もみくちゃにされ泥まみれになっていたにも関わらず、レヴィは小さな子供たちと戯れ続けていたのだ。

「なんていうか、レヴィさんは全然悪魔らしくないですね」

「ぐふぅ……！」

何気ないアイシャの一言が、鋭利にレヴィの心を抉る。

「は、ははは……勿論あれは愚かな人間を騙すための演技さ……一流の悪魔ともなれば、人間を油断させ、その心に取りいるくらい簡単だからね！」

不敵な笑みを無理やり張り付けながらレヴィが言った。

「そうだったんですか⁉　そう言えば、アイシャもずっとからかわれてばかりですし……じゃ、じゃあ、あの甘いお菓子のプレゼントも？」

「勿論演技さ！」

「今もアイシャに紅茶を入れてくださっているのも？」

「も、もちろん演技さ……！」

「じゃ、じゃあ、ナハト様の命令を聞いているのも実は演技だったりするのですか⁉」

純真無垢なアイシャの言葉に自信を取り戻したのか胸を張るレヴィは言う。

「はは、どうだろうね？　でも、ま、あんまり我儘な命令ばかり言ってると、流石の僕も悪魔としての本性を晒しちゃうかもしれないよ？」

「ふぇ、それは困ります………」

悪戯な笑みを浮かべるレヴィに、

「そんな心配はないぞ、アイシャ」

ナハトはそう、断言した。

「ふぇ、それって、どういう――」

「レヴィは私のことが大好きだからな」

そんなナハトのストレートな言葉に、四六時中へらへらとしていて掴みどころのない悪魔が、顔を真っ赤に染め上げていた。

「ぼ、ぼ、ぼっ――こ、この僕が、主様をす、好き、だって！　へ、へ～、面白い冗談、だね……！」

「レヴィさん……その反応は……」

アイシャにさえ伝わるレヴィの動揺。剣呑なアイシャの瞳にさらされ、からかう側だったはずのレヴィが気圧される。

「ぼ、僕はこんな、強情で、意地っ張りで、無茶苦茶で、理不尽で、極悪で、我儘で我儘で我儘な主様のことなんて、全然好きじゃないんだからね！」

「…………レヴィさん、それ、自白ですよ？」

「――まあ、好きと言っても、家族に対する親愛のようなもの、か。どれ、ここは一つ、昔話を聞かせてやろうではないか」

「ちょ、それはダメだよ、主様っ！　僕の不気味系強キャラ感が壊れたらどうするのさ！」

必死になって、ナハトの口を塞ごうとするレヴィにナハトは悪魔のような笑みを浮かべる。

「そういえばレヴィ――お前、私のアイシャに手を出したよな？」

「ちょ、それはあの時の仕事でちゃんと返上したじゃんか！　てか、まだ根にもってんのかよ！　嫉妬しすぎだぜ、主様っ！」

なにやら五月蠅く喚き散らすレヴィを無視して、ナハトは躊躇いなく口を開いた。


その悪魔は弱かった。

悪魔にとって、弱さは罪だ。

弱き悪魔は、地底の無(アンダーグラウンド)に存在することを許されない。だから、どの悪魔も力を宿して生まれ、その上でなお智謀を巡らし、狡猾に、残忍に、ただただ負(ちから)を求め続ける。

そんな世界に、その悪魔の居場所はなかったのだ。

あったのは、ただ死へと続く道だけ。

一歩、また一歩踏みしめるたびに傷を負い、死が迫る。

悪魔として、喰らい合うこともできないまま、ただただ死へと近づくことしか許されなかった悪魔は思ってしまった。

「――羨ましい」

力ある誰かをそう思った。

「――羨ましい」

知恵ある誰かをそう思った。

「――羨ましい」

何も与えられなかったこの身が何処までも何処までも惨めで、喰らい合い、己の欲望のままに淘汰されていく悪魔でさえ、その悪魔にとっては、ただただ羨ましく思えてしまう。

一度思えば、止まらない。

「ああ、アア、嗚呼——羨ましい……！　羨ましい！　羨ましいっ‼」

目に見える全てが、どうしようもなく羨ましくて。

そしてそれ以上に——

「——妬ましい」

ただ無為に座り込み、呪いのようにそう呟く。

誰かが一歩進んでも、自分はただここにいる。怠惰よりもなお動かず、誰かを見ては、負を抱く。

嫉妬ほど、無意味で無価値なものは他にない。

ああ、だけど。

なんの因果か、不幸は続く。

悪魔の嫉妬（おもい）は力を生んだ。

無意味で、無価値で、残酷な、力だけを生んだのだ。

——何者にも憧れて何者でもない誰か（ロンリーオンリー）——

それが、嫉妬の悪魔だったはずだ。


夜天の空に、光が降りる。

だが、星の光など見えるはずもない。

空には大気を焼き、事象を燃やす炎がこれでもかと流れているのだから。

飛び交う光は、破滅を齎す極大魔法。馬鹿げた火力の応酬が、地を崩して、天を埋める。

「っんの、人間──風情が──っ！」

嫉妬を冠して以来、その悪魔は負けを知らない。

やろうと思えば、誰にだってなれた。

なろうと思えば、何にだってなれた。

世界最硬の龍の鱗を身に纏い、長大で柔軟な蛇の体を模し、理を噛み砕く牙を宿し、この世のありとあらゆる技を模倣してなお──目の前の小さな獲物に、届かない。

「半人半龍だ、紛い物──」

「っの──！」

崩壊を齎す原初の闇が、何故か少女を愛するように包み込んでいる。

不定形で、歪なドレスが軽やかに揺れたかと思うと、レヴィアタンの認識さえも追い越して、さながら瞬間移動のように移動する。

体という名の鞭も、全てを貫く牙も、嫉妬を焼べる吐息（ブレス）も、天を堕とす魔法さえも──当たらない。

届かない。

彼女の前では、何時かと同じ無力な悪魔のままであった。

「沈め──憐れな悪魔よ──龍撃魔法──龍の吐息（ナハトブレス）」

空の海を埋める巨体さえも飲み込んで、黒き渦にその身の全てが飲み込まれる。

後に残ったのは、ただの悪魔。

小さくて、ちっぽけで、惨めな悪魔だけがそこにいた。

そんな悪魔が今にも泣きだしそうな歪んだ笑みで呟いた。

「──結局、僕はなんだったんだろうね──何、だったんだろうね──誰、だったんだろうね──ああ、ちっとも分かんないや…………」


時に、力を求めて龍を象り、この身を捨てた。

寵愛を求めて美女を象り、この身を捨てた。

愛情を求めて子供を象り、この身を捨てた。

何度も、何度も――要らないと、必要ないと、この身を捨てた。

何度だって、何度だって、何度だって――欲しい、と、羨ましい、と、この身を捨てた。

何者にも憧れて、
何者にもなれなかった悪魔は、終わりの時に涙した。

そんな、悪魔の涙を――

「くはははははははははははははははははははっ！」

――その少女はただ、笑い飛ばしたのだ。

「ならばお前は、私の下僕になれ」

「――は？」

「なんだ、察しが悪いな――お前を私の下僕にしてやろう。私がお前を必要としてやろう。ありがたく思うがいい」

何処までも上から目線で、拒否権など存在しないとばかりにそう告げられた。

それどころか、弱った体に鞭を打たれ、無理やり契約まで結ばされる。

「よかったな、何者にもなれなかったお前は――私の下僕になれたぞ、レヴィ――嬉くて、涙が出るだろう？」

「はっ……！　はは……これは、悔し涙だぜ…………主様」

あとがき

ネタキャラ転生の一巻が無事発売し見本本が届いて感動していると、「じゃあ親戚に配ってくるわね」と母親に言われました。「恥ずかしいからやめてほしい」と懇願したところ、「いい歳して孫の顔も見せないあんたに拒否権はない」と一蹴されました。皆様も結婚はお早めに。

はじめましての方ははじめまして、続けて読んでくださっている方はありがとうございます、音無奏です。

本巻は、頑張る女の子は尊い、をテーマにヒロインであるアイシャがいろいろと頑張るお話なのですが、ｗｅｂ版にいなかったテレシアさんの登場や過去に起こった出来事の情報など、加筆、加筆、加筆、で一から新しい本を書いているような気分で執筆をしておりました。ｗｅｂ版を読んでくださっている方にも楽しんでいただける内容になっていれば幸いです。

さて、次巻では、ナハトとアイシャの間におめでたが、的な内容になる予定です。乞うご期待。

最後になりましたが、謝辞を。

担当編集のＯ様をはじめ関係者の皆様、美麗なイラストの数々を手掛けてくださったａｚｕタロウ様、そして何よりこの本を手にとってくださった読者の皆様、本当にありがとうございます。

また、次巻でお会いできる日を願いまして。

MAG Garden NOVELS

ネタキャラ転生とかあんまりだ！②

発行日　2020年2月25日 初版発行

著者 音無奏　イラスト azuタロウ

発行人　保坂嘉弘

発行所　株式会社マッグガーデン
〒102-8019 東京都千代田区五番町6-2
ホーマットホライゾンビル5F
編集 TEL：03-3515-3872　FAX：03-3262-5557
営業 TEL：03-3515-3871　FAX：03-3262-3436

印刷所　株式会社廣済堂

装　幀　佐々木利光（F.E.U.）

ISBN978-4-8000-0935-7 C0093